U0839950

字码头

『字码头』读库·辽宁舰

# 午夜落

◎于晓威 著

大连出版社
DALIAN PUBLISHING HOUSE

# 于晓威

1970年生。中国作家协会会员，国家一级作家。毕业于上海社科院首届全国作家研究生班。在《收获》《上海文学》《钟山》《中国作家》《解放军文艺》《江南》等数十种国家级、省级文学刊物发表中短篇小说100多万字。著有小说集《L形转弯》(入选中国作家协会“21世纪文学之星丛书”)、《勾引家日记》，长篇小说《我在你身边》。曾获中国作家协会第九届全国“骏马奖”，团中央首届全国“鲲鹏文学奖”小说一等奖，连续一、二、三、四、五届辽宁文学奖，辽宁省优秀青年作家奖，《民族文学》年度小说奖，《鸭绿江》年度小说奖等。曾参加第61届德国法兰克福国际书展等重要文学活动。作品被翻译成日、韩等多种文字。

# 目录

WUYE LUO

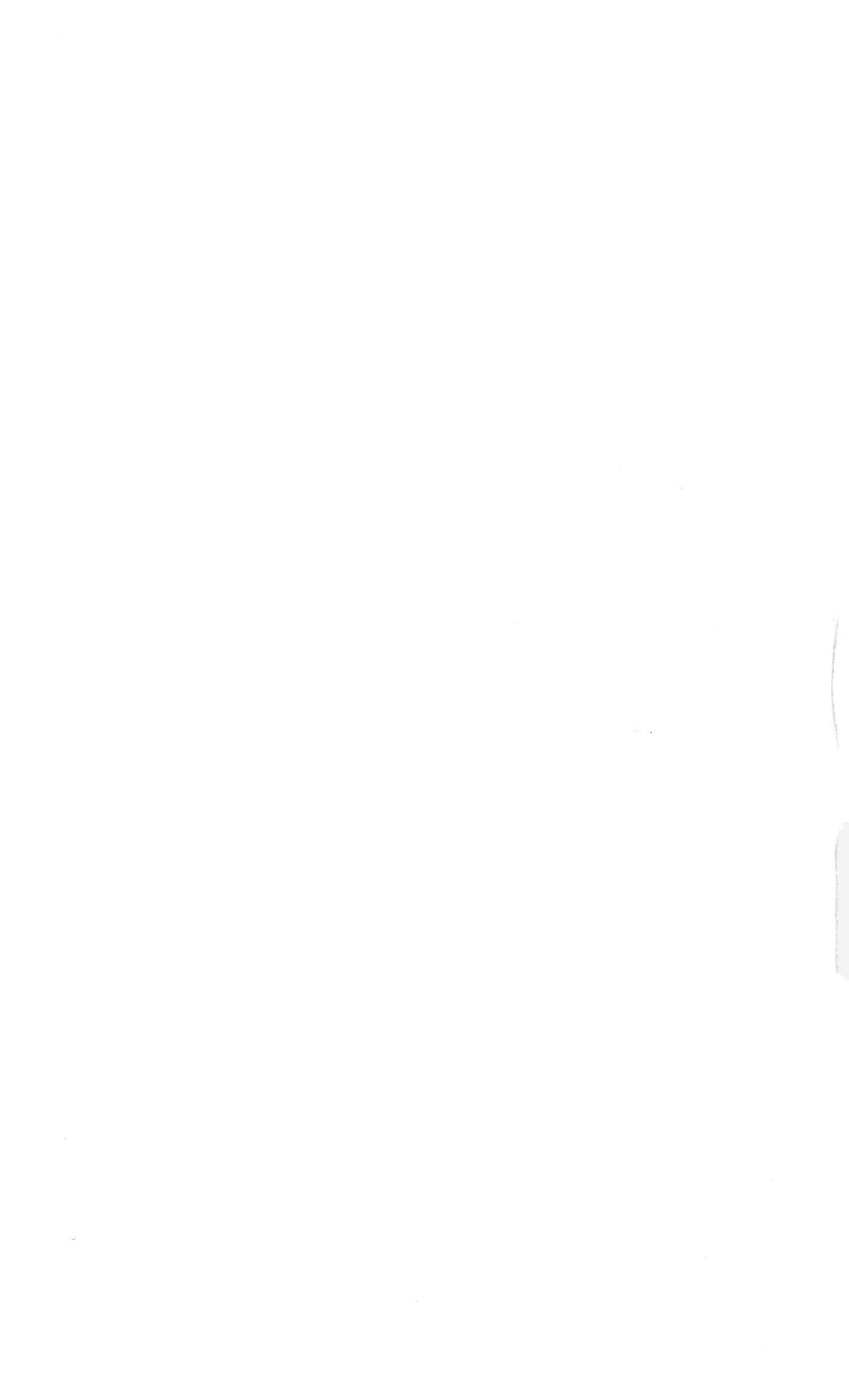

# 沿 途

轮胎下的沙子被卷扬着，撞得车身咔咔作响。如果不是柏油路和进气管的入口装有过滤器，这会儿怕是早就玩完了，他想。翻过视线里的一片缓坡，正要换挡的时候，他看见一个年轻姑娘在前边招手拦车。

他想绕过去，吉普车的发动机传出变态的嘶鸣声。姑娘似乎看清了他的意图，向路中央迈了一步，并且两只手都在风中扬了起来。她穿着一套绿色登山服，戴一顶有标志的黄色遮阳帽，肩上挎着一个粗亚麻旅行兜——一个环保志愿者的形象。

他刹住车。姑娘自己打开车门。在她坐进来的一瞬间，他竟然能嗅到一种淡淡的薄荷口香糖的气味。

“你到这里干吗？”姑娘问。

他懒得回答，只说了一个“兜风”。他不想以同样的话题反过来问姑娘，在这片迢遥千里、荒无人烟的丘陵地带，依照他的口吻，姑娘会回答“散步”吧？

吉普车重新上路了。反正，姑娘刚才也没有问自己要到哪里去，他索性仍旧漫无目的地朝前开，姑娘会在她认为合适的地方下车的。

“你是西安人吗？”过了一会儿，姑娘在车里侧过脸问。

他挺佩服姑娘的眼力。刚才车开得很快，姑娘还是一眼看见了他车前挂着的“陕”字牌照。“不是。”他说，不知为什么对姑娘说了实话。

“那……”姑娘欠了一下身，口唇张得很大，表示她的疑问。

“北京人。”他说，“西安一家公司欠我很多钱，最后用这辆车顶账了，我在北京也就一直这么开着。”

“你做生意？”姑娘问。

他未置一词，但是和姑娘点了一下头，因为车轮被石头硌了一下。

“很大吗？”

他笑了。只有这笑，才透露出他作为四十多岁人的特有的成熟和疲惫。他的生意曾经做大到被国家工商局评为中国五百家最大私营企业第三百七十几名。现在，这又有什么用吗？

他从头顶上方的后视镜里打量了姑娘一眼。她已经摘掉了遮阳帽，露出一头乌黑秀丽的头发，一张年轻的脸显得洁净而稚气。她有十九岁？二十岁？不会比这再大了。她是回家——放暑假回家的大学生？还是离家——跟自己一样，找不出热爱生活的理由？

看模样倒不是本地人。管他呢！

她的模样使他想起了温琦。不是长相，是那种仿佛的青春气息。此时，他想起温琦，就像是想起一首熟悉的钢琴梦幻曲。淡蓝色的，透明而不可穿越，温馨却充满忧郁。最爱的人竟离他而去，这不啻是生活给予他的最大的嘲笑！从那时起，他开始尝试着让自己相信，金钱不是万能的，因为温琦的离去恰恰与金钱无关。

他熟悉生活中的“离去”。三年前，他的父亲离去了；年前，他的母亲离去了。其时，他感觉生活发生了重大的颠覆，简直是站在地壳里看世界。说到底吧，他还是一个传统型的男人。现在，世界上只孤零零剩下他一个人啦，他是多么思念他的双亲。温琦的离去，或许与父母的离去不一样，可又有什么不一样？他想，上帝造生命、造世界，为什么是先给了你，再让你失去，而不反过来先让你失去，再给了你！

吉普车在丘陵中穿越着，视线单调得让人觉得所经之处是那么似曾相识。不过这种情形不会持续太久，他看了一眼仪表盘上的显示器，汽油快用光了。

“冷湖是在这附近吧？”这时候，姑娘自言自语着。

冷湖！他想，这么快？他望了一眼远处，原来路不知什么时候早已没了。这里是甘肃、青海、新疆交界之处，很早他就听说过这里的冷湖——那一定是一片宁静之域。他设想独自驾车面对它时，将怎样以这辆日本产骑兵牌四轮驱动式吉普车的极速冲向它，完成生命最后一次的投入状，然后让一切归复如初，悄然无痕。

“你也知道冷湖？”

“当然。”姑娘说，“几万年前，祁连山和阿尔金山相对时，这中间是一片群山和湖泊。如今，只剩下一个冷湖了。”

他默言无语。

吉普车驶过一道沙梁之后，右前方出现了一片倾颓的石垣。姑娘忍不住从车窗向外望着，面庞一点点转动，快要接近它时，她终于扭头对他说：

“能停一下车吗？只一会儿。”

他不情愿地踩了刹车。

姑娘从兜里取出照相机，打开车门。天空湛蓝如洗，连一丝云也没有。他能感到一股灼热的气浪从车外掀来。姑娘在那片残断的石垣中间伫立良久，细细观察着。他看了一眼仪表盘上的车外温度显示器，摄氏三十九度半——管他呢！他等得无聊，索性打开了车内镭射碟机。随着音乐的弥漫，他的目光也在车内环顾：这辆日本产吉普车几乎达到了豪华型三级配套，双层玻璃窗、真皮座椅、环绕照明效果灯、车载电话、电脑旅程记录系统……当初，他发了疯一般一心想搞到一台波尔舍公司的顶级产品959型超级跑车。价格昂贵倒在其次，就在他的所有努力即将实现的时候，他偶然听说波尔舍959由于排放量超过美国环保标准，被禁止进入美国。他的自尊心因此受到了伤害，他想：被美国禁止的，为什么要进入中国？后来，他还是坦然接受了这辆日本产骑兵牌吉普，原因之一，它是环保型的。

“嗨，”姑娘跑过来对他说，“还剩一张胶片了，下来给你照张吧？”

“不，”他说，“谢谢。”

“照一张吧！”

他还是婉言谢绝了她的好意。他不想在某一时刻，当他已不在人世，世界却还苟延残喘地保存有他的一张什么照片。他一只手扶在方向盘上，专注地望着姑娘。

姑娘出其不意，把相机举到面前，快速地揿动快门。

他被姑娘的举动逗笑了。姑娘在车门旁退胶卷，他看着远处，问：“那儿是些什么？”

“大概是古时候，公元800年间吧，吐蕃人去敦煌时修的房屋的遗址。”姑娘说，“帮我弄一下相机，怎么退不出胶卷了？”

他接过相机，看了一下，发现是电池没电了。他从车里取出自己的电池换上，把废电池随手扔到外面。

姑娘走过去，把废电池从地上捡了起来，用塑料袋套着装进自己的旅行兜里。

他望着眼前这个也许是优秀的环保主义者，内心掠过一丝感动。随即，他又深感悲哀，有什么用呢？国内还没有几家能够处理废旧电池、防止汞污染的公益性环保企业。

车重新启动的时候，他问：“你是一个环境保护的乐观者？”

“什么意思？”姑娘问。

“没什么，”他说，“在将来，恐怕只有环保二字才能成为哪怕是一对敌友间也能产生的共同话题，使他们成为朋友。”

姑娘信任地对他点了一下头。

他想告诉姑娘，他不认为她刚才的行动具有多么普遍的意义。在北京，他曾参与过一个环保组织搞的活动，他像所有成员一样，竭力宣传一切与环保有关的命题。沙漠化、水污染、城市垃圾、工业废气、温室效应、能源危机……包括对一次性卫生筷的抵制。当然，身处发展中国家，他们隐去了“增长的极限”这个话题。促成他最终退出该组织的，是在某一次他们走上北京街头捡拾塑料方便袋的行动之后。在那以后不久，娱乐圈的一些明星趋之若鹜加以仿效，媒体对此给予了很大的宣传，完全压倒了普通人默默无闻对环保所做出的长久的努力，失去了环保本身的真实和朴素的意义，让人望而生畏并为之逆反。从那以后，他发现街头上的塑料袋不是越捡越少，而是越捡越多，同时，他对自己的行为产生了怀疑：对于一次性塑料袋，政府有关部门完全可以下令禁止或限量生产呀！为什么不呢？

“我渴了，你有水吗？”姑娘全然不觉他的胡思乱想，在一边小声地问。

他愣了一下，过了好久才想起应该怎样回答这个问题。他早已没水了，从过了小柴旦那个地方开始。他把最后的两瓶矿泉水给了一个牧羊人——他要水干吗？这是一个多么遥远的问题！

他老实回答了姑娘，他没水。姑娘不吭声了，但他知道在这沉默里，包含了一定程度的惊诧。他说不清是对此感到内疚，还是快意。

接下来的长时间里他俩几乎没说一句话。到了中午，太阳同地平线的角度呈一百一十度/七十度的时候，吉普车在一片丘陵和沙漠间杂的地带中不得不慢慢停下来。汽油用光了。

这一刻，他不知如何是好。后来，他打开车门，走在旷地里。翻过两道沙丘之后，实在没有力气了，他就顺着一条沙梁滑躺下去。

他迎着太阳，闭上眼睛，眼皮里边是一个巨大的空洞的世界。一会儿是白色的，一会儿是红色的，一会儿是绿色的，一会儿又是黑色的。后来，它们变成一万支涂着碎金的箭头向他射来。他侧过脸，艰难地喘息一口，一股灼热的气流像是液体一样渗入他的鼻腔和胸膛，身体下面的沙土仿佛变成了一群群啮齿类的生物，尖利地用含着热度的嘴撕扯他。他置身于一个巨大的烤箱之中，空气都在微微颤动。他感觉体内的水分在一点点消失殆尽，像一条被放在不断加热的锅里的鱼。他就这么躺着，他很情愿就这么躺下去，一直躺到无力起来、无力呼吸为止。残存的意念中，他的所有工厂和企业转瞬间土崩瓦解，灰飞烟灭。隐约里，似乎飘来了温琦的身影，还有父母的面庞，他们在一点点淡退，引领他到一个未知的领域。人类从蹒跚学步到长大成人，似乎就为了等待着见到被逐出家园的那一天。世界一片昏暗，让人惊悚不已，远处，隐约传来了最后的警报声……

他睁开眼睛，翻身坐了起来。耳边的声音断续回荡，是沙梁那边的姑娘用汽车喇叭在叫他。喇叭响了一阵后停了，姑娘用尖细的嗓子喊他：

“喂——”

他吃力地站起来，摇摇晃晃地登上沙梁，向下面走去。他看到姑娘站在吉普车旁边一块极小的阴影里，用惊恐和嗔怨的眼神望着他。而他，则后悔当初捎上了这个姑娘。

他默默走进车里，从后座位上取出有限的一点儿食物，面包，沙琪玛，还有火腿。他把火腿掂在手里端详着，舔了一下干燥的嘴唇，又把它扔了回去。太咸了。

他揉了揉太阳穴，和姑娘一起坐在车里慢慢吃起来。“没办法，汽油没有了。”他说，“我们等着吧，或许会有过往的车辆开到这里。”

他们一直等到黄昏。此时的黄昏一如清晨，处女般静寂、安谧，没有丝毫骚动或闯入者的迹象。他看了一眼姑娘，她的眼睛像天空一样暗淡和茫然。他想了想，抓起车载电话，话筒里没有任何讯号。他们彻底与外界断绝了联系。

天黑之前，他做完了两件事。一是将车上的充气式帐篷和睡垫用嘴一口一口给吹起来，这差不多用去了他一个小时的时间——如果不是没油，发动机打着后，排气管可以帮他做这件事。继而他又想，如果不是没油，他待在这里干吗？见鬼！二是找到一片沙土不多的低地，挖好一个深坑后，将姑娘的一只空饭盒放进去，坑口用塑料膜封好，四周压实，唯有中间部位悬垂在坑里的饭盒口。做完这一切后，他独自在旷穹之下，伴着一轮弯月坐了好久好久。依稀可辨的远处的土地，被沙丘侵蚀殆尽。它们伴着西北的风，湮没了古楼兰，穿越了库姆塔格沙漠，一路纠集着其他同伴，一点点东移。于是，才有了北京的沙尘暴。记得几年前有专家说，照此下去，中国将来得迁都——是危言耸听吗？

睡觉的时候，他问姑娘睡在哪里。姑娘指了指帐篷。他想让姑娘睡在车里，这样的地区昼夜温差可达三十多度，夜间会很冷的。但是姑娘执意不肯，他也就由她去了。

半夜的时候，姑娘还是悄悄地钻进了他的车里，躺在后排座位上。她听到了一种来自远处的凄厉的叫声，接着，他也听到了。他们不约而同断定那是狼。他锁好车门，点亮车内所有的灯光，望了一眼窗外那空荡荡的帐篷，然后躺下去。姑娘的举动让他又一次想起温琦。温琦总是在无助的时候寻求他的保护……也许是太乏了，他的一只脚搭在方向盘上，不知不觉，很快就重新睡着了。

凌晨五点钟不到，沙漠上的太阳就升起老高了。整个上午，他和姑娘几乎没说几句话，他们能愈发真切地感觉到阳光对沙漠进行新的一轮进攻。耳朵除了听见对方吃力而近乎虚脱的喘息外，似乎听不见别的声音。到现在为止，姑娘已经连续四十七个小时没喝一口水了，而他，比她还要多出两个小时。在这样的地区，连续三天不喝一口水，将毙命无疑。这是常识。

他去到昨晚挖的深坑前。由于昼夜温差的缘故，炽热的阳光此时已将坑内的潮气蒸发，凝结在塑料膜上形成水珠，然后又汇聚着滴落在空饭盒内。他扯开塑料膜，端出铝制饭盒，那里闪晃着流动的太阳。稍一倾斜，饭盒的一个角落里分明贮存一泓泉水。

他把饭盒递给姑娘。

大口喝的话，可以喝一口。

小口喝的话，当然可以喝上两口。

姑娘喝了一小口，把它又递给了他。他阻拦着，几乎是强硬地让姑娘喝掉了剩下的一口。

随着姑娘的抿咽，他感觉自己的喉内也有一股清凉的液体侵入，但是很快，就变得干燥酷烈难耐，像是吞咽了一块太阳。他感觉更加焦渴了。

“冷湖在什么地方？”他自言自语道，“要是在这里就好了。”

“冷湖？”姑娘说，用手朝远处指，“不就在那儿吗！”

“在哪儿？”他望向远处，却没有望见。

“那儿。”姑娘这回用手一直指着。

他顺着姑娘指的方向望去，只望见一座突兀的、青蓝色的小山峦。

“那不是一座小山吗，”他说，“冷湖在它上面吗？”

姑娘哧哧地笑了起来：“冷湖是一座山的名字，人们叫它冷湖山！它的上面没有湖，旁边也没有湖。”

他大吃一惊。没有想到冷湖竟然是一座山！他沉心望去，苍黄漠漠的风沙背景之下，它的颜色纯然、幽冷而恬静，可不就宛如一湾沁凉的湖水，拂去人心的燥热与骚动，让人的思想一瞬间具有了磐石屹立般的恒久和坚忍。他默默地伫立着，开始惊讶于人们惯常逻辑思维的封闭积习和愚固可笑了，他想起蒙田说过的一句话：世上可怕的往往不是事物本身，而是人们对事物的看法……

“我想……走过去看一看。”他说。

“我陪你一起去好吗？”姑娘问。谁知道她是不是一个人待在这里害怕呢？

“愿意的话就来吧。”他说。

他们一起向山的方向走去。山并不高，只是生长着一些低矮的植物，但是登山的时候，他还是远远地把她落在后面。他沿着裸露的岩石向上登，个别处需要用手费力攀缘。他的脚被划破了，但是浑然不觉，他感到眼下的情境特别熟悉，好像又回到童年，甚至是童年以前。空气越来越清新，眼前仿佛有雾在飘动。当他气喘吁吁、几乎虚脱一般登上山顶时，还不待仔细地换一口气，山下的景象让他惊呆了：雾岚中，隐隐约约呈现出一座城市，高耸的楼房，纵横的街道，披拂的树木，还有人来人往……他的眼泪差点儿流了下来，内心剧烈颤抖。他一直厌恶城市，希望远离人群，可到头来才发现他是多么依恋城市，多么热爱人群！

他慢慢地瘫倒在地上，闭上眼睛。“你怎么啦？”过了五分钟光景，姑娘走到他身边，轻轻地问。

“你看！”他朝山下一指。

“什么？”姑娘问。

他睁大眼睛，直起身向山下看去，城市竟然没了，什么都没有，映入眼帘的只是一望无际的沙漠和丘陵。还有地平线，宛如一抹淡淡的浮尘。

他再一次震惊了，不敢相信自己的眼睛！姑娘悄悄掠了一下额发，在一旁自语："据说在沙漠地带经常可以见到海市蜃楼，你相信吗？有时候我觉得，世界应该有理由保存一些蛮荒和未知的地方，好让人类的想象力有一个存放的所在。"

他已经大汗淋漓了。向山下走去的时候，他一直搞不清刚才是怎么回事，现在又是怎么回事。他的脑海里猛然记起卡夫卡说过的一句话：虚幻往往更是一种真实，而常人眼中的现实往往是不真实的……

"喂，我说，"他对姑娘说，"留个地址吧？"

"干吗？"姑娘头也不回。

"不是你留给我，是我留给你。"他说。

"干吗？"姑娘停住了脚步，看了他一眼。

他的目光落在姑娘挎着的照相机上。"将来洗出照片后，把我的那张寄给我，我要做个纪念。"

姑娘不经意地抿嘴笑了一下。

他们继续朝前走。他们走的方向，是可能出现公路或过往汽车的方向。

# 眩　晕

杜默和陈红是居住在深圳罗湖区的一对青年夫妻。一年半前的一个傍晚，正在等车的某公司职员杜默在火车即将进站时，发现了横卧在铁轨上的陈红。他把她抱了起来。陈红不像大多数临难者那样面色苍白，她显得沉静自若。杜默认为这一定是她喝了大量的酒的缘故，可是半小时后，他排除了这种可能。

因为在送陈红回家的路上，他禁不住吻了她。

他们相识了，并且爱得很深。半年后，他们结婚了。陈红在朋友的帮助下，在深圳一家大型外资自选商场做售货员。这是当地最大的自选商场之一，日营业时间超过十六个小时。每当夜幕降临，这里的十几层楼里一片灯火通明，站在大街上望去，车辆似海，它就是海面上一座晶莹的冰山。杜默的工作很轻松，可是陈红，除了轮休日，每天中午在商场餐厅吃工作餐，深夜，需要很晚很晚才回来。

有一天，陈红说，她很辛苦。

杜默感觉到了。陈红的脸色十分苍白，像是被那里的日光灯给漂白了一样。日光灯的光照据专家说对治疗贫血有促进作用，可陈红的脸色说明根本不是那么回事。

不知过了多久，杜默的家里渐渐发生了变化。这种变化的前提是陈红不再抱怨辛苦，她勤奋工作，操持家务，目光中时常流露出对生活的任劳任怨。这使得杜默对陈红的身体疲劳情况暂时放下心来，只是，他对家里正在产生的变化感到莫名其妙和恼火。

最开始，杜默下班后随手抛在沙发上的外套，不知怎么在上班时总是劳神他到壁橱里去找；接着，杜默看到厨房食品柜里的调味瓶，总是按照刻板而严酷的顺序排列着，不容许他用过后随意打乱，否则陈红就会朝他发火，仿佛她的厨房是一丝不苟的化学实验室；再有，杜默看到陈红似乎染上了洁癖，只要有空闲，她就不停地擦地板，抹酒柜，一遍一遍地，尽管那里已是纤尘不染……家里的所有顺手可用的物品都被规矩地放起来了，似乎一群士兵被将军下了严酷的隐蔽起来的命令。最后，天，杜默环顾家里，办公桌上的书没有一本是斜着放的，卧室的床罩平平整整，像是一块巨大的磨砂玻璃板，枕巾也是摆放得与床沿呈直角，绝不会出现锐角，也不会是钝角，就连浴室里的一双拖鞋，脱离了主人的脚之后也摆放得心心相印，毫不分开，像是一朵并蒂莲……还有，当然，还有……

一句话，家里的一切东西都规规矩矩，毫不松懈，毫不凌乱。

杜默下班回家，往往站也不是，坐也不是，拘谨得像个客人。

终于，有一天，一场由本地职业足球队参加比赛的电视直播被杜默错过了。这使得他对回家后的陈红大发其火。因为他那台老旧电视的手动按键接触不灵，选频道只有靠那只遥控器，而遥控器，是杜默伴着足球终场的哨音好容易在一个装药品的抽屉里找到的。

“陈红，这都是你搞的？我真受不了。”

“我……它们看起来太乱……”陈红语无伦次地说。

“是吗？真有趣，你不觉得这在某种意义上就像是我们的婚姻，结婚前我没发现你是这样——你是如同把房间里的乱东西隐藏在看不见的角落里，而外观却亮亮堂堂一样——掩饰了你的这种怪癖吧？”杜默尖酸地说。

“默，结婚前，你从不这样说我。”陈红诚恳地说。

“结婚前，你不是这样的。”杜默说。

“是，结婚前，我是不这样的……”陈红欲言又止，她仍诚恳地说。

“是弗洛伊德，还是弗洛姆，要么是荣格？陈红，帮我想一下，他们中的哪一位，说过这样的话，一个对日常物品有洁癖和规矩癖的人，往往是一个有自恋倾向的人。陈红，你为什么会产生自恋呢？那么在意你自己？凭你曾经卧轨自杀过？噢，迪尔凯姆可能要认为，自杀是一种更高级的自恋行为。”

“杜默！你这样说我？”陈红穿着一条亚麻短裤，白色衬衫，手拄拖把，眼含泪水地说。

杜默走在街上。

午后的阳光很好。这是在嘉宾路上，近处是阳光酒店，远处是南国影联娱乐中心，被午后炙热的阳光焊上一面幽蓝光线的巨高型建筑，是国贸大厦。

杜默有时候喜欢这样徒步走一走。从客户单位回到就职的某公司，路程并不是很近。在一个时光的乱箭纷纭骤逝、所有人都热衷于以车代步的现代社会里，有时候，步行倒显现出是一种奢侈。

一种时间和心态上的妙不可言的奢侈。

杜默五年前来到深圳。他想考验自己在事业上的能力，所以他辞去了大学毕业后分配的工作。他想考验自己抵制不劳而获的欲望，所以他放弃了内地双亲的遗产。在这里，他没能抵御的，是陈红的爱情。

他是这样的人：乐于创业，安于守家。既深谙时尚，却又保持质朴。远处于主流男人之外，却又不被排挤于社会边缘……

晚上，快十一点钟，杜默去接陈红下班。结婚以来，这是第一次吗？反正对第一次印象不深，那么这可能就是真正的第一次。杜默有点儿不安。

在路上，他们走进一家咖啡馆，坐了下来。

“生活应该具有微妙性。”杜默说。

他要了咖啡和三明治。紧接着，要了煎蛋还是维芙饼，他记不起来了。

陈红坐在那里不说话。她恬静，带一点儿妩媚。

“也许是我错了，”杜默说，“嗯，不排除这种可能。”

“怎么回事？”陈红问，她看着他，忽然笑了起来。

咖啡馆侍者把咖啡和三明治端了上来。另外有维芙饼。嗯，维芙饼，杜默想，这不错。

灯光很暗。他俩吃起来。

“陈红，你念的是中文系，汉字里的‘家’，是什么意思？”杜默试探地问。

“从宀从豕。宝字头下面装里豕。”陈红说，“宝字头代表古代的屋棚，豕是猪。”

“我明白了。”杜默说，“猪在屋棚下面从来是随心所欲的，自由自在的，乱一点儿没关系，这是家的本义。”

“你要干什么？”陈红看了杜默一眼，问。吧台那边的老板闲极无聊，正瞅着他们。

“别紧张。”杜默从吧台那边收回目光。他诡谲地笑了一下。

陈红喝了一口咖啡。

“明天，或是什么时候，我们到红宝俱乐部打保龄球怎么样？”杜默说。

“保龄球？”陈红问，“你是看中了那里的昌小姐吧？”

“别瞎说，”杜默沉默了一会儿，“昌小姐是我父亲战友的女儿。”

“那又怎么样？”陈红说，“理由不充分。”

“理由？”杜默皱了一下眉头。

“再来两份咖啡。”陈红说。她吩咐侍者。

“我够了。”杜默说。

“够了？”

“够了。”

“那就一份。”陈红盯着杜默，“其实，昌小姐长得很好看。”

“没有你好看。”杜默说。

“比我好看。你应该承认。”陈红说。

侍者把咖啡端上来。

“她的……”侍者转身过去，杜默用钢匙指了一下自己的胸部，“没你的丰满。”

陈红撇了一下嘴。

“我们该走了。”咖啡喝完后，杜默站起来，说。

回到家里，杜默开始亲吻陈红。

“窗帘！”陈红说。外面不时有灯光晃过。

杜默走过去，“哗”的一声拉上印花窗帘。

“不会让它正当一点儿吗？”

陈红叹口气，从椅子上站起来，走过去给那窗帘的卷折处扯平。

杜默搂住陈红。他的呼吸有点儿急促。陈红知道杜默想跟她做爱。她既不抗拒，也不迎合，她只是随其自然。她在这方面没什么偏激的想法。

杜默解开她衣领的扣子时，她说：“套子。”

“噢。”杜默说。他们指的是避孕套。

“没有防御，就没有进攻。”陈红推开杜默。

“在哪里？”杜默问。

“衣裳柜，第二个抽屉。”

杜默有点儿狼狈，他跪在地板上，拉开抽屉，翻了一阵：“没有啊？”

“右边，从右边数第二个抽屉。”陈红纠正他。

杜默找到了。他把陈红拽到床上，自己也弯下身去。

“别，”陈红挣了挣，“这样会把床罩给压出褶子的。”

杜默显出一点儿烦躁，但他忍住了。他开始给陈红脱衣服。他一下子给陈红的马甲脱得翻转过来，里子露在外边，扔在一边。杜默抚摸她的时候，陈红两只手捡起衣服，忙着给它重新翻转回来。

杜默的心里有点儿发酸。

但他还是去亲吻陈红。他捧住陈红的面颊时，陈红似乎比杜默还要掩饰不住耐性了："嗨，哎！我的发髻让你给弄乱了！"

杜默两眼直直地瞪着陈红。他搬起她的上身，猛地向床上一掼，转身走了。

杜默和陈红开始时常吵起架来。有时候很凶，凶到令彼此难以置信。似乎谁也无法顺从谁，杜默有时候故意把陈红收掇过的房间弄得乱七八糟，尽管那都是陈红下班后支撑着疲惫去做的。

摆在他俩面前的，似乎是两条扳了道岔的分开的铁轨。

终于有一天，陈红虚弱地说："杜默，我很累。"

那时候，年轻的杜默忽然想起，由于大学里自己太贪玩，还缺少一张学位证书应该进去重拿。

陈红打好包裹，回到离深圳很远的家乡甘肃玉门。杜默则去了他念大学的城市石家庄。

临分手时，陈红在街头说："杜默？"

杜默两手插兜，噘着嘴唇。可他们之间并不存在口哨声。

"谢谢你救过我。"陈红说。

杜默想起，结婚一年来，他还从未询问过陈红当初为什么要选择那种行为。现在要问吗？不。只有不，才是唯一的答案。

陈红已经转身走了。她迈开穿着亚麻短裤的白皙的双腿，伴着街头酒店里传出的《就是这么回事》的摇滚乐，消失在人群中。

冬天到了。石家庄街头的行人因寒冷而变得日渐臃肿起来。这正跟国内大多数拥有冬天的城市一样。杜默面临的问题是，他脚上的旧棉靴必须换一双了，否则，他自己将会感觉很不像话。

元旦的前一天傍晚，杜默在好友李大明的陪同下，来到石家庄的一家自选商场买短筒皮靴。商场往往是一座城市的履历，是经济的注解，是探寻时尚精神的一个窗口。大多数商场里的售货员，是典雅和亮丽的橱窗中会招徕顾客的模特的另一种翻本。她们年轻、清秀，嘴角挂着贫血的笑容，疲倦而镇静。无可言说，她们是代表城市青春女性的真正一派。随着晨曦的喷溅或晚霞的流泻，她们的脚步或匆促或浪漫，那多是因为她们早起为丈夫多热一杯牛奶延迟了两分钟，或是楼层经理发给了微薄的月奖金。这些可能都足以支撑起她们梦的阳伞。尽管这样，她们仍是知道，青春是站着流逝的，她们穿着干净、利落，但是同样干净利落的坤包里的月薪，五年？十年？或许永远不抵身后那排服装架上任何一套名牌服饰的价格：皮尔•卡丹、尼娜瑞屈、路易•威登、乔治•阿玛尼……

杜默和李大明来到七楼的鞋部。在摆满各类品牌的鞋子的隔道间，他俩来回徜徉着，不停地挑，不停地试，几百种鞋子似乎没有一双让杜默中意。不是尺码不符，就是系带太松，要么就是样式不好……好容易选到一双对劲儿的，凑近一看，皮面有一道划痕。

“杜默，”李大明嘻嘻笑着，“鞋太多，还是钱太少，你左挑右挑？挑花了眼还得下楼配副镜子哟！”

李大明，看身架是五十岁，看脸庞是三十岁，听说话的口音是二十岁。他是这么一个人。

“没想到会这么费劲儿。”杜默小声地、懊丧地嘀咕着。最后，他总算是选到一双满意的“迈”牌短筒皮靴。

“元旦你打算怎么过？”李大明坐在一旁的休息椅上问。

“不知道。”杜默把试过的皮靴脱下来，擎在手上，“我怎么知道？”

他们开始朝外边走。他们顺几十米长的隔道朝外走。杜默不经意地回头看身后，他看了一眼。又看了一眼。最后，步子几乎都要停住了。

“忘记什么东西了吗？”李大明也回头。

杜默不言语。杜默看见他们选鞋子的所经之处，弄乱的鞋子东倒西歪，一片狼藉，足有二三十双。一位窈窕的售货小姐，正俯身逐个给它们摆正。她那精细而透着疲倦的举动，就像是在护理襁褓中懵懂而爱哭闹的婴孩。灯光下，她的面庞闪现着莹莹的汗滴。

她正在立一双靴子。倒了，她重立。好像有点儿不对称，她又正了正。随后，她撩了一下耳边的弯发。

杜默静静地看着。

“喂，怎么了？”李大明问，他碰了碰杜默的胳膊。

“她……让我……想起一个人。”杜默说。他目光有点儿涣散。

“想起你看过的三流录像里的女主角吧？”李大明阴阳怪气地调侃。

“闭嘴。”杜默说。

“那好，你站这儿看一会儿吧，我想去洗手间。”李大明说。他转身走了。

售货小姐看见杜默。

她迎了上来：“先生，你是需要再选一下吗？随时可以更换的。”

“不，”杜默歉意地说，“已经挺好了。”

售货小姐准备转身。“你每天做的就是这个吗？”杜默问，他用手做着动作，“每天不停地理顺和摆齐这些鞋子？”

“是，要不看着很乱。”售货小姐微笑着，向杜默解释。

“很乱？”

“是，有时候。”她把双手放在胸前摊着，“怎么说呢？像是惯性，你看到杂乱的物品不立刻收拾，就会感到不舒服。哪怕你把它们给抚摸一遍呢，否则你的心里就会烦乱不堪，感到眩晕。”

“眩晕？”杜默摇了摇头。

“就是呀！”售货小姐似乎巴不得借谈话的机会来休息一下，她接着说，“前天经理解雇了两个售货员，她们在酒水部和食品部。那里的顾客太多了，每天有成千上万人。她们不喜欢不停地归齐和整理被顾客弄乱的东西，她们似乎不胜任这种工作。”

杜默一声不吭。

“商场经理说，我不要顾客进到这里有一种乱糟糟的感觉，要么把五粮液当成古井贡，要么把咖啡误认是司考奇，或者干脆，淀粉和奶酪混在一起，这样会令我感到……”

远处那边有新到的顾客需要照应，售货小姐一边转身，一边回头：“对，我们商场经理也是用的这个词——眩晕。”

杜默点了点头，他笑了一下，“谢谢你。”他说。

李大明正好从洗手间回来了。杜默拉过他，说：“我们走。”

他们去收银台付过账。穿过商厦玻璃门，他们来到街上。街上色彩迷离，天空被霓虹灯光映照得斑斓而轻佻。行人阑珊。杜默和李大明默默走了两条街，杜默忽然说：“我真想去看看祁连山，那里的冬天必定很美。”

“你是说……甘肃？”李大明问。

“就是。”杜默说。他记起陈红，一个月前陈红给他寄过一张明信片。上面一个字也没有，只有岿然在冬天里的祁连山的风光摄影。雄壮崔嵬的祁连山上覆盖一层雾岚般的初雪，那么轻盈，那么透明，目光焐上去久了，就要把那冬雪融化掉似的。

他记起陈红以前跟他说起过她的家乡——祁连山下的一个小镇。那里民风朴厚，人们自由但不轻慢，生活从容却不懒散。日子像是岩漠和戈壁中风沙常吹不泯的黄牛车辙一样，纯朴而大气，像是能铺到天边……他似乎听到了晃在长鞭下的苍老的歌谣：祁连山哎我的帐，河西走廊我的床，一壶酒，半褡粮，车上坐着个俏新娘……

杜默在一间自动电话亭里站住。他刚拨了该市火车站询问处的号码，立刻又扣下了。

“我真笨，”他看了看表，“还等什么呢？我想起来了，一刻钟后就有一趟去兰州方向的火车……”

“喂，你干什么？”他的伙伴吓坏了。

“没什么。我知道元旦该怎么过了。”杜默从李大明手里接过新买的皮靴，穿在脚上，把旧的靴子依然抱在胸前，“再见。”

“喂……”李大明说。

远处传来一阵火车汽笛声。

杜默愣了一下，随即转身跑了起来，在大街上。

杜默越跑越快，大地因此眩晕了。

# 一曲两阕

我在S市念书的时候，每临考试，总要抽出几天工夫，夹着书，独自走到郊外去。在郊外，有一座本市著名的解放战争烈士陵园，那里宁谧、肃穆，总能暗合我背诵和复习的心境。眼下仍如是。

时令正值深秋，野外一片萧索。在陵园门口，我同守门的老头打过招呼，步入陵园。放眼四望，石碑默立，松柏掩映，满地的银杏和苹果树叶子浸在午后的阳光里，斑斑驳驳，给人一种落寞的慰藉感。远处的天一片瓦蓝，天边泛着几抹白云，像是海岸边雪白的盐滩。我找到一条僻静的甬道，穿过几座烈士冢，在一棵枝干虬伸的苹果树下的枯黄的草丛中坐下。我展开手中的《中国革命史》，开始背诵起来。我很惊诧自己的记忆力竟是出奇地好，两刻钟不到的时间里，我已默记下五条名词解释和两条论述题。这仿佛是身处陵园，有烈士英魂相助，思接天壤一般。就这样，不知什么时候，当我抬头，便发现离我最近的一座水泥浇铸的烈士墓冢旁，正相依缠绵着一对互吻着的恋人。这样的环境中这样的情形我真的见过多次了。不知是这般有情人，在城市喧嚣的空间中喜欢这里僻静，还是爱情的誓言和命题，往往同死亡连在一起才更显深刻，要么就是，他们眼下享受的温馨与幸福生活，正昭示出对先烈们付出的代价的一种感恩？说不明白。反正觉得挺碍眼，又挺谐调。

我发了一会儿呆，又继续专心致志地背诵我的考题了。日光渐渐流转，满目耀眼的落叶和草茎的光芒背景下，我的身影投在地上像是汪着的一弯水。那对恋人后来离去了，而我的腿也终于坐麻了。我站起来，在甬道上，在那对恋人坐过的烈士冢和我的苹果树之间来回踱步。天色渐渐薄暗，我决定背完最后的几道题，就离开这里。当我反复地、说不清第几次踱到烈士冢前，出声地背诵最后一道题的时候，从远处，从甬道的尽头，慢慢走过来一个人，一个老头——是那个守门的。他走到我面前，似乎笑了一下。

“快关门啦。”他说。他的手里拿着一把扫帚。

老头中等身材，有点儿秃顶，方脸四周的鬓须泛白，像是冬行人呼出的霜气挂在那里，一双眼睛显出平稳、有点儿疲惫的光。

“是吧？您——怎么走到这儿啦？”我问。

我的言谈可能太缺少对话性，老头沉吟了一下，没有回答。我其实挺喜欢这个老头的，我们早就相识，虽然没说过几句话。眼下这座著名的烈士陵园，对外是实行门票制的。老头知道我常进来背题，就不再收我的门票了。算起来，那也是节省了我学习生活中额外的一笔费用。

“整座陵园里，可能就只剩咱俩啦。”老头说。

远处起风了，广袤的陵园里响起一片隐约的松涛声。

“快到点了，”我看了看表，合上书，“您要回了吧？”

“不急。”老头看了我一眼。“不过，回家，那倒是的，明天我就正式回家啦，别人接替我的岗位。小伙子，咱俩也要再见啦！”

“您退休啦？”

“早该退喽。”

老头说着瞥了一眼我手里的课本——《中国革命史》，脸上顿时掠过一种复杂的表情。

我对老头的话心生惋惜，于是说：“大爷，您不舍得离开这儿吧？”

老头的头部和手轻轻颤抖着。我宁愿相信那是由帕金森氏综合征而不是由激动导致的。老头搓了一把脸，手掌和鬓须间摩擦出一种踩碎落叶的声响。“三十六年啦！”老头说，“我在这里待了三十六年啦！我的思维全在这十几里长围墙的土地里边，与外界几乎毫不沾边。真的，就像生活在自己的内心里，生活在特定的历史和情境中。”老头把目光掠向远处，掠过松林，那里边有几百座烈士墓冢，“他们也真能睡呀，一睡就是五十多年。”

远处秋风脉动，枯草摇曳。

“大爷，您对这里蛮有感情哪。”

“当然，当然。”老头严厉地看了我一眼，面部上的咬肌一突一突，“可以说，我差点儿就是他们当中的一员。”

我立时觉得身旁有一种戎马倥偬的况味。显然，老头年轻时就是这么过来的。我小心翼翼地问：“这里边有您的战友吧？”

“有！”老头说。“不，”他的口气又立刻沉黯下去，面部如水一样闪出痛苦的光影，“不，我不配做他的战友，我是他的敌人。”

“敌人？”

“对，敌人，不明白吗？”

我惶惑地摇摇头。

“举个例子说吧，”老头沉思了一会儿，“你是个好人，可你的敌人肯定要说你坏；当你的敌人说你是好人时，你想你还是好人吗？”

我皱着眉头：“我……不明白这是什么意思。”

“好，年轻人，听我给你讲一个故事吧。”老头侧过脸，夕阳的余晖给他的面庞镀上一层安谧的光泽。

我十七岁参加东北野战军，那时简称“东野”。司令员你知道是谁吧？对，都知道，不用说了。政委是罗荣桓，参谋长是刘亚楼。当时和我在一个连队里有一个吉林籍的兵，岁数和我相仿，我俩要好得很。行军时，我俩并排走着；作战时，我俩趴同一个战壕；休息时，干脆盖同一条被子。他家里兄弟姊妹五个，他排行最小，巧了，我家也兄弟姊妹五个，我是老末。老末处老末，越处越乐和。你别笑，这不是我编的，是他说的。

这个吉林兵蛮机灵，有文化。记得有一次攻打四平，双方激战很猛，敌人负隅顽抗，被我们围了一天一夜。白天，敌人援救的运输机在城区上空盘旋，城内的敌人在地上铺着红布，飞机就往下投饼干、罐头等物资。吉林兵发现了这个情况，也不知从哪里搞来一些红布，摆在地上，敌机误认为是自己的部队，也往下扔东西，哈，给我们解决了不少给养。后来，城区内的敌人与飞机联络，敌机开始沿城区外轰炸我们。有一次，敌机轰炸城北一带，不少居民区都毁了。有一位年轻妇女抱着孩子披头散发地跑，一下子绊倒了，孩子被甩到一边。恐慌中那位妇女把一只枕头当作孩子抱起来就跑，这时一个警卫员冲过去，把孩子抱起来还给那位妇女。这件事很感人，也很典型，吉林兵将它编成个独幕剧，叫《嫂子给你》，这个剧后来由一师三团的宣传队在锦州会战前演出，深受指战员们的欢迎，鼓舞了很大的士气。可惜，这是后来的事，吉林兵已经看不到了。

唉，我就讲一讲吉林兵的后来吧，后来……1947 年夏天，我们遭到廖耀湘军团的围追堵截，决定过大凌河向南撤退。部队经过一夜的急行军，来到大凌河畔时天刚破晓。一望大凌河，水面宽阔，流势湍急，深不见底，部队决定搭设浮桥过河。当地的老百姓听说我们渡河遇到难处，不到一个小时就把搭桥用的铁丝、绳子、木料等物资全都送来了，我看到木料中有不少刚拆卸下来的门板，上面还残留着过年时贴的门神呢！

部队很快就渡过大凌河了，全都过去了——不，不对，我这样说是不对的，不准确。部队过河后，留下一个班约八九人原地留守，负责拆掉浮桥。对，这其中就有我和吉林兵。我们几个人刚刚拆到了一半，嘿呀，敌人的部队就追上来了。你想，多快！我们当时都蒙了，根本没想到会这么快！我们就在桥头展开了阻击战，一边打一边想，真快！两分钟前我们甚至想，借人家老乡的门板什么的，拆下来还得还给人呢。他奶奶的，这么想着，敌人开始轰炸了。不是炸桥，是炸我们。我们几个人被敌人的强大火力压进岸边的树丛里之后，敌人就开始用迫击炮轰我们。在山炮、野炮等各种炮型中，迫击炮的射程最短，一般一点五——两公里，可见我们与敌人对峙的距离有多近。就在这时，又一枚炮弹飞过来，我眼见着吉林兵在硝烟中倒下，八米之外的我也被弹片削掉一大半右耳……

“吉林兵牺牲了吗？”此时，我站在陵园里的一棵松树下，望着面前的老头，有点儿犹豫地问，“故事到这里结束了吗？我不明白。”

“你当然不明白，故事还没讲完哪！”老头说着，把手里的扫帚轻轻放到一边。“你听我接着往下讲。”

这个吉林兵人好啊，真好。现在的冬天零下二十多度你就受不了吧？可那时候零下四十度都是常有的事。我们在冬天里急行军，大白天飘着冰末一样的清雪。你看见白色的太阳，可它就是不发光。急行军时出了一身汗，休息时，衣服里边立刻冻得像一块铁板似的，嘎巴巴直响。战士们有的鼻子冻坏了，有的手冻坏了，还有的脸冻坏了。有一次，我们几个战士的脚冻得像铅疙瘩一样，宿营时，吉林兵跪在地上用雪给我们一个个搓，慢慢地缓。他有经验，不让战士们用火烤和热水洗，否则脚就废了。这样一个个搓下来，他上身全是汗，可是脱到自己脚上的鞋时，怎么也脱不下来，原来他的鞋早已同脚冻在了一起……

对，你问得对，吉林兵后来怎样……后来，不等硝烟散尽，我就跑过去，扶起吉林兵，他已经奄奄一息了，头上、身上、腿上……全是血，腹部的肠子也摊出来一截。我心里那个悲痛啊！真如刀绞一般。他躺在我怀里，沾满泥巴的脸冲我苦笑了一下，这一下我眼泪再也忍不住了，噼里啪啦往下掉。你想，我俩的感情多深哪！有一年，我俩一起受命执行一项侦察任务，那就是化装潜进一个村子里侦察敌人部署情况。这次任务很重要，决定着围歼战斗的成败。临进村前，我俩分头确定了各自的侦察内容，然后决定，次日黄昏在村头的石庙前聚齐，要是见到庙脊上的石狮子被砸坏，那就意味着出事了，剩下的一个人什么也不要管，独自回部队。第二天黄昏，我先来到了庙前，看到庙脊上的石狮子完好无损，嗨，心里高兴得不得了，就像回到了家一样。过了一会儿，他也来了，见到我，不用说，比我还高兴，我俩紧紧地搂在一起，好久好久没有松开……就是那场围歼，胜利后，上级给我俩一人记一次三等功。我又讲跑了是吧？总讲跑。我接着讲吉林兵的最后。最后，大凌河对岸的敌人一边加强火力，一边加紧修复我们没来得及拆完的浮桥。情况真是万分危急呀！我把吉林兵的肠子按回去，解下绑腿，准备给他的腹部缠上。我就是抬，也要抬着他离开这里。可是，吉林兵虚弱而吃力地用手阻止了我，他小声地告诉我，他不行了，要我们赶快撤。无论是陪他在这里，还是抬着他离开，都会贻误时间而一起被敌人消灭——那样，会酿成更大的悲剧。明白吗？你明白什么是更大的悲剧吗？不太明白。好，小伙子，我再问你，你以为我们几个即将撤退是为了保存自己的有生力量吗？当然是？唉，你不懂什么叫特殊年代的“特殊”二字，不懂什么是革命的复杂性。我们保存自己，是为了付出更大的牺牲！我们必须边打边撤，以便将十几倍于我们主力部队的敌人引离我们部队撤退的正确方向，为刚刚渡河的主力部队赢得哪怕是一秒钟的安全时间，否则，就一定会发生更大的悲剧！明白了？好，我当时也明白了。明白了这个道理，我就将吉林兵的身体放安适些，然后站起身，命令身边的战士向另一方向撤退。就在这时，陷在血泊中的吉林兵看了我一眼，看了我手中的枪一眼，然后又看了我一眼，最后冲我点一点头。我一下就明白了，吉林兵不愿我们在撤离前，让他一个人生命垂危地落入敌手，他希望我能帮他坦然地、安静地离开这个世界。这种情况你在电影中看到过吧？一般都是外国的？不，在战争年代，在我们中国，这种现象也经常有，只不过我们的电影很少演。我的眼泪唰地又一次淌了出来，看远处，大股的敌人已经架好浮桥了，吉林兵这时身体梗动一下，目光凝定，嘴角伴着血沫吃力地鼓出两个字：老——李。我一听，吉林兵是在乞求我了，不然能叫我老李吗？我和他一样，才十八岁呀！我只好把枪对准他，他看了我一眼，安详地闭上眼睛，我把头扭向一边，双手对着他——我最亲爱的战友，扣动了扳机……

老头讲到这里，陷入了长久的沉默之中。我看到我俩头上的树桠纷纭地伸向天空，使天空变得扭曲。空气清冷了许多，四周静谧。过了好久，我顿顿地、极力使自己的语言跟思维不相脱节地说：“这……不能说明您是一个敌人，”我忽然找到一个这个老头愿意用的语词，“那是特殊年代。”

“不，”老头说，“故事还没有完。”他低下头，注视着脚下的落叶，像是寻找哪片跟哪片相似。我注意到了他的右耳，残缺扭曲，颜色暗红。“你听我往下讲。”他说。

大凌河阻击战，我们边打边撤，边撤边打，成功地吸引了敌人，掩护了主力部队。当然，我们也为此付出了很大代价，八九个人，最后只剩下三个人。经过辗转流离，于半个月后找到了大部队。这之后的事情，我不说了。我不说的原因，是因为当时戎马倥偬，战事频仍，不容你对生活、对情感有太多的梳理，太多的追忆，太多的向往。不说的原因还有一个，那就是有什么说的呢？我的心底里，一直深深埋藏着对吉林兵的眷恋，只不过这种情感，像你们年轻人许多年前流行过的一首歌里唱到的：从来不需要想起，永远也不会忘记！好了，转过年，1948 年秋，我们举行彻底大反攻了，那就是著名的辽沈战役。我们先拿锦州，封锁锦州机场，攻占配水池阵地，血战亮甲山……亮甲山你知道吧？对，三营的八、九两个连，从早晨打到太阳偏西，接近四百人的队伍啊，只剩下不到四十人。我们眼见着那么多亲爱的指挥员和战友们浴血奋战，捐躯沙场，全都打急眼了，最后是一边哭一边冲锋的。大力士杨增耀你知道吗？解放后小人书里宣传过他，举着铡刀砍铁丝网的……还有梁士英，更是家喻户晓了，就是那个用肚子顶住爆破筒塞进碉堡与敌人同归于尽的……一直到总攻的时间，我二十万大军攻入锦州城内，大炮、坦克、步兵，一起向前。我们四面八方，横穿竖插，分割包围，敌中有我，我中有敌，继而短兵相接，展开白刃战，杀得敌人尸横遍野，血流成河。在我眼里，锦州成了一个燃烧着复仇烈焰的火药桶。我不顾一切地向前奔跑着、冲锋着，不时被敌人的尸体绊得趔趔趄趄。就在这时，我的耳边传来一阵呻吟声，好像是在叫我。我一看，离我不远处仰躺着一个国民党兵，不知伤着哪儿了，反正全身上下都是血，地上也是一摊血。见我走过来了，像是见到了什么希望，也不知他哪儿来的劲儿，一下子翻过身来，趴在我面前，不停地央求我，叫我打死他，意思是他实在遭不起罪了，让我给他添添枪。我一下就想起了吉林兵。这个该死的，他一下就让我想起了吉林兵。我想，千刀万剐你还来不及呢，你想死得痛快？没门！于是狠狠地踢了他一脚，继续向前冲锋了。

老头的话讲到这里，一只小鸟的影子倏然从面前飞过，倒像是给老头的故事画上了休止符。老头愣了半天，呆呆地目送那只鸟，一直看到它飞向尽处。

“要是换了我，我也会这样做的。”停了一会儿，我说。我站在老头面前，神情庄重，一如他的下级。

“是吗？”老头不信任地问，“你想没想过这样做了之后会怎样？”

我暗暗吃了一惊。

“是的，那个国民党兵后来没死，他居然活了下来，成了锦州十万守敌中的俘虏当中的一个。”

我什么也说不出来了，我觉得老头的谈话里隐藏了无限丰富的可能性。

“是的，他没死。何止没死，他还活得好好的。何止活得好好的，他几年前竟然凭着记忆中我缺掉过半块耳朵，费尽周折地通过组织打听并找到了我。你说这个世界令人难以置信不是吗？”

老头搓了一把胡须，让我的耳边又响起那种踩落叶的声音，然后接着讲下去——

他几年前找到了我，激动万分地说明了情况，激动万分地感谢我，我当时几乎都晕了。天知道他怎么会活下来；天知道他活下来，又怎么能躲过五十多年当中风风雨雨的历次浩劫。他说他当时万般乞求我，我都没有一枪崩了他，不管怎么说，是他的救命恩人。他给我介绍说，解放后，他回了家乡种地，因为他本是一个苦出身的农民啊，被人抓了壮丁。后来又到城市做工，结了婚，生了孩子。如今——我说的如今，是他前几年找到我那会儿——他的一个儿子在香港，另一个儿子在长沙，还有孙子孙女什么的，他们都很孝敬他，也都在为祖国做贡献。他感到晚年很幸福，这样，他才越发感激我，把我当作他的恩人。

他的感激是真诚的，发自内心的，这我能看出来。是的，我能做到理解，可是我做不到接受。我这是成了什么？一个敌人这样感谢你，在自己的战友中你不是敌人是什么？所以开头我说过，我是敌人。不是吗？我几十年来一直都想着那个吉林兵啊！到现在，我就更加内疚和难受得不得了。跟你说，我八十年代初也上过几天“夜大”，念过“逻辑学”。比如说吧，一对甲乙矛盾体，设甲正，则乙反；甲反，则乙正。我枪毙吉林兵是对的话，则枪毙敌人是错的；我不枪毙吉林兵是错的话，则不枪毙敌人是对的；我枪毙吉林兵是错的话……怎么，这个结论演绎到哪儿啦？难道我枪毙吉林兵错了？也就是说，我枪毙敌人是对的？废话，枪毙敌人当然是对的——哎哟哟，我说些什么哪？我真是把自己说糊涂喽！

后来我就想，要是当初我不遵从吉林兵的请求，或许他会活下来。这个想法让我不寒而栗。坐卧不安。手足无措。茶饭不思。要知道，大凌河阻击战，那是多么特殊的情况啊！记得当时我如实跟部队领导汇报了情况，部队仍给了我二等功的嘉奖。真的，这就叫特殊情况。对，你说得对，后来遇到的那个国民党兵也是特殊情况。我好像知道有一个古希腊哲学家叫赫……赫拉……对，还是年轻人记忆好，叫赫拉克利特，他说过：人不能两次踏入同一条河流。我不就是两次踏入同一条河流的不幸的人吗？

那个死里逃生的国民党兵每年来拜访我，看望我。见了面，说不多的话，握长时间的手，走的时候留很贵重的礼品。渐渐地我终于明白了，问题就出在这里。我可以容忍他活着，可我不能容忍我知道他活着，更不能容忍他竟然来拜访我。是他的行为在折磨我，侮辱我。有一年，我终于严厉地对他说：你杀了我吧。要不，我就杀了你。说这话的时候，我俩都七十岁了。我跟他从头到尾讲了我内心的痛苦和经历。他听懂了。慢慢地站起身，慢慢地走出去。第二年，他真的没来看我。第三年，他的长沙的儿子给我来信说，他父亲不久前去世了。他在信中说，他父亲后期变得很孤独，性格上有些异常，身边没有一个朋友，只有我，可我不是他的朋友……

起风了，天光更加沉暗。四周的湿气似乎慢慢加重。我竖起衣领，默默地望着老头。老头许是站累了，许是讲累了，他弯下腰，停了好久，才拾起地上的扫帚。接着他转过身，用心地扫去我们身边那座烈士冢上的落叶和纸屑。“五十多年啦！”他自言自语道。他的态度既满怀庄重，又满怀内疚，还有无尽的失落。我忽然明白了什么，借着还是黄昏，我可以第一次辨清碑上的烈士名字：丁学义。

暮色苍茫时分，我和守门的老头慢慢走出了陵园。

翌年夏天，我毕业了。临离开S市时，我独自来到这里。正是草长莺飞之际，这里清静如故。丁学义的墓冢，整洁之至，纤尘不染，分明能看出人为的守护与修葺之痕。又三年，秋，我出差路过S市，复去凭吊，发现这里已积尘日深，荒草散乱。它们纠缠和堆积着，宛如数不清的时间。那时候，我知道，时间，正是无所不摧的时间，使得这个世界上又悄悄坠落了一枚枯黄的叶子。

# 厚　墙

没想到这条路会这么寂静，静得像不被风吹动的雾一样。路两边的缓坡上长着密实的野草，下面是明亮的沟渠，再远处，是无尽的庄稼和几排稀疏的树林，空气新鲜得简直如头上传来的鸟叫一样清晰可辨，真是太好了。

他几次想停下来脚步，毕竟不是年轻人了，晨起跑步锻炼还应适可而止，但是那条洁白驯服的路面不断吸引他继续跑下去。是啊，城市里可供跑步的道路越来越少了，像他念中学时，每天上学路上，会看到许多老年长跑队穿梭在马路上，如今各种汽车越来越喧嚣拥挤，尾气的排放危害远大于锻炼得来的益处，况且交通意外指数也不断增加，那些一茬茬喜爱晨跑的老年人，只好挤在广场或公园里的固定处，由下身运动改为上身运动，打打拳或敲敲背了。

这是秋天。看着远处的房屋，他停下脚步。他再一次想起当年下乡插队的情形。无数的城里年轻人，怎么会突然潮水般涌向农村呢？与当地农民在一起，那完全是两种不同形态的人。他什么都不会做。他还记得第一次参加农活，也是秋天，与当地的农民一起割地收玉米。他们的目标是脚前宽阔无边的玉米地，一直延伸到远处的山坡下，每人割六垄。大队书记一声令下，当地农民争先恐后，等他脱去衣衫卷好裤腿提着镰刀下地时，人家已经放倒了几十棵玉米了。他割呀割的，汗水很快出来了，乱七八糟和粗糙柔软的玉米叶子，很快将他的胳膊、肩膀、脖颈划出一条条印子，被汗水一浸，火辣辣地疼。他这才知道自己太嫩了。十八九岁的年纪，他懂什么！难怪人家大热天也都长衣长裤的，开始他还笑话人家呢。他不记得其间休息了多少次，反正从早晨割到中午，从中午割到傍晚，人家都早已收工了，只有他和另一位个子矮小的大连知青还在割。大队书记说了，明天有暴雨，时间太紧了，一天的工夫必须割完。好，夜了，星星出来了，他太乏了，就躺在割倒的玉米秸堆子上，不知不觉睡着了。那位大连知青在行动上似乎比他还要笨拙和沮丧，直到他醒来了，那位同伴才割到与他相同的进程。他们一直割到凌晨五点，天快像碗里的白水一样亮了。这才发现，这片广袤的玉米地因地势差别，南边地头距离山坡很近，而北边地头距离山坡奇远，自然，南边的田垄也短，劳动量也少，难怪当地农民都争先恐后奔向南边，谁有他们熟悉地形呢？

远处有更多的炊烟升起。他看了一眼手表，差五分钟六点了。今天是周一，回去后要早点儿上班。他慢慢转过身子，向来路跑去。就在这时，他看见了他，一个举止敏捷而胆怯的少年。

其实最先闯入他眼帘的是路边一辆笨重而破旧的自行车。它停放在那里，身上负重的程度让人误以为它是一台三轮车。它的货架子上载着颜色昏暗的行李，虽说天热，可那竟是棉被，打着补丁。车的一侧横拴着比邮递员装邮件还要大的帆布口袋，东倒西歪，不知里面装着什么破烂物品。自行车的前把了上，一边吊着 只涂着红漆的旧茶缸，另一边绑着一条毛巾。毛巾洁净得刺眼，反倒昭示出它的主人身处的何等凌乱而扭曲的生活。再一扭头，他看见了那个少年，正背对着他，蹲在路旁，用沟渠里的水一把把洗脸。

他已经经过少年两步了，可是忍不住回头。少年应该是一个乞讨的人，落魄的样子让他感觉自己早晨的锻炼显得多么奢侈。他下意识掏了一下运动服的裤兜，还好，竟然有触碰纸币的手感，掏出来一看，是十元钱。他想起来了，自己跑步锻炼的运动服里是从来不揣钱的，是早起时妻子塞给他，让他顺路买豆浆和油条。他怕打扰了少年，悄悄回去，把捏着的钱放到自行车上，掖在捆行李的细绳下面。

那一刻，少年恰好回头看了他一眼。少年只恍惚看到他一张短暂照面的脸。他转身继续跑动的时候，只听到身后传来清亮亮的拂水声，一下一下的。

他和包工头站在自己新买的房子里，他们已经合计好久了。这个包工头，是他找的第四个包工头了。他也感觉自己必须得抓紧时间。北方的秋天正是装修忙季，装修工人奇缺，便是眼下联系的这个包工头，手上还有好几个业主的活要做。他们两人站在空荡荡的房子里，谋好了装修方案，算好了材料费，定好了工期，就在他送包工头下楼的时候，包工头又折回身子，叮嘱了一句："记住，这三堵墙一定在两天内全部砸掉，否则误了时间，我只能先去干别人家的活了，把你排在后边。"

"啊？"他问，"这墙不是你们砸？"

"当然不是，"包工头黑瘦的脸，只叼着的烟卷和牙齿是白的，"连这规矩都不懂？我们只管装修，砸墙是另外的人的事。"

"我到哪里去找啊？"他问。

包工头从兜里掏出个小本本，低头翻了一翻："这样吧，我给你介绍一个，这是他的电话号码。"

包工头走后，不到十分钟，砸墙的人来了。按包工头的设计，他要砸掉客厅和主卧室的一面墙，使客厅变得阔大明亮；要砸掉客厅与厨房间隔的墙，把那里装成一个电视背景墙；要砸掉储物间与次卧室的墙，变成日本式拉门。砸墙的人弄清了他的意图，开价八百元。

他在心里叫了起来。这个价钱，是他每月工资收入的一半。他摇了摇头，问："便宜一些吧？"砸墙的人不屑地摇摇头说："一分钱不能少，你知道这要出多少力？要不你去找别人试试吧。"

他想把价钱讲到四百五十元，砸墙的人死活不同意。末了，他只好放他走，又给包工头打电话。包工头说："没关系。装修的工人不好找，砸墙的民工到处都是，你到街上去转转看。"

其实包工头也是个农民，但是他习惯了这么说。

他来到街上转了转。真是不转不知道，一转吓一跳，他转了不过两条街，就看见许多下岗工人和农民们，蹲在路边，面前竖着小牌牌，上面写明各样技能和工种，待人雇用：什么瓦工、电工、油漆工、保姆……当然也有砸墙工。以前他上下班，心思不往这边想，竟对这些人熟视无睹。现在看来，这些人不知存在多少年了。他上去搭讪一个砸墙工，立刻有五六个砸墙工围了上来，问他砸什么样的墙。

"你们去看一看吧，不过话说回来，价钱谈不好，我可不付腿脚费。"

大家簇拥着来到他的家，在七楼。进了门，简单听他一指点，一个五十多岁的砸墙工说："再少也得五百元吧。"

他心里暗觉此行颇有收获，不过他还是想把价钱压到四百五十元，那是他给自己定下的一个可以承受的限度。争讲了七八分钟，谁也无法说服谁，有一个砸墙工最先低着头出去了，接着又出去一个，剩下的几个人互相瞅了瞅，干脆都出去了。他愣了一下，也只好跟着往下走，倒不是出于礼貌送客，而是他还得继续上街找砸墙工。

就在刚刚下到一楼门口的时候，他觉得身后衣摆被谁扯了一下，应该是那些砸墙工当中的某个。回头看，是一个少年，大约十七八岁，很瘦弱。他不认得这个少年，自然，也不知道他扯了他一下是什么意思。“我砸。”少年小声说。少年觉得这个房主似乎面熟，但是记不住在哪里见过他。“你？”他问，打量了少年一眼，似乎不相信少年的手艺与体能。“我砸。”少年又小声重复一遍，比第一次说出的这句话多出一点儿口吃，但是一下子说到他心里去了。“我只要四百五十元。”

在一个小他差不多三十岁的少年面前，他不好意思立刻表露他的暗喜。他看看已经走远了的那些砸墙工的背影，冲少年点了点头。

少年径直向大街上走去。

“喂！”他喊。

“我去拿工具。”少年说。

少年开始砸墙的时候，才知道这墙真的不好砸。他用自行车驮来的工具倒是不少，尖口镐、平口镐、錾子、铁锤，还有清运垃圾用的铁锹、笤帚、蛇皮袋。是的，他不光要把墙砸倒，还要把产生的庞杂垃圾运送下去。所谓运送下去，就是一趟趟用袋子背下去，因为这栋楼没有电梯。

少年从农村来到城里，已快半年了。这中间吃了多少苦，他记不清。反正，他知道，他家里有一位病爷爷，还有一年下来以种地为生却得不到几个钱的父母，再就是他和妹妹。最要命的数他妹妹了，在这座城里的高中读书，每学期要花的钱的数目简直比地里的虫子还多。他初二的时候就辍学了，念不起，在家挖沙子。父亲说妹妹学习好，供妹妹。他听父亲的。其实父亲不说，他也不想念，他那么喜欢自己的妹妹。

后来沙子不让挖了，乡里说怕水土流失，那么他就跟人家学习养林蛙，却总是丢。林蛙这东西，全在自然的山谷河涧里生长，谁也不能天天没黑没白地守着它们，结果每每让人半夜乘虚打劫。丢了几次之后，把希望也弄丢了，不干了，去偷偷在煤矿里干。人家好歹照顾他小，不用下井，在地面勤杂，结果去年煤矿被上级清查，属非法煤矿，被封掉了，井口全埋了。自然，他又无事可干。

今年三月份他来到城里，从蔬菜市场倒菜零卖。两个月下来，倒赔三百元。他不懂得蔬菜这东西，一天卖不出去，隔夜就要掉秤的。所谓掉秤，一是指失去水分，重量减轻，二是指不再新鲜，顾客不买。再加上他又不会耍弄秤杆子，完全实斤实两，哪有不赔钱的道理？

他这才知道，原来卖菜也是很难的。

后来他听人说，砸墙是一门新生活计。城里人住房条件好，要求也高，无论多好的新房格局，只要不投他们脾气，一律砸掉重砌。其实那砖和水泥、白灰，是另一种粮食啊，却一堆堆地糟蹋掉。他真心疼！渐渐地，他见识到城里人奢侈浪费的东西太多了，这点儿砖头、水泥和白灰算什么，说到底，不就是泥土吗？凡是和泥土有关的东西，原来都不值钱。明白这个道理，他也就学会麻木了。是啊，你光心疼有什么用啊，难道能把它们全部搬移到自家的农村院子里去？

少年抡圆了铁锤，用力地砸墙。已经一口气砸到中午了，他把早晨买来的四个馒头全部吃光——都没来得及消化，接着又砸，却也只砸掉一堵墙的五分之一。这墙太难砸，难怪那些有经验的砸墙工价钱低了根本不干，他们知道这栋楼的质量好，水泥灰号高，非常坚固结实——当然也就非常难砸了。少年哪里知道？他干了才不过两个多月，对这座城市还不熟悉呀！

上午和其他砸墙工一起来到这里时，他就奢望能把活接下来。但是他年纪小，不敢和别人争，虽然他也聪明伶俐，也有体力。最后，大家都走了，他担心房东嫌他没经验，不雇用他，就咬牙喊出了一个让他自己也感到吃惊的价钱，“四百五十元”。少年太需要这些钱了。他的眼前又浮现出父亲近乎苍老的面庞，他知道，这是因为父亲的眼前一定浮现出妹妹的面庞。妹妹前天托人告诉父亲，她要交这个月的伙食费了，还有习题试卷费和体检费，总共刚好四百五十元。家里已经借不到任何钱了，无奈，父亲又到村里把电话打到学校，要妹妹找到哥哥，转达他的话，让当哥哥的一定想想办法。

少年感觉自己运气挺好。只是这墙真的太难砸。少年不知道（也许不愿承认），他其实还是欠缺一点儿经验的。比如砸墙，要先从墙角砸，自下而上，然后地球引力会帮上他一些忙。当然，这只是技巧之一。当然，最主要的还是靠力气。

晚上七点，少年收工来到街上，这才发现他的自行车没了。

他紧张地搜寻。他的自行车就放在街边人行道的一棵树下的。没想到人来人往之下还会被偷走。

他已经丢了一辆自行车了，一个月前。虽说那只不过是花五十块钱买到的二手车，他内心却无比心疼，乃至产生一个想法，知道这座城市最坏的坏蛋，莫过于偷车贼了。他新买的这辆自行车，仍旧是二手车，花了三十元。他靠它代步，每天往返郊外他暂住的简易工棚里，更靠它驮运那些砸墙工具，让它们尝试熟悉各种有待被摧毁的墙体。如今，他感觉心慌，并且伴着一种焦灼。

街边一爿商店里的老板，注意少年好久了，见他找来找去，喊住他：“喂，你是找你的车子吧？”

“是啊。”少年冲口答道，其实含着急不可待的问意。

“被城管人员拉走了，说是乱放车辆，总共十几台呢，装了半卡车。”那个老板临关门又说了一句：“天晚了，你明天去城管大队取吧。”

“在哪里呢？”

“益民街拐角。益民街你知道吧？”

少年一宿没睡好，他第二天早早赶到城管大队。一个穿制服的人领他来到后院，那里堆放着乱七八糟的自行车，还有被没收的广告灯箱、钢筋，包括木头、圆桌、阳伞等。少年没心思留意这些了，他一眼看见了自己的自行车。凑近，扶好，才发现自行车的链盒被碰出好大一个瘪。他顾不得心疼，捅开车锁，刚要牵走，那个穿制服的人拦住他。

“交罚款，二十块！”

“什么？”

“罚款，二十块！交了再取车子。”

少年兜里二十块钱还是有的，但他犹豫交还是不交。再买一辆二手自行车，也才不过三十块钱。少年最终还是交了，因为他觉得值。他眼下太需要它了，不能再耽误时间了，他要骑上它赶快去砸墙。

这个时候，他隐约觉得，这座城市让他失去某种东西的，不光是偷车贼。

中午刚过，少年的妹妹来了。少年不知道妹妹怎么会找到这里。妹妹善良，含蓄，目光专注而聪颖，让人一打眼就看出是个学习好的高中生。少年有一些惶恐，他的工钱还没有挣到手呢，妹妹却找来了。

那时候，他的墙已经砸倒了两堵，正在往楼下清运垃圾。屋里砖砾遍地，尘土飞扬，他置身其中，像是孤独处在一片工地。他累极了，头发和脖颈上落满了厚厚的砖屑和灰尘。他想休息，然而双手只要不抡铁锤，往下背垃圾就是另一种休息了。他想拦住妹妹，害怕她进屋弄脏了衣服。

妹妹还是进来了。妹妹不知道他在这里干活，她是在街上那些工友那里打听到的。她跟少年说，这两天家里秋收，父亲瞒着他，正一个人在地里折腾呢。她怕父亲身体吃不消，想让哥哥回家帮一帮才好。

秋收是大事情。为什么秋收又叫抢收、又叫杀庄稼呢？就是很急迫的意思。秋收季节，庄稼晚收一天，粮食的最佳成熟度就有差别，影响质量，此外更担心天气有变。少年想，他当然要帮父亲的，不仅在体力上，也要在精神上帮助分享父亲一年当中收成的喜悦。以往，都是他和父亲一起劳作的。妹妹见他愣神的工夫，弯下腰去搬那些碎砖头，又直起身扯那条蛇皮袋子，把里面的垃圾蹾实，准备帮哥哥抬下楼。少年及时制止了她。妹妹不再坚持，她不知怎么突然眼圈有点儿红。少年说："你走吧。"走到门口，少年又说："你放心，明天我把钱送到学校。"妹妹的眼泪终于忍不住掉下来。她说："哥，我不是为这来的。"

少年想了想，同样说："你放心。"

妹妹走后，少年到电话亭给房东打了一个电话，跟他说明意外出现的情况，想请一天假回去，看看能否在工期上顺延一天。房东问少年墙砸得怎么样了？少年说砸掉两堵。房东又问剩下的一堵今天能否砸完？少年说我今天想回去帮家里秋收。房东说那不行，当初定好了两天内必须砸完，已经过去一天了，你今天砸不完的话，那就不是耽误我的工期，而是耽误装修队的工期，那是绝对不行的。

少年不再坚持。他从房东的口气里听出一种岩石的味道。他知道自己在这座城市里缺少发言权。他唯一的发言权就是说一声"好"或是"明白"。他撂下了电话。

少年开始砸第三堵墙，那其实是最长的一堵墙，客厅与厨房的那堵。少年发了疯地砸墙，他像是一个躲雨的人，不断地要向墙体扑进，然而后者不允许他靠前。少年能够想象出他父亲正躬身在地里挥舞镰刀的情形，他父亲面色黧黑，腿筋虬结，挥汗如雨。少年一锤锤地夯打在墙上，他想，这就是帮父亲割地了，都是一下一下地，都是要弄倒什么，都是来自泥土，也都是粮食。更重要的，都在流汗。

少年全身心地砸了半小时才突然弄明白，这堵墙为什么比前两堵还更难砸，它不仅更长，而且更厚。它是很厚的一堵墙。一般的墙，都是单砖砌就，十二公分，而这一堵是双砖，二十四公分。它需要耗费的体力可想而知。

少年突然感觉自己一点儿力气也没有了。他觉得自己必须说点儿什么。他很委屈，但是无话可说。少年走到楼下，再次给房东打了一个电话。少年说，能不能加一点钱吧，哪怕加五十元，这堵墙与其他墙不一样，太不一样了，它太厚了。

房东听了好半天才弄明白少年的意思。房东在电话里问："你是想要五百块钱吧？但问题是，当初如果同样五百块钱，我又何必雇你？"

少年这一回慢慢把电话放下。他的举动其实分为两个部分，第一部分是他先把听筒降到半空，停了一停，然后把剩下的高度压掉。

少年继续砸墙。有一刻钟他甚至不知道自己在砸什么。他的腰是酸软酸软的，而腿是铁沉铁沉的，肩胛骨像是被井绳穿住，两只手掌早已磨出血泡。他想，自己为什么要到城里来呢？他又想，那么多的农民为什么要到城里来呢？这不是属于他们的地方啊！他记得小时候隐约听父亲说过，三十年前，有无数的城里青年，纷纷涌到农村去，占有了大片土地，连他们家里都接纳过。这些叫作知识青年的人，既愿意来，又不愿意来，他们是盲目和被迫的。多么奇怪啊！真是应了一句老话，“三十年河东，三十年河西”，如今，无数的乡下青年，又纷纷挤向城市，城市的每一个角落都踯躅过他们的身影。这些叫作打工者的年轻人，也是既愿意来，又不愿意来，他们也是盲目和被迫的。这前后两种事物有什么相同的命运吗？

天不知不觉已经黑下来。没有灯，少年借着窗外街道上的灯光在砸墙。他必须在今晚砸完，明晨天一亮就交工了。楼下的街道上传来很强的音乐声音，不知是哪一家夜店里传出的，在招徕顾客。少年的铁锤附和着音乐的声音在砸，仿佛给它增加伴奏。他想，妹妹天一亮就可以见到钱了啊，他会见到妹妹惊喜而局促的笑容。她不用再为学费、习题试卷费和体检费发愁了，她走进自己熟悉的教室，再也不会像走进陌生人的私宅一样感到不安了。她的学习成绩会越来越好……

已经夜里十一点半了，少年还在砸。他不知道街上的音乐早已停了，起码三个小时以前，他不觉得。他面前的那堵厚墙只剩下一半，他知道只要把它砸完，墙那边的曙光就会升起来。就在他专注和忘我地渴望曙光的时候，身后突然传来一道声音的闪电：

“你到底要砸到什么时候？”

少年回头，借着街上和走廊交混的灯光，他看见门口站着一位中年妇女，体态臃肿，烫着螺纹一样的卷发，正怒目而视。

“你看看这都几点了！咹？这都几点了？”中年妇女好像穿着两套睡衣，她一捋腕子，露出一只夜光手表晃给少年。

几点了？少年一时发蒙。如果面前这位庞然大物不是主动亮开了手表，少年甚至好笑她问人时间怎么还用如此大的口气。但是马上，他明白了。

“这都快半夜了，你还让不让人家睡觉？咹？”

少年的脸红了一下。他自己感觉的。原来这楼里已经有人住进来了。他知道自己不能再干下去了，他要趁着夜色离开。他对他未完成的事业依依不舍。

“这农民到城里来就是不懂规矩，你知道深更半夜制造噪音影响人家睡觉是什么吗？是违法的！这叫侵犯别人的相邻权和休息权！你再不走，我马上打 110！”

庞然大物扭屁股走了，少年默默收拾工具。他的自尊心受到了前所未有的伤害。他不知道城里人为什么都这么凶，是因为他们吃荤多而吃素少吗？就像狼和羊、豹和牛的区别？

不过也还是有好人。少年想。那真是太少了。他到城里这么久的时间只遇到一个，那天清晨他在渠边洗脸，有一个晨练的男人悄悄塞到他车上十元钱。

他来自家楼房验收的时候，夕阳的余晖正残照着屋的一角。

他非常的不满意，乃至有一些愤怒。三堵墙已然砸完了，但工期正好拖迟了一天。他看到少年正在清运最后一袋垃圾，他的举动显得那么滞重和懒散。早晨他接到包工头的电话，得知他家的墙没有如期砸完，包工头果断地挂了电话。也就是说，包工头手里预约承揽的装修活太多，他只能排到后面去了。

也就是说，耽误了这一天，其实是耽误了几个月。

也就是说，耽误了几个月，其实是耽误了一年。几个月后轮到他，已经是冬天了。北方冬天不能装修，那他只能来年从头再干。

并且，因为这栋楼的供暖设施不能分阀控制，他即使不得住进楼房，也要支付长达一个冬天的取暖费。

更丧气的，他不能如期搬进楼房，一家人还要挤在租住的潮湿房屋内——啊，先不说他还要为此多付房租！

都是他，眼前的这个少年，是多么狡猾而令人讨厌啊。他一眼就看透了这样的人。这个少年先是以降低工钱排挤别的同行，然后又要脚踩两只船，同时去应揽别的人家的活计，却巧言说什么想请假一天回去秋收，未获允许后又想胡搅蛮缠，半路提高工钱，仍未得逞后干脆消极怠工，使两天工期延迟成三天。啊，他简直太要弄人了！

他觉得他已经在失去。但尚未付出。是的，失去并不意味着付出。他决定要压低工钱，以此惩罚少年。

“你耽误我许多事情，因为你没有按要求两天内完工。喏，我只能给你三百块钱。”

少年吃惊地睁大了眼睛，他不相信房东说的话。但是他看清了房东递来的钱。

“不，怎么能？”少年失口说道，“我都把墙砸完了啊，你看，我刚刚连垃圾也都清运好了。那么重的三堵墙，一共七层楼，我全给背到楼下了！”

“对，你说得对，你干得确实很好。不过你耽误了我的工期了。”

自行车。少年想说。他立刻觉得那不是一个合理的借口。其实，寻找和领取那辆自行车耽误他很多的时间。少年说：“其中有一堵墙实在太厚了啊，就是你现在站的那个地方，我想那应该是一堵承重墙。它让我多花了差不多一天的时间。可是我说了，叔，我不要加工钱了。”

真是笑话！他想。都什么时候了，少年还想着加工钱的事。他不容置疑地把三百元钱搡到少年面前：“你要不要？”

少年很怕他把钱收回去，真的害怕。少年只好两手接过钱，那钱竟比砖头还要坚砺，硌痛他的手掌。他吸了一下鼻子。

少年再一次想起妹妹。不用说，父亲的秋收肯定已经结束了，正如他的砸墙也已结束。但是尚未结束的，是妹妹的等待。他眼前再一次浮现出妹妹欲哭而含笑的面庞。少年那一刻感觉世界缺少点儿什么，缺少什么呢？他说不好。一般来说，缺什么，就要努力充填什么的。

他想，也许，缺的是应该得到的一百五十元钱。

房东在查看厨房地下管线的时候，少年走了过去。夕阳最后一抹光线恰好收隐了，少年觉得所有的薄暮，都沉浸在他身后的锤子上。

就在少年向房东举起锤子的时候，房东把脸转了过来。那一刹那，少年终于记起一件事。

他记起这个陌生的面庞，他在哪里见过。

不过，这一切稍微有点儿来不及了。

# 今晚好戏

## 一

陆明下午给王山送来了一张戏票。陆明笑嘻嘻从兜里的钱夹子费力翻找什么的时候，王山就知道他在找一张戏票。除了戏票能是什么呢？陆明一口一个“我给你一样好东西”，在钱夹子里翻来翻去却又不是给钱，那就肯定是一张戏票了。连日来这个县城的主要街道就来回响着宣传车喇叭声，一个讲不好普通话的录音女声反复播送说他们即将上演一台歌舞晚会，说内容如何精彩，如何火爆。虽说是一个外地演出团体，但他们在所经之地都受到了如何空前的欢迎等等。王山这几天正在家里写一份材料，这份材料本来是不应该他写的，可是写材料的人死了小舅子，去忙丧事了，领导就把这个材料派到了他的头上。王山有一天被窗外的宣传车吵得实在不耐烦了（那绝对是高分贝的强噪音，并且，基本上是每隔二十分钟就在街道上巡回一次，比他家的自来水表走得都准时），他一把推开窗户，想对那辆宣传车大骂几声（其实骂了人家也听不见），不料这才发现那辆宣传车上还张贴着大幅喷绘写真宣传画，一个娇美的女人正在光线混乱的舞台上跳着类似艳舞的东西。王山就不动了。王山站在那里待了一会儿，想：操，写材料哪比得上看艳舞。

这不，陆明眼下就把演出的票给送来了。陆明就是他王山肚里的虫啊，也不是什么好东西。陆明终于找出了那张票说："给，你一张，我一张，就咱俩。晚上七点钟的，到时候一定有好戏看！"

都说晚会临结束时会表演脱衣舞，这个王山明白。

晚饭比往常时间开始得早了一点儿，因此，桌上的内容也就显得潦草一些。王山匆匆吃完饭，漱了口，披起衣服向外走，项妮喊住了他："撞什么魂，这么着急。"王山说："去看戏。"项妮解下围裙说："什么戏，我也去看。"王山掏出那张票亮了一下："只一张票，你怎么去看？"项妮说："一张票，就不能紧着我去看？"王山说："你去看？另一个人是陆明，你陪陆明去看？"

一听说是陆明，项妮不作声了。项妮最讨厌陆明，人长得又胖，腿又短，说话还公鸭嗓。再说，王山说了，她难道要陪陆明看戏而把他王山放在家里不成？

王山到演出地点的门口时陆明已经在那里等着他了。王山没想到人这么多。演出地点是县里的一个体育馆，说是体育馆，其实面积并不大，设施也陈旧。王山以前进过这个体育馆里一次，还是去找什么人，里面就是一大片空地，南边是舞台，另三面围着阶梯式座椅。那片空地，踢足球嫌小，打篮球还太宽余，搞演出倒是挺适合。王山看了一下比往常热闹的体育馆四周，昏暗的天光下似乎还有人不断向这里凑集，耳朵里灌满了演出前用来造势的音乐。他想买一袋瓜子进去嗑，但是陆明已经拽他去收票口那里了。

收票口那里很挤。倒不是说人特别多又着急入场而显得拥挤，是有四五个当地小痞子不买票想往里冲，把门的不让。把门的有两个人，都是三十多岁的小伙子，在门口一左一右堵着。他俩可能是团里的演员，也可能是搬道具的。有人蔑声地问他们是哪儿的，答说是河南确山的。有两个小痞子把河南腔的“确山”听成了“嵩山”，往后躲了躲。嵩山有少林寺，是中国武术的故乡，这是全世界都知道的事。另几个小痞子像没听见一样，照旧往里挤，终于有一个挤了进去。这个人还真是穿得仪表堂堂，上下笔挺的。他进来后，站在门口回身冲外面喊了一嗓：“你们挤什么挤啊？”把门的一个高个子问：“你的票呢？”挤进来的那个小痞子立刻冷了脸，他掸掸自己的裤子，抖了一抖衣袖：“后面那么挤，你们还在这里死命地横，我能倒出手掏票吗？啊？不就一张票嘛，值得你们把我的衣服扯成这样啊？”

那个小痞子还在那儿摇头俯首地检查他的衣服哪儿

弄脏了没有。把门的两个人知道这不是个善茬子，再啰唆下去很可能票要不来还得给人家熨衣服。两个人只好不理会他，回头去拦另外一拨想往里冲的人。

王山把一切都看在眼里。他小声嘀咕了一句："操，我最看不上这号人。还他妈穿得西装革履呢，一张票十块钱也买不起？"

陆明小声回应他："十块钱也许是小事，你不清楚这些人的心理，他们其实最虚荣。他们觉得自己是当地的爷，外来的人就应该敬他，哪怕免收他一张十块钱的门票，他的心里也就像得了五百块钱那样美了。"

王山站在走廊里，向场子里望了一望："你说，今晚的演出他们找两个公安局的人来搞搞治安不就得了。"

陆明没回答他。王山随即自己找到了答案。他去走廊那头的小摊床买了一袋瓜子，老板娘回答了他的问话。

"你算算今晚的场租费，交给文化局、税务局的管理费和营业税，蹬去演员的吃喝拉撒，你就知道今晚来的观众是多还是少了，我看他们弄不好要赔钱呢。请公安局两个人来，每人一晚最少二百块，两人是四百块，等于四十张票白卖了！"

王山不作声了。王山用眼睛找了那个小痞子一圈，发现没影了。他假设小痞子听到了他的上述废话，和他冲突起来，他打得过打不过对方。他想，自己和陆明好歹也是两个人，大概不会败到哪儿去。但是如果把门外那一拨他们的同伙算进来，他和陆明就得让人抬着回家了。

正这么胡思乱想着，陆明又一把拽过他，入场去坐下了。

演出马上要开始了。

## 二

侯三团把那堆凌乱的衣服整理好，很想坐下来抽一支烟。幕布外面的演出已经开始了，音乐声响成一片。仔细听听，那台功率放大器的线路已经老化了，放出的音乐里发出“吱吱”的杂音。头儿派给他的就是这两样活儿，摆弄音响，替演员收掇衣服。音响倒容易，现在出外演出的没有带乐队的，都是用卡拉OK的伴奏带子一放了事，观众也不计较。观众现在忽略耳朵，只计较眼睛，他们很在乎看到了什么。至于拾掇演员的衣服，这倒是一门学问了，需要细心和耐心，需要统筹安排时间的方法。他得利用台上演出的时间，快速把演员换场时要穿的服装准备好，脱下的衣服放起来。在这个过程中所有服装都不能乱，一乱就要误场了。两个节目之间承接的间隙其实非常短暂，演员着急，人手又多。有一次在阜新县演出，女演员群舞时的甩手帕，一个女演员在台上从兜里掏出的竟然是一只袜子。这不怪女演员，责任全在侯三团。侯三团在准备好所有服装道具后，演员登台前他还得快速用眼睛扫描检查他们的细节上是否有纰漏。头儿后来扣除他全天的演出费。侯三团有时候觉得还是像李振王那样去把门好，几乎不担什么风险。可是头儿不用侯三团把门，用李振王。李振王长得高大一些。

幕布外面正在演出的是歌伴舞，男女演员几乎全上去了。侯三团听见陈招娣已经把一首歌曲唱到三分之二了。陈招娣唱的是《好日子》。

王山觉得这个演员唱得还算不错。声音很甜，口齿清晰，很像是宋祖英唱的。有一阵子他怀疑是不是音乐放的就是宋祖英的原唱。其实不是，有一瞬间麦克风的效果没有供上去，她的声音从中间破了出来，确实是真唱。能把《好日子》唱到这个地步，已经是不错了。

下一个上台唱的是一个男演员。他唱得说不上好，也说不上不好，那就是很平庸的意思。王山看了陆明一眼，陆明一边嗑瓜子，一边四处张望。王山也变得漫不经心起来，他四处看了看，发现身边和身后的观众没有一个他认识的。这是夏天，场内非常热，他看见有不少小伙子竟然光着膀子，顶多是一侧的肩上搭一条用来擦汗的毛巾。当然也有姑娘，姑娘们当然都是穿着什么的，只不过也有穿得少的，显得很凉快就是了。一般有姑娘坐的座位旁边，都有一个小伙子，那是她的恋人或丈夫。

她们有的干脆就歪在男人的怀里，或是大热天的也互相勾肩搭背坐在一起观看。王山觉得没让项妮来是对了，一会儿真要跳起来那个什么舞，让当妻子的可怎么看？就算当妻子的面不改色地看，当丈夫的脸色可就不太自然，比如王山，他就会觉得他的妻子是那些演员，观众们看那些演员，也就是变相在看他的妻子。

那个男演员终于唱完下去了，换上来两个人说小品。明明是两个年龄差不多的人，一个非叫另一个“爹”、“爹”的不可。这是一个逗乐的东西，可是却把王山看得直想掉眼泪，他替那两个演员难受。有的观众起哄了，鼓倒掌，打口哨，要他们俩快点儿下场，可是当演员就得有这点儿本事，他俩中的一个跳出角色，兴高采烈地连连对观众鞠躬，打飞吻，说：“谢谢！谢谢热情的观众朋友们！”然后更卖力地继续去表演他们的。

王山低头看了一下手表，正好是晚上七点半。

侯三团听见头儿在后台急促的声音：“下一个节目，撤掉！换！”

“换哪个？”有个演员问。

“换上组合舞蹈，《护花使者》！”头儿催促，“快准备！”

侯三团赶紧找来服装，趁演员们换服装的当口，他又赶紧去调弄音响，看来，刘英的魔术上不去了。当初侯三团就跟头儿说过，都什么年代了，谁还稀罕魔术啊？

他记得头儿还瞪了他一眼。现在好，侯三团就是手头在忙活着，不然的话，他倒要去瞪头儿一眼了。

侯三团把音乐放得炸响，男女演员们全冲上台了。隔着幕布，侯三团觉得透映的球灯、射灯光线乱舞，好像是一个四合院里不讲章法乱放的节日焰火。但是摇滚节奏还是明显的，音乐声伴着脚步声还有自己带着早搏迹象的心脏怦怦的跳动声，似乎震得灰尘都无处可躲。香港歌星李克勤的嗓音就在这混乱的场面中冲杀出来。当然他人不在这里，他可能还在香港同他的经纪人忙着什么，这里的一些三流演员在陪着他的碟片歌声跳：

这晚在街中偶遇心中的她
两脚决定不听使唤跟她归家
深宵的冷风，不准吹去她！
她那幽幽眼神快要对我说话

侯三团把目光落在了陈招娣换下的那堆衣服上。他其实一直想找一支烟抽抽的，半天没有找到。他不知道自己寻找的目光怎么会落到陈招娣的衣服上。刚才陈招娣在那个简陋的帘子后面换服装的时候，他无意中看到了陈招娣半个煞白柔软的后背，深深地打动了他。他不知道陈招娣现在还喜不喜欢他，他记得从河南出来演出的第三周，在一个记不住名字的小镇上，陈招娣曾向他抛过一个媚眼，并有意在过道中用臀部碰了他一下。他这是记得的。他知道陈招娣也不敢太放肆，毕竟她的男人也在这个团里，她的男人就是李振王，把门中的那一个。其实，侯三团不想怎么的，他在家乡也有老婆，只不过就是旅途中风餐露宿，有点儿寂寞了。

后台现在一个外人也没有，侯三团抓起那堆衣服展开，他闻到了淡淡的体香。那里边有一件贴身的紫色无袖装，缀着蕾丝和花边，他用手摸着，感到似乎残留模糊的体温。“陈招娣啊陈招娣。”他在心里喊着，恨不得马上把她活动的肉体搂在怀里。

贪心的晚风，竟敢拥吻她！
将她秀发温温柔柔每缕每缕放下
……

幕外的歌声还在响着。

## 三

王山觉得这个节目还算有点儿意思。虽然演员们（主要指女演员们）穿得并不暴露，但毕竟是现代舞，节奏夸张，肢体语言饱满丰富，倒是很令人眼前为之一亮。大概观众们也都顺应了王山的想法，他们在演出过程中没有表示反感的举动。陆明给王山递过一支烟，王山只顾看戏了，把香烟噙倒了，一只打火机频频去点另一端白色的过滤嘴。王山问："你这是什么烟？"刚说完，眼前突然亮起一个刺眼的火球，他把过滤嘴烧着了，引得旁边的人哧哧地笑。王山只好把烟掐了，扔到一边。

陆明对节目很不满意。他对王山说："就这么几个人，唱来跳去的，你看，左边第三个那个跳舞的女的，不就是一开始唱《好日子》的那个吗？"

王山惊讶于陆明离舞台这么远，看得竟是那么仔细。王山把这个想法跟陆明说了，陆明更加得意了："她就是背过身去我也能认出她，你看她的大腿，你看她的腰身，一股浪劲儿，美得与众不同啊。"

王山觉得右腰被谁捅了一下，捅第二下时，他反应过来那是别在腰间的手机在振动。他把手机贴到耳朵上听，是项妮从家里打来的。项妮问他："你在哪儿啊？"王山说："在看演出。"项妮问："在哪儿啊？"王山说："在体育馆。"项妮沉默了一会儿问："是在歌厅吧？"王山说："没有啊，在体育馆里。"项妮在手机里听了一会儿说："我听是李克勤在唱歌。"王山唯唯地说："对呀，对呀。"项妮兴奋地说："李克勤来演出？你也不告诉我！"王山愣了一会儿，说了一句："疯子。"把手机闭了。

接下来上来一个女演员，独唱。唱得不算好，但长得还可以，所以观众也没怎么轰她。再说刚才一个组合现代舞，声、光、电，给观众大脑震晕了，他们还没太反应过来上来的是一个什么节目。就算反应过来了，他们也需要一种舒缓的气氛来调节和过渡一下。看来，节目的串联和编排顺序很有学问在里边。王山觉得没见过舞台上的这个女演员，陆明坚持说见过，说她在上面跳过群舞。在这一点上，王山犟不过陆明，他姑且信了他。再说，争论这些到底有什么用？

王山再一次把目光投向四周的观众席。他知道自己这样做纯属无聊。他看见自己跟前三四级台阶那么远的座位上，坐着一个女孩子，十八九岁的样子，穿得很少，一件小背心，后颈上打着结，腰部露出一寸多高的皮肤，再往下几乎可以看到隐然的骶骨凸痕。再往另一个方向看去，也有一个少女，虽然穿一件半袖衫，胸口露得却很低，衣领歪歪搭搭，不够水平。王山看得蛮有滋味，他想，看女演员还不如看这些女孩子了。

台上的那个女演员唱完退下之后，灯光暂时暗了一会儿。所有观众都以为该表演精彩节目了，谁知道上来的是四个男人，表演群口相声。这简直是对观众极大的戏侮。王山听到场内响起一片片噼噼啪啪折椅子的声音，不少观众站起来准备退场了，也有一部分表示抗议。王山觉得手里的瓜子袋子“噌”地蹿起，原来是被旁边的陆明一把抓去了。陆明把没嗑完的瓜子连同袋子从空中向舞台抛去。一时间观众席上塑料瓶子、打火机（王山清晰地看见还有一条汗湿的毛巾像蛇一样蹿出去），一起落在舞台前。那四个男演员在表演过程中曾经中止了一切，呆呆地仰脸看着观众们，显得无可奈何却又饶有兴致，仿佛观众成了演员，他们成了观众，他们在推测并欣赏观众们下一步的举动。王山觉得场内的空气突然变得凉快了许多，这是非常奇怪的事。王山听见一个观众在喊："来一个刺激的，不然我们就退票！"王山循声望去，终于发现那是一个他见过的人，那个小痞子。小痞子的喊声引来了观众们一致的附和，他们跺脚、打口哨、喊口号，场内乱成一团。王山也跟着喊了两句，但是声音一出口，就立刻被卷入巨大的噪声中而消失得无影无踪，搞得他很没趣。他只好暗自想一想，是呀，看相声还到你这儿来吗？家里的电视正直播全国的相声大赛呢，房间里开着空调，有零食，有饮料，还有老婆给搓搓脚，到你这里来看什么呆鸟啊。看演员，不就是想看她们穿得少一点儿吗，如果还没有观众中的女孩穿得少，那真是不如在家写材料了。

王山这么想着，就忍不住大声问陆明（小声听不见）："到底有没有好戏？"陆明的表情严肃得像个军事观察家："我想应该有。他们在海报上明明宣传着火爆、刺激嘛。不过，话说回来，火爆、刺激不一定就代表脱衣舞。但是我想还是应该有的。"

## 四

侯三团听见头儿气急败坏的声音："快！快！给我找出那套服装来！"

侯三团拿出那套双排黑色燕尾服，头儿急得直摇头："不是啊，爷，是另一套，我得去救场！"

侯三团利落地翻出了古代七品县令穿的那种大蓝袍，加一副假胡子，头儿打扮后立刻就像小丑一样逗人了。"来点儿背景音乐！"头儿说完，就大踏步地撩着袍子上台了。

侯三团如释重负地嘘了口气，演员们正在后台的更衣间换服装。下一个节目是现代杂技，杂技应该说是这些演员们的拿手好戏。当初这个草台班子组建时，有不少演员就是从周边地区的杂技团解散出来的演员。侯三团用眼睛四处照应了一下，他发现陈招娣在一个小隔间里正费力地拉着上衣的后背拉链，她的拉链拉不下来了。侯三团赶紧走了过去。

## 五

头儿走上前台，换下了那四个说群口相声的男演员。头儿夸张地鞠了一躬，拿着麦克风问："大家喜欢什么节目？”

“刺激的！”“过瘾的！”王山听见场内的喊声像一群乱鸽子一样腾空而起。

“我是这个演出团的团长，下面我来给大家表演一个刺激、过瘾的节目吧。”穿县官袍子的头儿说。

大家不知道他要表演什么，场内静一会儿，只有音乐在响。

“我给大家唱一首你们非常熟悉和喜欢的歌曲！”头儿说。

观众立刻又愤怒了，各种难听的话几乎全骂了出来。王山看了一眼手表，已经晚上八点十分了。一个半小时的演出，差不多到此快要结束了。王山感觉出一种深深的失望。不是对演出失望，而是对自己失望。他觉得自己很堕落，很不像话，以一种无聊去迎合一种无聊。他开始心疼这个晚上已经逝去的那些时间了。如果现在马上离开，在演出结束之前离开，他想也许会好受一些。就在他准备把这个想法付诸实践的时候，观众起了一种特殊的骚动，他感觉到了，感觉到场内的气氛骤然热烈起来。

在头儿身后，一个男人冒失地从后台跑上来，贴着幕布，可笑地躲避着什么。很快，另一个男人从后台一把撩开幕布，扑到这个男人身上，把他狠狠地摔倒在台上，摔倒的男人刚要爬起来，那个男人又快速地踢上去一脚。几乎是一瞬间的事，两个人的身体就在舞台上扭打在一起。

头儿穿着那套笨拙的古装，显得非常夸张和滑稽地试图从中间把他俩分开，被两个卖力的男人中不知哪一个给撞掉到台下。观众们愣了一会儿，不知谁最先大声喊了一句：“他们这是在演戏呢！”人们立刻哄然大笑，并报以会意的掌声。那两个男人打得似乎更起劲儿了，音响推倒了，幕布也扯掉了，整个舞台上一片狼藉。

头儿站在台上，扯着嗓了喊：“别打了，别打了！”

观众们哈哈大笑。他们没想到这台晚会竟策划出这么一个开心的场面，说实话，这倒是够精彩和火爆的了。

头儿哭丧着脸忙不迭地对观众弯腰：“对不起，对不起，演出到此结束了——不，这不是演出——不不，刚才那是演出。”头儿不知说什么好了，“咱们结束吧。”

观众们更加开心地跺脚，鼓掌，笑得前仰后合。他们谁也不知道，事情的起因其实是这样的：几分钟前，一个名叫侯三团的人，在后台更衣室帮助一个女演员拉衣服的拉链，不知怎么就把人家拉到怀中搂在一起。这个场景不小心让另一个男演员看到了，他跑到体育馆大门的收票口那里找到了一个名叫李振王的人，说李振王你老婆在里边让人搂着呢，你还在这里给把门？李振王急忙跑到后台，把侯三团堵个正着——于是发生了刚才的一幕。

# 六

散场出来的时候，陆明递给王山一支烟，王山借着月光，这回没把香烟点反。他们俩边走边聊，陆明百思不解地问："你说这是怎么回事？"

王山知道他说的是什么。王山不作声。陆明过了一会儿又问："你说这是戏吗？"

王山觉得腰间又被谁捅了一下，他知道那是项妮又在催促他快点儿回家。他想起他的那个材料还没写完。他反问陆明一句："你说是不是戏？有一句话我都他妈的不愿重复了，人生就是鸡巴一场戏！"

两个人把烟抽完，一个往东，一个往西，各回各的家了。

# 午夜落

已经晚上十点啦，这家咖啡店还没有打烊。他从外面走进来，手里握着一柄雨伞。空中的云很厚，街道上有一股腥味，没人知道雨什么时候会下。

他坐了下来。咖啡店里很静。他还不太适应这里的环境，他头一次来。

男服务生走来，问他：“来点儿什么？”

“咖啡，一杯就够。”

“要浓缩的？”

“对。”

“别的呢？”

“别的？”他看了看四周。

“面点类的，”服务生说，“有丹麦甜饼、牛角面包，还有多士。”

“多士吧，来一份多士。”

他觉得灯光有点儿明亮。也许外面的灯光太亮了。他望着玻璃窗外，那里像是一只透明的金鱼缸，点缀着光影，时不时有小轿车像鱼一样游过。

靠窗坐着一个女人，独自一人。事实上，整个咖啡店里，也就他们两个顾客。她的面前放着一杯咖啡，如此而已。

服务生把他要的咖啡和多士端上来了，同时上来的还有音乐。室内的音乐像咖啡的香气一样弥漫开来。他不清楚音箱放在哪里，反正音乐一起，虽然声音轻柔，可还是让他怦然心动。

他望了一眼那个女人。很年轻。这是一家餐桌和座位布置成火车厢式的咖啡店，沿着两边的墙分放着一排餐桌和椅子，中间是过道。现在，他坐在这边，女人坐在那边，他们像是陌生的旅客。

他喝了一口咖啡。他暗暗在心里做了一番比较：如果将眼前这些餐桌和椅子，按照通常的分散的正方形摆放方法布置起来，整个咖啡店应该可以放下二十张座位。现在是二十四张，多出四张，蛮合理。

音乐让他忘记了一些东西，也让他想起了一些东西。他有了坐下去的理由，而不是枯坐。他细品着音乐，那是一些奇怪的旋律和组合，好像是在海边的一间小木屋里，有人敲啤酒桶的声音，有倾泻豆子的声音，伴着一阵胡琴声。声音很忧伤、古朴、怪诞，仿佛让人看到了风在揉碎些月光，海浪在浸打男人古铜色的脊背，一个女人静静地卧等在沙滩……声音断断续续，反反复复，却一点儿不让人感到枯燥和琐屑。

他侧过脸，看了一眼过道那边坐着的女人。她穿着一件奶白色休闲短装，栗色半截裙，秀发被染成金黄色，一个大的波浪弯衬出她白皙凝腻的脸。她中规中矩地坐在那里，神情专注、平静，又似乎有一点儿慵懒和忧郁。他说不清自己被她什么地方吸引着。

窗外的汽车灯光不时照进来。这家咖啡店位于一个不大不小的十字路口，汽车在转弯时把灯光射进来，让他产生在火车车厢里移动的感觉。就是一个旅客，他想，孤独、疲惫、怀乡。

咖啡店的门被推开，进来一个男人，穿着工装。他向这边望了一眼，立刻奔过来。

“嗨，你在这儿!”

他抬起头，奇怪地看着对方。

“我不知道你在这儿。”穿工装的男人说，坐到他的对面。

“喝点儿什么吧？”他问。

“不喝，”穿工装的男人说，“你怎么会在这儿？”

“他们没问你什么吧？”

“没有。你倒是让我好找。”

那个女人向这边看了一眼。

“小点儿声，”他说，“说话小点儿声。”

两个人沉默了一会儿。穿工装的男人两手放在铺着雪白餐布的餐桌上，不安分地互相绞动着。他似乎有点儿激动。

“别再这样啦，”穿工装的男人说，“想开一些，这是大多数人都会遇到的事。”

“说得对。”

“记得咱俩刚认识时，你跟我说过的那些话吗？”

“不记得。”

“你记得的。我们在南市路的桥洞里过夜，那时候南市路立交桥还没有完工。”

“说什么我记不得了。”

“你记得的。唉。”穿工装的男人说。

“我倒是有点儿记得。可是说过什么我不记得了。”

“你记得的，我知道。你这个人。”

“喝点儿什么吧，啊？”

“不，我不喝。这样坐着蛮好。你怎么会在这儿？”

两个人又沉默了一会儿。窗外，似乎起风了，雨还是没有下。他望着窗外时，顺便望了那个女人一眼。他是忍不住去望的。

面前的咖啡有些凉了，凉吧。那个女人独守的那份咖啡一定更凉，她进来得更早，她也没有再要。

“无非是一点儿钱。”穿工装的男人说。

“谁说不是呢？”他看了对方一眼。

“可人家是老板。”

“你闭上嘴。”

穿工装的男人把两只手从餐桌上挪开，似乎要坐在那里很滑稽地叉在腰间，后来还是顺势地放在膝盖上。

“将来你要是做了老板，你也会……”

“我不会去做老板的。”他说。

“假如你去做……”

“假如世上根本就没有什么老板。”

“你还是没有看清这个世界……”穿工装的男人看了他一眼，摇了摇头。

“是的。”他小声说，有点儿动情。

音乐换了一首。在这首音乐里边，所有的人都没有说话，包括她。大家似乎都在凝神谛听。

门开了，进来一对年轻人。一对非常年轻的恋人。他们活泼和不安分的样子，像是刚从高中毕业的学生。

“喂，服务员，有鸭汁香烧伊面吗？”那个男孩问。

“有。”服务生说。

“还是给我来一份煎蛋吧。”女孩轻声说。

“有煎蛋吗？三文鱼煎蛋？”男孩问。

“有。”

“吉列石斑块呢？”

“有，你说的这些都有。”服务生看了他们一眼。

男孩放心地拉女孩一同坐下。“外加两杯新鲜咖啡。”他说。

“我们吃不了。”女孩说。

“我饿了，”男孩说，“你也是。你看，都十点半了。”

“可是吃过肚子会难受的。”

“饿着才会难受。”男孩纠正她。

“那我不要咖啡，我要一杯绿茶。”

服务生离去了。他看了那个坐窗边的女人一眼，可巧，她也回头望了他一眼。他俩的目光对视了几秒，然后，她挪开了。

他盯着地板的一个角落，发了一会儿呆。

“跟你说，你可以从头再来。”穿工装的男人说。

“什么？”

“一切都会过去。”

“那当然。”

“记住，别恨有钱人，别恨当老板的人。”

他的脸红了一下，继而闪过一丝恼怒，他压低了声音，无心思地说：“你什么都知道！你别说啦！”

“我说真的。”

“你给我闭嘴。”

“你看看你的眼睛，”穿工装的男人回一下头，似乎寻找什么，“你的眼睛多可怕。”

他也看了别处一下，他看的不是和穿工装男人一个方向。他看的是某一个方向。他清楚。然后，他把目光转到穿工装男人的脸上，忽然笑了，笑得十分温和。

“你的表情让我感到陌生极了。”穿工装的男人说。

“我很好。”他说。

“我从来没见过你这样。”

他不再言语。他觉得坐在他面前的人说得没错。他也感到自己从来没有这样过，他搞不清这是怎么回事。仿佛他喝下去的咖啡，是一种致幻剂似的，一切由不得他。他愧疚地望着穿工装的男人，说：“你陪我喝一杯咖啡吧。”他把手招向服务生。

“不，那样的话，我马上就走。”

“不就是一杯咖啡吗？”

“不，两个大男人，怎么好坐在这里一起喝咖啡？不对头。不过，你一个人坐在这里是对的，我以为你去了别的地方。这就好。”

“是啊，我现在心情很好。”

“你还会待一会儿吧？”

“……我想再待一会儿。”他说。

“那我走了。”穿工装的男人说。

“我不给你要咖啡了。”

“不，我该走啦。”穿工装的男人站了起来，拍了拍他的肩膀，“记住，什么事都要想开些。再见。”

他点了点头。穿工装的男人拉开门，走了。他拣起碟子里的全麦多士，咬了一口。他没有咽下去，他的左手支在桌上，掩住眼睛以下的面部，他觉得鼻子的一阵酸劲儿冲到眼眶。

那一对年轻的恋人一直在边吃边聊。或许跟他们的年龄有关，他们的对话还没有染上窃窃私语的习惯。

“我还是拿不太准……”男孩说。

“是吗？不会的吧？”女孩说。

“上次他瞪过我一眼。你们家走廊的风太大了，我已经很轻地关门了，可还是发出那么大的声响。”

“是挺大。风弄的。”

“可他不应该觉得大。”

“为什么？”

“他是男人，你爸爸。男人会怕声音吗？”

“你把这个吃了。”

“我不吃。”

“他心脏不好。”

“将来他总是这样，我心脏也不会好。”

“哎——你别瞎说。”

他看着那个女人，她金黄色的头发被灯光笼罩出一片晕光。她端起杯，默默吮了一口咖啡。他也端起杯，喝了一口。

“你要是会拉二胡就好了，他喜欢京剧。”女孩的声音突然大了起来。

“我都送过他一个乐队了。上回给他买的整张波士顿交响乐团的CD。”

“他听不懂。”

“他要是会打拳击就好了，我可以跟他正正经经干一架。”

“你别臭美了。”

他看了那个男孩一眼，男孩的体格不很魁梧，却看得出身手够敏捷。

“你说要是《射雕英雄传》不用剑术，全用西洋的拳击来拍摄，那会怎么样？”

“不怎么样。”

“咔！”男孩坐在那里，耸肩，端拳，做了一个造型。

“我是说大陆拍的那个《射雕英雄传》不怎么样。”女孩说。

“唔。”

“我不喜欢周迅演的黄蓉，她嗓音不好听。过去香港拍的那个翁美玲的‘靖哥哥，靖哥哥’，人家叫得多甜。”

“我觉得大陆新拍得好。”

“我觉得香港过去拍得好。”

“你们女孩子总是认为旧的东西就好。”

“你们呢？总是认为新的就好？”

“不是吗？”

“是吗？”

两个人不知怎么，再不说话了。这可能是他俩进来以后，第一次出现的沉默。他看到那个坐窗边的女人看了他们一眼，他也看了他们一眼。然后那个女人回头看了他一眼，不消说，他也是看了她一眼。

音乐声不知怎么变得若有若无，是外面下雨了，一瞬间下得越来越大，声音很急，窗玻璃像是盛满水的鱼缸碎裂了一般。

“我们走吧？”男孩说。

“我们怎么走？”女孩茫然地说。他俩没有雨具。

“叫出租车。”

“不，”女孩说，“不，总共才不到一百米。”

“可是我们必须得走了，”男孩说，“我得送你回去。”

“不，”女孩说，“总共才不到一百米。”

男孩拉开门，一阵湿气涌进来。男孩看了看外面，回头对女孩说：“我先跑回去，拿雨伞来接你。”

女孩犹豫着。

他想了想，站起来，把座位边自己的雨伞递过去：“把我的先拿去用吧。”

男孩看了他一眼，接过伞，冲他点了一下头。跟着把伞对准门外，猛地一撑，冲到雨幕中了。

他坐了下来。他又喝了一口咖啡。他觉得室内的气氛变得有点儿杂乱。他请女孩把咖啡店的门关上。他感觉外面的雨太大了，像是要把城市冲塌。

没过两分钟，男孩跑回来了，手里拿着另一把伞。男孩把伞还给他，用无疑是连续跑了二百米的那种气喘吁吁的口吻对他说："谢谢。"

男孩和女孩偎在一起，共打一把雨伞走出去了。女孩没有忘记把门关上，很轻。

他静静地看着这一切，半天没动。少顷，他觉得哪里不对头。他苦笑了一下。他想，男孩刚才就应该用借来的伞陪女孩一起回去，然后再独自跑回来还伞。——这样不是一回事吗？不，这样不是更好吗？他干吗要扔下女孩在这里等着？

或许是让自己保留一份希望？

现在，咖啡店里仍旧是他和那个女人，这两个顾客。服务生从柜台里出来，一边打着呵欠，一边拾掇餐桌。他望着那个女人，不知道该不该把面前的咖啡喝下去，那里至多只剩一口。雨还在下着。雨不会停的。他现在才明白，他为什么在这里坐了这么久。

一个良宵。他想。他站了起来。

"埋单。"他说。服务生走过来："七十六块。"

他迟疑了一会儿。他打算把靠窗边坐着的女人的账一起付了，他犹豫这样做是否合乎礼貌。服务生看着他，只好更清楚地报了一遍："多士是多士，咖啡是咖啡，一共七十六块。"

然后，服务生管都不管他，扭头对窗边的那个女人说："老板，已经十一点多了，该打烊了。"

——他怔了一下。

晃了晃身子，他掏出一百块人民币递给服务生。

临出门时，他说："不用找，余钱算小费。"

他拿着雨伞走出门去。他走进夜里。夜，仿佛是这个世界被遗落的影子。

# 房　间

陶小促不太相信刘齐的话。即便是真的，事情也不会怎么太严重。站在刘齐他们居民楼下草坪边的甬道上，陶小促的心情还一直没有调适过来，也就是说，他对自己这次扮演的角色还不以为意。他对刘齐什么时候买了新房子都没有告诉他一声感到不快。真的，要不是这次刘齐有事打电话找他，告诉他怎么走、怎么走，他或许就一直不知道刘齐搬了家。

朋友搬了新家不告诉一声，还叫朋友吗？

如果不是刘齐断续的、无奈的诉说打断了自己的胡思乱想，陶小促可能会为这个问题琢磨上一天。但是今天中午不行了，起码是，眼下不行了。陶小促内心敏感，这与他好动、健壮的体格似乎有点儿相反。什么事情，他都愿意想出一个最佳途径去解决，也许，这也就是老朋友刘齐——以前两天一见，如今是两个月难得一见，人家忙了——找他来的原因。

“几楼？”陶小促问。

“喏，四楼。”刘齐用手指着。

陶小促仰头看了看。虽然他的个子比刘齐高，但他头部的仰角明显比刘齐要大，他戴的遮阳帽的檐儿探出好长一截。眼前这座居民楼是点式设计，刘齐家位于最东端的一单元，窗户有三面不同朝向。陶小促这个位置所能看到的三扇窗户，有两扇拉着葡萄灰一样颜色的窗帘。

“你没有打她吧？”陶小促把头转过来问刘齐。

“没有。”刘齐说。

陶小促若有所思地点了点头。

“只是顶几句嘴。”刘齐接着说。

“吵得厉害吗？”

“……”刘齐摇了摇他稍显宽大的头。他的表情似乎在说，怎么叫吵得厉害？怎么叫吵得不厉害？这个问题不太好回答。也许是因人而异。也就是说，或许他没觉得怎么，可是徐丽受不了了。

“我们上去看看吧。”陶小促说。他走在前面，步伐轻松，而刘齐则慢吞吞的，跟在后面。到了四楼，陶小促看到了一扇关得死死的防盗门，像一张灰脸。陶小促轻轻敲了敲门。他没有去按那红色的门铃按钮。

里面没有回音。

陶小促又敲了几下门之后，开始按动门铃。里面的静默是持续的。陶小促低头看了看自己的脚，他猜不出徐丽会在里边干什么。他的脑海里忽然闪出一幅画面，徐丽趿拉着刘齐的一双大鞋，在厨房里忙活。工作台上的白瓷砖有许多已经是自然龟裂了，暗淡的裂纹像是头上那盏灯泡上结着的灰网。生活跟灯光一样昏黄。但是徐丽总是能在那里不停地忙碌，给刘齐、陶小促和张文玲做上可口的饭菜。当然，这是很久以前了，在刘齐和徐丽的老房子里。那时候，陶小促和张文玲还没有结婚。得说说他们几个人之间的关系：陶小促和刘齐，是从小在一起长大的伙伴，上公厕都要在胡同里互相喊一声结伴去。陶小促跟徐丽，是初中时的同学，虽然徐丽是插班生，没念多久就转学了，但不能说他们就不是同学。张文玲跟他们都是后认识的。

陶小促决定边敲门边叫。平常的时候，陶小促总是称徐丽的名字。跟张文玲处朋友那会儿，两个人经常到刘齐家玩儿，因为刘齐比陶小促大两岁，再加上张文玲跟徐丽不是很熟，从礼貌来讲，陶小促当着女朋友的面叫徐丽“嫂子”，张文玲自然也跟着这么一直叫了。以后陶小促想改，毕竟同班同学，这么叫多别扭啊，但是犹豫再三，发现这真是个不大不小的难题——谁知道徐丽会介意不？

也只有张文玲不在身旁的时候，或是陶小促酒喝多了，装作脱口而出，会放松地喊上徐丽一声“徐丽”！那样子，完全是秋收时的老马终于卸去了铁嚼口。

今天是个例外。张文玲不在身边，陶小促也没有喝酒，但他还是一边敲门，一边斟酌地喊着“嫂子”。

里面依旧没有应答。这么喊了几声，陶小促开始在“嫂子，开门”之后紧跟一句“是我啊，陶小促”。这么做，陶小促是想安慰一下自己，仿佛是先前屋里的徐丽不知道敲门的人是谁。但是仅仅过去一分钟，陶小促就意识到这是拿自己的尊严在冒险，因为他又一次失败了。

“会不会是徐丽不在家？”陶小促回头问刘齐。

“不会。”刘齐从兜里掏出一串钥匙，“她把门从里面给锁死了，不然我不会打不开。”

陶小促开始用力地敲门，笨重无比的回音在走廊里碰撞。刘齐尴尬地、似乎害怕邻居们听见、更怕徐丽就站在门里边对他发出阵阵冷笑，他像躲避一颗定时炸弹那样，避开身子，向楼下走去，说：“算了，算了，别敲了。”

陶小促跟着刘齐又到了楼下原来的地方。两个人孤独地站着。陶小促这才意识到，徐丽是真的发火了。陶小促递给刘齐一支烟，刘齐迟疑着掏出打火机给陶小促点着，然后点着自己的。

“你俩是昨晚吵起来的？”陶小促问。他多少有点儿没话找话，因为这件事他已经问过了，再说，眼下它已经不是最重要的。

“昨晚。”

“吵得很晚？”

“很晚。我是说，”刘齐倒是一点儿没有敷衍的意思，“我是说，我俩吵架的时间已经很晚了，但是吵架的时间很短。我的意思你明白，就是——”

刘齐讲这些话的时候，不失一种艰难的小公务员和基层干部的语气，似乎在给领导思索推敲一份发言稿。

“然后呢？”陶小促想，反正好长时间没来了，不妨多了解一些近况吧。

“然后，我们就分开睡了。”

——这说明他的房子里至少有两个卧室。

“再然后呢？”

“早晨，我在卫生间刮脸，她在饭厅里喝麦片粥，厨房里还烧着水，一切都挺正常啊。”

——这说明房子厨、餐、卫分开。

“就算是正常吧。”陶小促说。

“谁料到她心里一直憋着火哪，后发制人。我早晨上班后，大约九点半，单位的头儿叫我跟他去社保局办点儿事，要带上有关资料。我于是回家取，掏出钥匙，却怎么也打不开门，叫她，她不吭声，也不开，你看，我有什么办法？”

——差不多可以据此判断他是领导身边的红人。

“你刚才说，你俩吵架的时候已经很晚了是吧？”

“是。”

“是因为你回来得晚吗？”陶小促问。

“差不多，”刘齐用手捂着腮帮子，像是牙疼，“不过，我以前也回来过更晚啊。”

——已经混到下班不回家的份儿了。

小区里下班回家的人渐渐多了，隔一会儿总会有一两个人跟刘齐打招呼。刘齐失落的表情中混合着一种勉强的热情，显得可疑而古怪。二楼的哪一家里，断断续续传出或剧烈或低沉的音乐噪音，似乎有人在调试音响，过了一会儿，又换成一段电影里男女主人公的对白，样子像是吵架，其实是激烈地表白对对方的爱意。又有哪一家里，抽油烟机开始工作了，送给刘齐和陶小促鼻息里一股羊膻和大蒜味。

陶小促叹了一口气：“你非得进去不可吗？”

“那不一定，”刘齐咧了咧嘴，陶小促听不出这是玩笑还是什么，“只要你能进去。”

“或许，等一会儿徐丽的心情平静下来，就会把门打开的。”陶小促说。

刘齐看了看手表：“心情平静下来？谁知道她得平静到什么时候？我跟领导说了，最迟吃过午饭就得把资料带过去。”

“那咱们先去街上吃点儿午饭？”

“我吃不下去。”刘齐短促而无精打采地说。

陶小促低头看着刘齐，内心忽然生出一些怜悯……或许真的是徐丽不对。近来经常听张文玲说起徐丽，说她跟以前有点儿不太一样了，人变得年轻漂亮不说，还有一点儿冷傲，出入神秘，不像以前那样随和而热情。陶小促问张文玲，你怎么知道？我怎么知道？张文玲不屑地说，感受到的呗！再说，员工们也经常议论她，说她和刘齐的感情不是太好。陶小促说，不能吧？陶小促说这话的时候，其实已经倾向于认同张文玲的话了，因为他从刘齐身上就能体察得到。刘齐好长时间没约他们到家里玩了，按陶小促的经验来判断，这可能是因为他们夫妻感情出现矛盾。再有，刘齐已经不是以前的糖酒公司小推销员了，是商业局一名得力的骨干。陶小促想了一想，又对张文玲说，不要议论人家的寸长尺短，哪怕是人家的道德问题。道德问题与个性这两个东西最容易混淆了，一个人有了一点儿你看不惯的东西，你说这是道德问题还是个性问题？道德有好坏，而个性是不分好坏的，所以不要乱说，搞不好还侵犯了人家的隐私。陶小促说这话的时候，其实更清楚它的背景，因为此时的徐丽也已经不是从前的南区化工厂小化验员了，而是在本地有着三家连锁店、哪怕是在家闲着也会衣食无忧的“大丽超市”的总经理。更重要的是，陶小促的妻子张文玲失业后，一直在徐丽的超市做导购员。

张文玲刚失业的头三个月里，对生活出路无计可施，磨破了嘴皮让陶小促跟刘齐和徐丽夫妻俩说说，去“大丽超市”的一家分店做店员。陶小促憨劲儿上来，一直梗着不动，与其说他是在悄悄维护自己的那点儿自尊，不如说他是更怕麻烦人家。你去了，人家把你当朋友是协作关系看还是主仆的雇佣关系看？工种怎么安排？工资怎么算？人家会不会戒备你对他们所自然产生的觊觎感，由此，打乱了正常的生活秩序？想一想头都疼。后来陶小促还是给徐丽打了个电话说了——因为你不说，人家不清楚，或者清楚了还以为你不愿意干呢！徐丽让张文玲做了导购员，劳动量不比张文玲以前的工作累，工资却是一样多，这就几乎让张文玲打心眼里感谢徐丽了。

过了两个月，张文玲觉得收银员的工作比导购员好，起码不用每天站着，双腿来回奔波。张文玲央求陶小促再跟徐丽说一说，换一个工种。陶小促只好说了。大约过了一星期，张文玲如愿以偿。这样过了能有半年吧，也就是春节的时候，张文玲又对陶小促说，她有信心和经验，去干好分店的经理，看看能不能——反正，那样多体面，工资和奖金又高。这一次，是陶小促沉默最长的一次，他几乎就是用这种沉默来抵抗张文玲了。他想起了小时候读过的《渔夫和金鱼》的故事，给你新木盆，给你新木房子，给你当贵妇人，让你当女皇，如果你还不知足，那就只好还给你破木盆吧！

小区内不知什么时候又恢复了平静。刚才那些杂乱的声音都消失了，好像一场潮水来了又去，只剩下陶小促和刘齐这两个贝壳晒在沙滩上。陶小促忽然觉得有点儿饿了，真的很饿。他看了一下手表，已经快到下午一点钟了。他抬头望着刘齐家的窗户，它们好像是一幅几个世纪以来空洞呆板的油画，你别指望它们自动出现任何新的变化。

陶小促掏出手机，开始拨打那扇窗户里的电话。他相信只要和徐丽通上话，他就有信心一点点劝导，直到完全说服她，让她和刘齐重归于好。

说到底，天下哪有不吵架的夫妻。他和张文玲，刘齐和徐丽，包括身边的朋友。他就不止一次被别人找去充当中间人，去调停，去解围，去疏通；或苦口婆心，或声色俱厉，帮助大家捐弃前嫌，破镜重圆。他相信在这种场合中，他是积德的，是做善事。直到有一次，朋友的一位妻子在他单独的促膝谈心下，忍不住扑到他怀里，委屈、感动得直哭，他才明白自己潜在的另一个角色。从那以后，张文玲对他做了约定，以后他们俩吵架，闹别扭，不论到了什么地步，都要进行冷处理，慢慢挨过去。心伤痛一点儿没关系，绝不找别人中间掺和，要知道，有一种情感，就是专门乘人之危的啊。

不过，他说不好自己是不是有点儿自私。因为，别人找他，他基本上还是去的。他不愿拒绝别人的信任。自私和被人信任，有时候竟会奇妙地结合在一起。

陶小促所打的电话长时间无人接听。刘齐在一边忍不住劝他说："别打了，她没准儿已经把电话线拔了。"

陶小促抬起头来，有点儿悻悻地看了四楼的窗户一眼。事情到了这个地步，刘齐反倒对陶小促的举动做出解说和劝阻，这不能不激起陶小促内心一种复杂的恼火。他领着刘齐又登上了四楼门口，他还想试一下，试一下谁有耐心，或者谁更无耻。因为，他觉得徐丽太不懂事了，一点儿面子都不给自己，那么，自己索性也豁出去了。他一边用手机拨打里边的电话，一边按门铃，一边用膝盖嘭嘭嘭地撞门，一时间，屋里屋外铃音大作，铁门声震荡不已，走廊间霎时成了打击乐厅，热闹非凡，这阵势似乎连蛰眠的蛇听了也会忍受不了而乖乖出洞的。陶小促想，如果徐丽不开门，他就这么敲上一天，反正他有的是力气。就在这混乱的噪声里，陶小促终于听见徐丽的叫喊。他停了下来，那声音尖刻而气急败坏：

"你们能不能自觉一点儿啊？还让不让人家睡午觉了？！"

陶小促愣了一下神，这才发觉声音不是来自屋内，而是来自楼下走廊。接着，又传来一声愤怒的关门声。陶小促噤了嗓子，刘齐也在一边冲他做手势，打哑语，要他别再乱动了。四周顿时出奇地寂静。这种寂静在十几秒之内，突然促成陶小促一种不祥的反思：徐丽难道在房间里自杀了？

这个想法来得那么极端而隐蔽，一经闪现，不但再也驱赶不去，反而更加强烈和真实地攫住了陶小促的心。在这样一个下午，陶小促作为某种生活的旁观者和参与者，感觉生活的道路像绳索一样，突然断裂了。哦，可怜的徐丽。

“刘齐，我看还是打110报警吧？”陶小促不敢多说，他怕刺激到刘齐。他认为这是唯一妥当的、需要立即实施的办法。总之，只要警察来了，不管徐丽已经自杀还是蒙头大睡，警察们一定会弄开门的。

刘齐此时正躬身在走廊缓步台的一扇窗户前，侧头向外张望着什么。他听了陶小促的话，显然没往深处想，他慌张得直摆手，示意这样做不行。陶小促明白，他是怕事情闹得沸沸扬扬，丢人。

陶小促感到一阵透彻的悲哀。

刘齐已经把缓步台那面乳白色塑钢窗拉开了，他再次探头向外看了一眼。过了一会儿，回身冲陶小促招了招手，说：“你来！”

陶小促奔过去，他俩都看到这样一个场景：由于楼体的个性造型和外墙设计缘故，从缓步台窗下到刘齐家客厅窗部附近，贴墙凸起一道约二十公分宽的装饰檐，如果陶小促或刘齐能踩上那道装饰檐，双手扳住头上另一道平行的装饰檐，一点点蹭过去，临近客厅窗户，就可以将身体一跃，攀住窗台，从那里跳进客厅。这个情形，陶小促和刘齐在楼下站着时没有注意，此时距离这么近，禁不住让人感觉大可一试。

陶小促拉开因身体粗胖显得笨手笨脚的刘齐，自己跨上了窗台。他没有恐高症，并且，这看起来几乎是一件很容易的事，需要的仅仅是一点儿勇气。陶小促不缺少勇气，再说，徐丽差不多半天的沉默和死寂，激起陶小促的除了勇气，还有怒气。

陶小促小心和沉着地沿着装饰檐向前移动着，刘齐在他身后的窗口探出半截身子，用目光一点点护送他。在这样的午后，这样的两个男人，一个男人在另一个男人目光的鼓励下，向着他妻子的窗口逼近，不管怎么说，陶小促都感觉到一种难言的刺激。他一点点地挪动着，终于，不到三分钟，他来到了窗口。事实与他和刘齐当初想象的并不差，他很容易地两手攀住了窗台。接着，他双脚起跳，双手用力一撑，准备跃上窗台向内一看究竟，却不料头上遮阳帽的帽檐率先碰到玻璃上，发出“砰”的一声。

陶小促吓了一跳。

事实上，吓了一跳的并不是陶小促一个人。

透过窗玻璃，陶小促看见原本是坐在客厅羊毛地毯上的徐丽，听到声音后猛地扭过头，向他这边露出一个异常惊恐的面孔，紧接着，她脸色变白，本能地用手捂住了嘴巴。与此同时，她身边一个穿白色衬衫的、相貌还算文雅的中年男人，急忙松开原本牵着徐丽胳膊的手，就势俯身藏到徐丽身体的后面，靠她的身体和半只沙发的扶手滑稽地挡住自己。眼前的一幕令陶小促吃惊得几乎大叫起来，他简直不敢相信这一切。如果这种场合，是他听到了什么，或者，是他嗅到了什么，他都会极其轻易地否定自己，认为那是幻觉。但是，他是看到了。与他的听觉和嗅觉相比，他无法否定自己亲眼看到的事实。刚才那两秒之内发生的事情，像是电影产生的原理一样，经过一定速度的运转映入他的视网膜，再经视神经传入大脑皮层视区，最后定格在他的记忆里。

陶小促双手扳住窗台，下意识地沉下身体，把脸贴在窗台下冷硬的墙面上。他油然想起张文玲说过的那些关于徐丽的话，现在看来是得到有力的认证。他觉得自己真是个笨蛋，傻瓜，他和刘齐忙了一上午，迟迟叫不开门的原因，原来是他们没有离开那扇门哪怕五分钟的原因！陶小促还能记起哪部外国电影里的一句台词：“一个男人被吓破了胆，是恨不得钻进女人的裙子里的！”可怜的刘齐，他不知道，他和自己的行动，给房间里的那对偷情的人吓成什么样子！

陶小促接下来不知道自己该做些什么。他能想象徐丽此时在客厅里那张又气又怕又羞的脸。陶小促本来是帮刘齐解围的，现在，他不知道还该帮谁解围——帮徐丽？帮自己？他又一次想起了自己的老婆，曾经的失业工人张文玲，他还是很在意她的，在意他们今天的生活……

不知什么时候，耳边传来刘齐不耐烦的催促声，让他听起来好像是从另一个世界发出的。陶小促知道自己是既不能进，也不能退了，他无法顺原路退回到缓步台那里的窗口了——事情远不是那么简单；再说，他环顾四周，突然发现了一个事先没有想到的严峻的问题：他从装饰檐攀过来的角度是顺差，相对容易，而攀回去则是逆差，根本不可能，除非安上翅膀。陶小促悲哀地想，方式只有一个了。事实上，这种方式也由不得他去选择——他的身体悬吊在半空中，双手和双臂的力量已经迅速地丧失，酸麻而无力，这是一个让陶小促无比吃惊的现实。他感到四层楼高之下的大地，正在不停地颤抖、摇晃、伴着呼唤和迎接，哪怕是空中的一阵微风，都会加重分量吹落他……

松开手落下去的一瞬间，陶小促比较清醒地想，刘齐会抱着我离开这里，随救护车一起赶到医院的……

这是愚蠢的、也是唯一正确的解围方式。

补遗：

陶小促是两个月之后出院的。右脚内踝骨骨折，左小腿胫骨震裂。医生说他的恢复还算是不错的。

据说他差不点儿拿了本地一个“见义勇为基金奖”。因为在那一天，反锁在刘齐家里的，一个是徐丽，另一个是入室抢劫犯。抢劫犯冒充物业管理人员，在刘齐上班走后不久骗开了房门，然后搂住徐丽，用刀逼使她交出钱物，并不得出声。这期间，刘齐和陶小促及时赶回来了。可惜的是，陶小促在关键时刻，功亏一篑，在即将成功翻入窗户的过程中，不慎摔了下来。

歹徒最终搜罗钱物，堂而皇之开门而去。

以上情况，是徐丽在派出所做的口供。

警方正在就此做进一步调查，详情尚未做最后披露。

# 天气很好

傍晚，雪还没有止住。整个城市的街道似乎一下子变得静穆。雪很大，不是飘，而是簌簌地毫不犹豫地落到每个人的眼前。商店明亮了许多，连门前一直排列到远处的路灯的灯光，也不像平常那样把黑暗切割成泾渭分明的光影，它们显得柔和而漫漶。天空笼罩着灰红的颜色，因为高层建筑的霓虹灯的反光。这是许多个冬天，一场真正的大雪。往年的雪总是零星的，落地不久就化掉，要么就像灰尘一样，被风吹到巷子深处或墙角，没人在意或让人徒增烦恼。现在不了，雪还在不停地下。

在这样的傍晚时分，似乎有一种神奇的力量注入每个人的身体，他们都像是接受了一种意外的礼物。人们的头上、肩上、衣服上，都落了一层厚厚的雪花，他们连喘气都不自然了，商店明亮的窗口、招牌、电话亭，都在好奇地打量着他们。

汽车都开着大灯，行驶得很慢，车盖子和车窗上都覆着一层厚厚的白雪，走起来像是一个个移动的白色碉堡。分不清人行道了，有时候大人领着小孩子，不知道是路确实难走，还是小孩子故意调皮，脚步在雪地上绊绊磕磕的，身后卷起一阵阵魔术般的雪沫。

也有一些被帽子或围脖遮得看不清面孔和年龄的人，走一走会忽然停下来，仰头看天，赞叹道：“啊，这天气真好！”

不喜欢的自然也有，那些碰巧出门在半路骑了自行车的人，还有也是正常走路，却没来由地皱着眉头的人，他们会自己嘟囔：“这倒霉的天气！”

雪丝毫没有停的意思。林光领着何锦州在一家火锅店门前站住，他说：“我们在这里吃？”

何锦州犹豫了一下。就在他未吭声的间隙，林光以为他不喜欢这里，就抬腿又沿街道向前走去。

何锦州只好跟着。身边不时有行人同他擦肩而过。在一家川菜馆，林光向站在门前的女服务员点一下头，他回身问何锦州：“这里怎么样？”

何锦州正在看那个服务员，他根本不清楚这是一家什么地方。林光看了他一眼，独自又往前走。

何锦州不知道林光为什么会有那么大的吸引力，召唤他与他形影不离。多少年来都是这样。也许，在骨子里或是气质上，何锦州还是有点儿怕他。几年前，在何锦州最贫困潦倒的时候，林光毫不犹豫地给过他一千块钱补贴家用，一年前，为了一点儿什么事，林光又和手下的人毫不客气地打了他一顿。那次，他险些被弄掉一根手指。

他们径直向前走。在一家韩国料理饭店门前，这回林光问也不问何锦州，拉着他走了进去。气氛一下子同外面隔了开来，让何锦州觉得一个人想改变不同世界是多么容易的事情。

林光点了一份烤酱鲈鱼，又点了一份苹果炒牛肉片。他用征询的目光看着何锦州，何锦州说："我要一份大酱汤。"

"好久不见，你还是喜欢喝汤啊。"林光的这句话让何锦州稍稍温暖了一下。林光接着吩咐服务生："再加一份罐子狗肉，一碟厚糕，一瓶溪婉烧酒。"

趁着上菜的间隙，林光独自拿起一份报纸看了起来。灯光下，何锦州偷偷打量着林光。怎么说呢，如果两人不是一起蹲过监狱，如果外人不知道林光的斑斑劣迹，他看起来真是一位可以信赖的大哥。四十多岁，长相有点儿潦倒气质的英俊，稍稍有一点儿灰白发，正常的情形下，连左眼眉上方的一条疤痕都显出可爱。可是，他的可怖之处在于，你永远无法摸清他的脾气，也永远无法掌握他。他的样貌说变就变。

下午，何锦州正在家中给母亲修理空调，林光打电话约他出来。前几年，何锦州曾租过一间摊位修理手机。那时候，修理手机跟卖手机一样是暴利，几分钟就搞定的事情，可以轻松赚到几十块上百块钱。可惜好景不长，也就三四年工夫，等到手机市场全面成熟和漫天铺展开来的时候，手机就贱价得了不得。一只手机坏了再买一只就是，谁还稀罕去修它？这样，何锦州的摊位就只好关门了。也就是那段时间，因为没有钱花，也没有事干，林光闯入了他的生活。他带何锦州一起干了三次偷窃事件，第四次正要施行，被警察送进了监狱。

“先生，请慢用。”服务生把菜和酒端上来。何锦州看了一眼服务生，年轻，真年轻啊。如果给他时光倒流，如果让他重新再来，他会好好干一场的，比如，他喜欢烹饪，难说他就不会快乐地经营一家饭店，每天系着白色的围裙，既当老板又当伙计，为每一位顾客亲自端上可口的菜肴，闲下来的时候，听他们各说各的喜悦和忧郁。他不怕熬夜，每天干到凌晨都不怕，对了，他就要自己的饭店从晚上九点钟开始营业，到早晨六点钟关门。连饭店的名字他现在都想好了，就叫“半夜如家”。

林光给何锦州倒了一杯烧酒，又给自己倒了一杯。他给自己的酒里添了一些芥末，这样即便是喝酒，他的牙齿也在嚼动。他面庞的咬肌在灯光下若隐若浮。

“你他妈的好像在想什么心事。”林光说。

“没有。怎么会？”何锦州说。

饭店里又走进来新顾客，大概三个人。他们看了一眼这边，明显不太乐意跟他俩坐在附近。服务生把他们引到另一方位的桌子边去了。林光和何锦州都没有故意去打量他们，他俩已经养成用眼睛的余光去观察事物的习惯。

“我就是突然想看看你在家干什么。”林光说，他自己哈哈地笑起来。

何锦州不耐烦地抖动着一条腿。低头吃肉的时候，他不想自己的腿抖动，可是当他想让它停下来，他发现自己的两条腿竟一起忍不住在抖。

该死。何锦州在心里骂了自己一句。

“最近出门了吗？”林光问。

“没有。”何锦州说，“你知道，我现在能往哪里走？”何锦州知道，林光说的“出门”是指离开本市。

接下来，两人都在低头吃菜，彼此间一时出现缄默。

何锦州油然想起了小敏。如果能够离开本市，他当然最想去看小敏。小敏是他的女朋友，远在千里之外的另一座城市。可是，他现在的行动并不完全自由。因盗窃罪入狱，他和林光被判刑两年。应该说，在监狱里，林光对他还是很照顾的，虽然不在同一个监舍，但囚犯们都知道林光心狠手毒，是一个不折不扣的“老大”，何锦州又是他手下的“小弟”，所以没几个人敢欺负他。何锦州还记得比他晚入狱一周的一个贪污犯局长，进监舍第一分钟就被囚犯们扒光了衣服，看看能否搜刮到带进来的随身物品。极度失望之后，他们又让他跪着清洗早已堵塞的马桶，晚上，又把他的床铺撤得只剩下一根不到二十公分宽的床板，让他在上面睡觉。这样折腾了不到三天，那个贪污犯就面庞浮肿，头发白了差不多一半。曾经有一个囚犯在吃饭的时候，把何锦州碗里唯一的一块肥肉抢去了，何锦州正要和他撕打，旁边的林光见了二话不说，扬起手里一碗滚烫的萝卜汤就向那个囚犯兜头砸去，为此被关了七天禁闭。那时候，何锦州在心里对林光还是蛮有几分敬佩的。

可是后来……后来，他俩几乎同时出狱了。有一天，林光说自己有急事脱不开身，让何锦州替他给一个朋友捎一包东西。其实路途也不远，只有二十分钟的车程。何锦州想也没想，坐上出租车就上路了。到了交对方东西的时候，警察出现了，原来包里装的是海洛因，警察事先掌握了买货人的线索。林光事后对此矢口抵赖，根本不承认自己派何锦州交货，没办法，警察把证据提供给检察院，检察院和法院以运输和交易毒品罪，又判何锦州入狱两年。

第二次入狱，何锦州觉得深深对不住女朋友小敏，也对不住小敏的父母。他和小敏青梅竹马，感情相笃，可是快到谈婚论嫁的时候，小敏的父母坚决不同意小敏嫁给何锦州，他们给小敏物色了一个科长的儿子。僵持了几个月后，事情竟以无奈的悲剧成全了何锦州。小敏的父母随单位出去旅游，不幸发生了交通事故，夫妻双双命殒山谷。从那之后，悲伤令小敏更加依赖何锦州。

在小敏的一个舅舅帮助下，她独自去到千里之外的一座城市工作，每天辛辛苦苦，为的是赚钱准备跟何锦州结婚。每当想到这里，何锦州就觉得自己在监狱里，其实是浪费两个人的生命。

好在，何锦州第二次入狱只满一年，就部分地恢复了自由。这要感谢一个与他素昧平生的人，公安局的老刘。老刘五十岁出头，离婚三年了，是一名警官，当初负责过何锦州的案子。老刘比较同情何锦州，他有一天找到何锦州说，我听说你在监狱里表现很好，按规定，服满刑期一半的，确有悔改表现并且不至于再危害社会的，可以办理假释，也就是说剩下的一半刑期可在监狱外度过。何锦州没有料到事情可以是这样的。其实监狱方面比他更清楚假释的问题，只不过监狱内部办了一个手机组件厂，何锦州是熟练工，又是带徒弟的师傅，提前放了他等于影响监狱生产和创收。后来老刘不知又跟监狱做了什么工作，监狱终于给他办理了假释。何锦州自由了，除了在假释期内不能随意离开这座城市以外。还有，发生了什么不正常的事情，一定要提前跟老刘汇报。

“我就是很想你，想一些事情。”林光说。

“哦？”何锦州问，“你说什么？”

林光看了他一眼：“我没说什么。”

“你好像说了什么。”何锦州在努力回忆。

“你是说什么时候？”林光问。

“刚刚。”

“什么事不要总是追问不停。这是很久以前跟你说的。”

何锦州苦笑了一下。是的，现在，他不知道林光找他出来到底要干什么。他刚才不知道，现在仍不知道。何锦州感觉脸颊微热，头有些晕。虽然溪婉烧酒是低度酒，但毕竟两人喝了快一瓶了。再说，他有好长时间不沾酒了。

“现在能有八点钟了吧？”林光问。

“也许是八点半钟。”何锦州说。

“你不会看看时间？”林光说。

“我俩都没有戴手表。”何锦州说。他四处去找墙上的钟，但是没有找到。末了，他想起裤兜里的手机。他掏出来看了一眼：“八点多一刻。”

“时间不早了。”林光说。

“反正也没什么事。”何锦州说。想了一想，他又说：“不过也确实不早了，我待会儿想回去了。”

耳边响起了饭店提供的音乐。但不知道声音发自哪里。那是一首叫不出名但却熟悉的韩国歌曲，像是从冷硬的岩石墙壁中渗出的温泉一样清越而自然。何锦州望着窗外的街道。

“人有时候就得不断活动活动，不然闷死了。”林光放下筷子。他看起来不再想吃了。

何锦州低下头，端详一下自己的双手，是啊，好长时间不做粗活了，他的手变得细嫩了。

等到他要把两只手放下去的时候，林光从对面递到他手掌里一样东西。是一把刀。

何锦州一脸惊诧。

“走，我们出去转一转。”林光站起身来。

“大哥，不……”何锦州也慌忙站起来。

“嗯？”林光问。他的目光在灯光下显得非常慈祥。他嗓子发出那个声音之后，再一句话也不说，只是掏出一根烟独自点燃。何锦州愣在那儿，他知道自己无论如何不能把刀子马上递回去，那会随后就插在自己身上。

“大哥，这不行……”何锦州小声说。

“帮我拿着总行吧？”林光拉开了酒店的门。

“你到底要干什么？”何锦州感觉玻璃门变成了一面明亮的透视镜。

“陪我走走。”林光把只吸了两口的香烟“嗒”的一声扔到地上。

何锦州只好把刀子藏在左手的袖管里，跟林光一起走出去。

外面的雪变得小了。灯光和雪粒的光芒交映着，把一切建筑和视觉涂抹得迷离斑斓。何锦州小心翼翼地跟在林光身后，感觉人群离他是那么遥远。他和林光走出去快一百米，街道边每隔二十米的橱窗广告里就有一个相同的男人指着他，露出快乐的表情。何锦州开始后悔应约跟林光出来吃晚饭了，就像他后悔当初跟林光干过的一些事。但是有一个事情他是清楚的，就是绝不会再干类似的事，这样他在将来的某个时空里就不会为今天后悔。

“林光……大哥，”何锦州在林光肩膀旁说，“如果有谁跟你过不去，我们可以另想办法。”

“没有人跟我过不去，”林光说，“明天不知道该怎么吃饭，我只是想弄点儿钱花。”

——抢劫。这个字眼跳进何锦州脑海里，让他意识一片空白。他们正在向郊区走去，如果现在不想出一个办法，结果终究会像脚步一样抵达。那一刻，何锦州猛然想起了公安局的老刘。他记得老刘跟他说过，他现在是一个假释的人，如果在假释期间另行犯罪，将罪加一等，同时将假释度过的时间重新在监狱内计算；如果他制止了犯罪，或是将别人的犯罪信息提前通知给老刘，那么就有可能立功受奖，取消假释，立刻获得公民自由。也就是说，他其实是老刘负责单线联系的一个线人，耳目，也称卧底，他现在要做的，就是随时将情况通知给老刘。这样看来，老刘当初力争给他办理假释，似乎也是有所缘由。想到老刘，再看看林光的身影，何锦州竟有了几分镇定。

正巧，林光的香烟空了，他踅进一家烟店里去买香烟。何锦州急忙躲到暗处，掏出手机给老刘打。他一连打了三遍，老刘的手机都提示给他“已关机”。何锦州怔了一下。这时，透过玻璃，他看见林光出来了。

两个人继续走。老刘怎么会关机呢？他怎么会关机呢？何锦州想。林光带着他穿过一条巷子，走在通往郊区的一条公路上，公路两边是高高的光秃秃的白杨树。何锦州想，难道老刘睡觉了？可是这还不到晚上九点钟哪，再说，他是公安局的刑侦警官，即便是睡觉，手机也应该开着，二十四小时不关机。这时，林光在前边放慢了脚步，何锦州以为林光嫌他走得慢，后来知道不是，林光是发现了目标。前方二十几米的地方，正慢慢走过来一个人，越走越近，何锦州看清那是一位七十多岁的老人，下巴笼着深色围脖。何锦州以为林光会上前截住他，可是林光咳了一声，和老人正常擦肩而过。老人走远后，林光摇摇头，吐了一口痰，对何锦州说：“老年人不贪死，贪财，我们不是他的对手。”

何锦州立刻点点头。他继续想，老刘只有一种意外导致关机，那就是他的手机没电了。看来，自己只能偷偷通过手机短信将事情告诉他，一旦他更换电池重新开机，会及时知道自己的行踪和处境，此外，即便他不开机，自己出了什么迫不得已的事，发出的短信也会在日后证明自己，为自己澄清干系。何锦州精修过手机，他对手机上的十几个按键再熟悉不过了。于是，在裤兜里，他就捏着手机将短信发了出去。他发的内容是：我正被胁迫参与抢劫，在郊区 2 号公路上，急！

空气里只有两个人脚下嘎吱嘎吱的踩雪声。这条公路上行人已经稀少，间或，会有一辆满载货物的大卡车从远处急驶而过。前方出现了一处灰色的灯火，让人一看会产生一股啤酒的味道，也许那就是一间小酒吧透射出来的光芒。林光和何锦州走到门前，隔着玻璃张望里面，这爿酒吧今晚的生意不是很好，只有一位老板娘模样的中年妇女靠在吧台上，百无聊赖又仿佛专心致志地看一出肥皂剧。一只猫趴在她旁边。墙上的钟指向九点一刻。林光小声说：“这家店很小，应该不会有摄像头。现在咱俩进去，同时把刀子亮出来。嗨，这个女人真该养条狗。”

何锦州心都揪起来了。他劝说林光：“不行，我听见里面不对。”

林光侧脸看了他一下。

“隔间里有说话声，好像是客人。”何锦州说。

“是电视里面的。”林光说。

“不是，应该是两到三个客人。”

林光侧耳听了一下，又换另一侧耳朵听了一下。他断不准自己的听觉，只好用手背蹭了蹭下颏，转身走了。

何锦州跟着他继续往前走。何锦州现在非常希望老刘的电话打进来，可是他又怕电话会不合时宜地打进来。他悄悄将手机铃设成振动。十分钟后，他们来到一处公园里，这里的气息像是被某种事物击溃，展现出何锦州不熟悉的一面。他俩如工作人员一样在公园里巡视，耳边巨大的安静可以铺展成一片飞机场。终于，在一趟灌木丛中间的甬道上，他们听见有人说笑并渐渐走过来。

是一对年轻情侣。男的穿着滑雪服，牛仔裤，两手抄兜，长得不很难看。女的穿着短皮夹克，马靴，长发弯曲，很漂亮，走起路来像是在顽皮地踢一种小绣球。何锦州立刻用手机在裤兜里给老刘发了四个字：在公园里。

林光弯下腰，握了一团雪，轻轻向那个男青年打去。雪团碰在他胸前落了。

“我们打雪仗怎么样？”林光说。

“太阳出来雪才会黏一些。”男青年说。

“是啊，可是太阳出来，我们就不会在这里遇见。”林光说。

“我们应该没见过面。”男青年说。

“那就更好了。”林光说，他把刀子掏出来，弧形的刀刃此时只闪出一个小小的亮点，“把钱拿出来。”

男青年的双手从衣兜里抽出来，脚步退了一下。何锦州感觉他似乎想反抗，只好也将刀子掏出来。

男青年想了想，伸手将钱包摸出来递给林光。林光看也没看就揣进自己兜里。女青年望着他们。

“你的。你的也拿出来。”林光对女青年说。

“我没有。”女青年语速正常。是的，事情到现在看起来也还正常。

“好啊，”林光一把拽过女青年，将她向远处推搡，“我翻一翻。”

他们撕扯着，方向在何锦州右边稍稍靠后。这样，何锦州端着刀子，虽然没有移动半步，却也等于堵住了男青年的去路。女青年这时不断地哀求着，但是林光已经用刀将她逼到一堵花墙下面，隔着齐腰的灌木丛，何锦州看见林光一边说“让我翻一翻”，一边掀开女青年的上衣，然后试图解她的裤带。“这个王八蛋，他要干什么？这个王八蛋！”何锦州心想，他马上意识到眼下将要发生什么。

男青年焦急而不安地看着那边。何锦州知道自己不能再迟疑了，他突然松手将刀子扔到脚下，刀子落在雪地上没有发出丝毫声响。“快，我假装被你打倒，明白吗？快！”何锦州小声说，用眼神示意对方。男青年愣了愣，他甚至没来得及按照何锦州说的将他打倒，而是转身拾起一根建筑弃用的木棒，向花墙那边跑去。何锦州看见男青年先是一棒打在林光的背上，待他哼了一声趔趄着跪倒后，又一棒打在他的头上。这次林光哼也没哼，躺在雪地上昏了过去。

“这样很好。”何锦州搓了搓手，他相信男青年如果不是将事情处理得很干脆，自己应该会冲上去帮忙的。他冲那对神色未定的年轻情侣说：“你们马上打110报警，警察来了，你们只要把事情经过如实跟他们说一遍就行了。”

事情正像何锦州说的那样，警察当天晚上将他们带到了公安局，第二天上午，就验证了所有证据并具结了案情。何锦州相信自己不仅无罪，而且有立功表现。他相信自己很快就会真正自由了，只不过还需要等待法院和监狱方面的批文。

何锦州也知道这座城市他待不下去了，他要去千里之外与小敏生活在一起。一周后，他决定去了结一件事，这件事如果弄不清楚，他走到哪里都不会安生。

他去公安局找老刘，人家告诉他，老刘已经在一周前被隔离审查了。对于这个消息，何锦州竟没有感到特别意外。他坚持要见老刘。傍晚，在一间临时房间里，他们见面了。老刘不等何锦州说话，先递给他一件东西：“我感觉你即将结婚了，这是我挑选的礼物。”

何锦州低头看了看，那是一对很漂亮的情侣手机，应该是送给自己和小敏的，正宗日本货。

何锦州面无表情。沉默了几秒钟，何锦州问：“那天晚上，你为什么关机？”

“待会儿就告诉你。”老刘说。

“那，你现在为什么会被拘在这里？”何锦州问。

“一周前的那个晚上，涉嫌嫖娼。”老刘说。

“哦？是吗？”

“不是。实际上，是有一伙人在一家洗浴中心涉嫌毒品交易。因为情况紧急，我来不及请示领导，只好将计就计只身卧底。没承想对方暗中识破了我，在我与小姐一同边洗浴边探听内幕的时候，对方偷走和关闭了我的手机，然后报警陷害了我。那个小姐也是他们一伙的。”

何锦州大大地吃了一惊。他吃惊了好长好长时间。“那么，”何锦州问，“你把事情交代明白不就可以了吗？”

“我已经交代一周了，”老刘苦笑了一下，“没人相信我，我现在仍然被审查中。”

那一刻，何锦州明白了，天底下卧底的人，原来不止他一个。天底下能够说清自己在卧底的人，也许只有他一个。他真是侥幸的。

“也许，”老刘做出一个送客的姿势，“我的警察生涯以后不会再有啦。”

何锦州捧着手机，默默地转过身。将要迈步的时候，老刘叫住他。

“嗨，那天晚上下了好大的雪，天气真是很好啊！”老刘说。

何锦州看着他，慢慢张开手臂。两个男人紧紧地抱在一起。他们俩忍不住都哭了。

再次转身向门外走的时候，何锦州突然发现，外面窸窸窣窣的，不知不觉又开始下雪了。

一定是一场美丽的大雪。

# 勾引家日记

你们知道，事情差不多就是这样。方唐每次出门开会，主办方都会发下来一些纪念品，比如钢笔、公文包啦，或是高级水杯和毛毯什么的，有一次还发了一盏别致的台灯。当然，这些东西并不是发给方唐一个人，开会的人个个有份。每次方唐回到家里，放下提包，从中拿出自己那份纪念品递给他妻子楚夏时，楚夏都会用一种比知道方唐坐到了主席台上还要快乐的表情，慢慢地欣赏，啧啧地赞叹，仿佛发下来的永远是一只大手电筒，照亮了她的全身。这么说的意思，并不是说楚夏是一个多么爱物质的人，她知道，方唐作为一个没什么后台的机关小职员，恐怕再干十年，或是一辈子也轮不到出门开会坐到主席台位置的，况且，他现在的领导并不是很赏识他，方唐内心经常为此悒郁。因此，楚夏愿意用这样一种方式，表达她的快乐。她也想让方唐快乐。

但是方唐不了解楚夏。他不了解楚夏的原因是，他自以为他太了解楚夏了。他觉得多年的婚姻生活，已经快要把楚夏曾经有过的少女灵性磨没了，她看起来是那么务实，并且还将继续务实下去，生活中任何一点儿小小的实惠，都会让她忙得团团转。日子不过如此——当然，日子过也如此。

有一次方唐从外面开会回来，走在街上突然想起家里的避孕套用没了。他和楚夏暂时还不想生孩子，这种产品成了他们日常磨合感情的首选，于是他顺路到一家药店买了一盒。回到家里，楚夏如乖猫一样照例凑到身前，方唐就从包里掏出那盒避孕套。楚夏问："发的这个？"方唐说："发的这个。"

方唐说完就去卫生间洗脸了，等到他收拾完毕，看见楚夏竟还堵在门口，手里扯开那盒避孕套，不高兴地说："主办单位真是抠门儿，就算是发这东西做纪念品，每人至少也应该发一箱子啊，怎么会才发一盒？"

方唐当时就"扑哧"一下乐了，楚夏真是有意思啊，她的单纯不是做出来的。方唐用手捏着楚夏的一只耳朵，恶作剧地调戏道："我是逗你玩儿的，嗯？不知道吗？发一箱子，你要累死我啊？"

这一回开会，据说东道主也为发纪念品的事伤了不少脑筋，主要是赞助单位不好拉。虽说有一家企业闻风而来，表示愿意提供实物赞助，主办方左右为难之下还是推辞了。那家企业是一个生产奖杯的玻璃厂，他们愿意提供二百座奖杯以示赞助。主办单位想，与会的二百人，散会后每人都捧一座奖杯往回走，恐怕联合国召开世界表彰大会也没有如此排场吧？那在全国岂不成了一个奇闻。

事情终于解决了。当地的一家移动通信公司向大会伸出了援助之手。现在，会议还没有散，方唐坐在乱七八糟的听众席上，忍不住顺手打开了那只装有纪念品的材料袋，立刻，一张银灰色的卡片掉了出来。是一张中国移动预付费卡，打手机用的。反正坐在那里也没什么事，方唐就把那张预付费卡安到自己的手机上去，查了一下其中的话费。总共二百元整。看看时间不早了，会场上人们恹恹欲睡的表情，无疑只有大会主持人宣布中午宴会开始才能充当一针强心剂，使人们目光重新变得凝聚而有力。于是，方唐随手给楚夏发了一条手机短信："你在单位吗？还没有吃饭是吧？"

过了一会儿，方唐手机上接到了楚夏回复的短信："你是谁？"

方唐愣了一下。继而他回悟到了，自己是用新发的手机卡发出的信息，那对于妻子楚夏来说，无疑是一个陌生的号码。一个想要恶作剧的念头忽然在方唐脑海里闪了一下，他想了一想，发过去的是："你猜一猜我是谁。"

"我凭什么要猜？"楚夏很快将短信回了过来。

"考验一下你的情商有多高。"方唐写道。

"我猜不出来。"楚夏回。

"那……"方唐在机手屏幕上一下一下揿动这几个

字，“就算了。”

对方好长时间再也没有回音。

方唐抬头看了一下主席台并扫视了一眼会场，他能闻到离会议结束还需要吸一支烟的工夫，于是他就快速地又在手机上发出一行字：“怎么？不说话了？”

对方的回答倒也简单明了：“你不是说算了吗？”

方唐暗自笑了一下，说：“对不起。你不会生气吧？”

对方说：“我不知道你是谁。”

“是你的一个朋友，而已。”方唐说。后面的两个字，是他后加上的。他不明白自己为什么要加上那两个字。

“我的朋友可没有不愿报出姓名的呀！”方唐从语气中推测，对方很想弄清给她发短信的人是谁。

“确实是你的朋友。可是，由于某种原因，他不便报出自己的姓名。”方唐心虚地回道。

“为什么？”

“因为，喜欢你的人很多，可是被你喜欢的人或许很少。我就是这当中的一个人。”

过了一会儿，楚夏回道：“莫名其妙，我要吃饭了。”

会场内响起一片骚动。会议马上要结束了。方唐急忙回了一条：“我也要去吃饭了。”

会议是第二天下午结束的。从省城返回邻市的班车很方便，走高速公路只不过需要一个小时。方唐回到家里时，楚夏已经做好了满登登一桌子菜在等他了。方唐拥抱了楚夏一阵子。快要坐下来吃饭的时候，楚夏问：“没有发纪念品啊？”

如果楚夏是这样问：“你发了什么纪念品？”那么方唐很可能如实地说：“发了一张手机预付费卡。”天知道楚夏是怎么想的，也许，她看到方唐只不过是两手空空归来吧。见方唐在愣神，她就一字不差地重复了一遍：“没有发纪念品啊？”

“没有，没有发纪念品。”方唐说。

楚夏并没有介意。她看了方唐一眼：“快吃吧，不要让菜凉了。”

两个人吃起来。楚夏谈工作的事，谈她的一个远方姑姑的事，又谈了她最近使用的化妆品的事。去厨房添菜的时候，楚夏用一种不经意的口气说：“哎，昨天，很奇怪的，有人给我手机上发来一些短信。”

方唐看不到楚夏的表情，也就是说，隔着门那边的拐角，楚夏也看不到方唐的表情。方唐吃了一口菜，说：“谁啊？”

“不知道是谁。”

“说些什么？”

“没说什么。”楚夏说，“他问我吃饭了没有，还说他是我的一个朋友。”

“你知道他是谁吗？”方唐冲坐下来的楚夏问道。

“我说过了，我不知道他是谁。”楚夏说。

“那么，他知道你是谁吗？”方唐无比认真地说，“我的意思是说，他是否在短信里称呼过你的名字。”

楚夏想了一想：“没有。”

“那很可能是发错了。”方唐说。

“是啊，我想也是。”

“还有一种可能，”方唐说，“现在有不少骗子公司，故意在短信里跟你搭讪，只要你一回复，手机里的话费余额就全没了。”

“哦。”楚夏恍然。

“记住，下次有这样的事情，你不搭理他就是。”

“好。”楚夏说。

## 1月17日　星期三

今天无意中开始翻看丹麦著名神学家克尔恺郭尔的长篇小说《勾引家日记》。很容易地看进去了。一个带点儿艳情的故事出自一位神学家之手，让人感觉要么爱情本身带有缥缈的神幻色彩，要么庄严的神学本身即是一种掺杂世俗观念的爱情。很有意思。

克尔恺郭尔说：“你必须做点儿什么！既然你有限的能力无法使事物变得更为容易，你必须以相同的人道主义热忱，努力着使事物弄得困难一些……我把在每一处地方制造困难看作自己的任务。”

上午，用那张新发下来的手机卡给楚夏发了一条短信。我问她：“现在忙吗？”

她没有回信。

我继续发的一条是：“怎么不说话？”

她仍没有回信。

这是上午十点零四分。一般工作时间她的手机不会关机。我不折不扣地发过去第三条信息：“生活允许我们加给它的承诺到底有多大？楚夏，我爱你，如果你不回话，那我愿意将这看成是你在默许。”

短信铃声。楚夏终于回话了。我打开，是“你到底是谁？”这几个字。

我内心一阵得意。是的，只有在短信中明确称呼出她的名字，她才会相信对方不是发错了，更不是骗子公司打她的什么主意。我回道：“一个现在与你保持联系的人。也许，他也曾经与你有过联系，如果你承认的话。”

我使用的是模糊逻辑的手法。“一个现在与你保持联系的人”，可以暗指或许一直存在这么一个人，也可以专指我现在给她发短信这种行为；“他也曾经与你有过联系”前面加上“也许”，不仅使口气变得暧昧和伤感，也增加了想象和回旋的余地，至于后面补充一句“如果你承认的话”，更是将一个子虚乌有的命题交给她自己揣摩。一般来说，她本能上肯定不会承认的，但接下来，她会理性一点儿分析和反思，她的否认会不会存在主观色彩。再接下来，她会犹豫的，不管承认与不承认，这都将是一个命题。

楚夏好久没有回话。

我想她大概又不想理我了。事情还是迂回一点儿好。楚夏所在的公司有几百人，她的工作虽说在办公室，但也按部就班，沉闷呆板。那样何不放松一点儿，先聊聊天呢？

接下来的短信就轻松多了——

“昨晚忘记看天气预报，今晨突然降温，怕是要感冒呢。你办公室不冷吧？”我问。

“还行。暖气之外还有空调。”她说。

“这座城市已经好久没下一场雪了，什么时候才会让人眼前为之一亮呢？”

“大概快了吧？西伯利亚寒流已经进入，你不是感受到了吗？一般来讲，冷暖空气交缓，地面温度低于零度左右，那么不出两天就会下雪的。”

“真的？”

“嗯。”

“你还真有两下子。”我说。我真不知道楚夏的语言表述会这么清楚，“看不出。”

“呵呵。”

“你是一个很理性的人。”我说。

“怎么讲？”

“我看出来的。”

“你看过我？”

“当然。”我说得当然是实话，“我怎么会没看过你？”

“在哪里？”

我决定避实就虚，绕开话题：“其实，你一直都是那么年轻、单纯、美丽。”

“只是在你眼里吧？”她说，“甚至连这都让人怀疑。”

“不，在上帝眼里。”我这么说，当然不是受那个神学家口吻的训导，而全是因为我和楚夏的所为，只有上帝看得清楚。

“我要工作了。”楚夏说。

真是鬼使神差。克尔恺郭尔说得没错，要尽力把事情搞得复杂一些。其实，人生不也是这样吗？否则还有个什么意思？

## 1月18日　星期四

“如果我请你一起去喝咖啡，你会介意吗？”早晨一上班，我给楚夏发了这样一条短信。

“会介意。”楚夏很快回道。

想想也真可笑。我和楚夏早起在家中客厅是刚刚喝好咖啡的。如果提议别的什么，想来她是不会这么快地回绝吧——我是说，如果仍旧回绝的话。

“那我们去喝茶吧。”我一发完就后悔了，真是蠢得可以。不过我马上故作糊涂又跟了一条：“不知道你吃过早饭没有。”

“你就是想和我说说话是吧？”楚夏问。

“没错。”我应道。

“其实，我也想和你说说话。”楚夏的短信这样写。

“真的吗？”我问。

“只不过，”楚夏回，“发短信的方式太啰唆了，而且慢，不如我把电话打给你直接聊吧！”

我正在看短信的当口，手机已经响了，屏幕上显示楚夏是用她办公室的座机打过来的。这样子怎么可以？我赶紧按了一下“拒听”键。

“怎么回事？” 楚夏发过一行字。

“没什么。”我回道，“一个莫名的人向你表白一些莫名的感受，仅此而已。你不必知道我是谁，起码暂时不必。”

“那又为了什么？” 楚夏问，“你已经在打扰我了。”

“因为我很痛苦。”我是这样写的。

一天当中，方唐嵌着那张预付费卡的手机上又连续接到几个不同号码的电话，一律陌生。不用说，方唐一个都没有接。方唐想，自己的这枚手机卡只是同楚夏保持单线联系，别人是不知道这个号码的。如此，不是别人打错了，就是楚夏在不断更换电话给他打来试探。只要一接通他的声音，楚夏就会听出他的。

这倒给方唐提了个醒。如果楚夏真的有事找他，把电话打到他原有的卡号那里怎么办？不用说，自动语音提示一定是“此用户已关机”。既然方唐觉得不论出于何种目的，生命的直觉也好，思维的非理性也好，开玩笑也好，病态般的所谓调剂婚姻生活也好——一句话，他要是觉得这一切还远没有结束——那么，他是很担心时间长了，楚夏会有所察觉的。

于是，下午下班的时候，方唐就去楼下的一家手机店里，新买了一部他认为适合于他从事这种游戏所体现的价值的手机。也就是说，并不太贵。他现在是，两部手机，分别的卡号。

那一刻，他觉得世界有点儿异样。

## 1月19日　星期五

“其实你说得没错，一上午我都感觉很快乐。”今天上午我本来忙得苦不堪言，为局长起草材料，直到下午，我才有空给楚夏发了一条短信。

“你说什么？”不知道是不是手机快要没电的缘故，我的手机上很不情愿地显示出几个字，仿佛我猜得到的楚夏不情愿的时候的表情。

“我是说，你说得对，今天果然下雪了，虽然不很大。”我回复。

“那又如何。”——那又如何？楚夏从来不说这几个字。她经常说的是“那怎么啦？”

看来每个人在特别的情态下对话都是蛮有意思的，尤其是像眼下这种间接的方式。当然也包括我。

“下雪会让我想起许多往事。”我说。

“哦。”

“你难道没有同感吗？”

“抱歉，还没有。”

“你也很少回忆过吗？”

“回忆什么？”楚夏问。

“念书的时候，一遇下雪天气每个同学都要带铁锹什么的到操场去除雪。”

“你是说大学？”

楚夏没有念过大学。她怎么会这么问？我立刻明白她这是使用统计学的排除法，猜测我到底是不是她所认识的那些人。

“我没有读过大学。”我承认这纯是瞎扯。我接着说：“我是说高中。”

“哦，我对高中可没什么好印象。”她说。

“为什么？”

“我的高中是失败的，因为我复习了两年的功课，最终也没有考上大学。”

我说过，这是确实的。不过，楚夏在我们结婚的第三年，靠自学拿到了大学本科学历。否则她也不会进到她现在的公司里面工作。

“我听说过几天我们要举办同学会了。”

“谁？”

“我们。”

“我们？”

“我们。”

“哦，是你们。不过这种事情在我看来很不可思议，所以我从来没有参加过类似活动。祝你聚会愉快！”楚夏说。我简单回想了一下，她说得没错，结婚这么多年她确实没参加过什么同学会。

“是啊。”我有点儿讪讪然。“那么你喜欢什么样的聚会？”

楚夏没有回应。

过了一会儿，我的原来的那部老手机响了，是楚夏打来的。这没什么，接就是了。

“今天晚上怎么吃？”楚夏问。

“呃？”我一时没反应过来。

“今天是周末了，我们在家里吃还是外面吃？”

“外面，外面吧。”我说。按照惯例，我们每到周末一般都去街上吃的。

放下电话，我抓紧时间把下星期一需要安排的会议日程梳理一下，交给打字员，然后又回到自己办公室，把窗台上所有的花浇了一遍

（每周五下班前我都这样做）。回头看看新手机的屏幕，一个短信都没有。

看来妄想冒充楚夏的某个旧情难忘的高中同学来勾引她是不成了。她对高中生活何止是无动于衷，甚而是深恶痛绝的。这也在一定程度上打消了我对同学会以往的偏见。报纸上说，同学会在近年来已成为破坏婚姻稳定的一大杀手。

“希望下周还会看到你今天穿的那套衣服。”

“什么？”

“你今天穿的那套防雪服，黄色的，衣领上带帽兜的，非常漂亮。”

“你怎么知道？”

“你上班我见到的。你走在前边，你没有看见我。”

“这么说我们是一个单位的？”

“就算是吧。”

“真可怕。”

“怕什么？”

“你在暗处，而我在明处。”

“是啊，我注意你好久了。”

“你到底是谁？”

“爱你的人。”

## 1月21日　星期日

为了把事情弄得更像那么一回事，上午在家里，我借上卫生间的空隙给楚夏发了一条短信：“你在忙什么呢？我在公司加班，看窗外的时候又想起了你。”在我重新坐到客厅沙发上读报纸的时候，我把这条短信发了出去。

楚夏正在我身后的卧室里织毛衣。她的手机“丁零”地响了一下。不用回头，我知道她在读接到的短信。

“是什么声音？”我煞有介事地问。

“短信，”楚夏说，“是推销广告。讨厌，我删了。”

我似乎想起了什么。我问：“你以前说的有人给你发过陌生的短信，后来怎么样？”

“再没有了。”楚夏说，“照你说的，不理它就是。”

“这样最好。”我说。

快到中午的时候，我下楼去市场买鲜鱼，正走在路上，我那部新手机收到一条短信，是楚夏的。她这样写：“刚才我在洗澡，没看到短信，抱歉。不过我想，也许你是一个很有趣的人。”

## 1月22日　星期一

开了一上午的会。按要求，与会者手机一律关机。散会的时候，我刚打开那部新手机，一条短信跳了出来。

“今天阳光真好。”

是楚夏的。这是我们“认识”以来她第一次主动给我短信。

## 2月6日　星期二

养成多年记日记的习惯，直到今天我才发现，我的日记只有关于日期和星期的记录，从来没有天气的显示。

不是疏忽，而实在是我认为，日记展露人的心理真实和情绪真实，天气与此没有什么关系。也就是说，一个人专注于自己心灵发展和变化的时候，是不太顾及身外的什么事物的。

楚夏也是这样。她似乎发生了一些变化，与身外的事物显得不那么协调。这种变化我说不出来，就像一个音乐家把在室内演奏的钢琴曲和在野外演奏的钢琴曲分别录制下来让别人听，一般人是找不出什么区别的，旋律还是那个旋律，甚至连休止符和半音也不差丝毫。但它们的氛围肯定是不一样的。我们现在的情形跟以前相比就好比这样。

以一个潜隐的钟情于我妻子楚夏的陌生男人身份与她保持联系，转眼又过去半个月了。这半个月来，我们的关系竟超乎异常地发展着。每天下班回家，我竟很少说话，这固然是因为该对生活表达的看法全都在短信里跟楚夏说过了，如果见面再说，就会近似和重复，会显示马脚；但更重要的，是生活之外的那种关于生活的言论和交流带给我们一种奇异感，它在指导着我眼前的生活，仿佛眼前的生活变得渺小和不重要。我和楚夏的话题从最初的聊天气，聊工作，聊爱好，到小心地聊对男女情感的看法，竟那么坦荡而微妙，显得多姿多彩。有时候她会问到我：“你妻子是做什么的？”“她爱你吗？”诸如此类的话题。而我反正知道恭维楚夏又不是恭维别人，就极尽温柔体贴和赞美之能事，避妻子而不谈，只说出那个叫楚夏的人的种种好来。我明显感觉到，楚夏对我的信任和好感，在不断地加强，我记得有两次她甚至给我发过这样的短信：“其实现在看来，你这个人也是蛮不错的。”

我似乎有一些嫉妒了。真的。但是我不知道该嫉妒谁。社会心理学认为，人的最初求偶本能并不是源于占有的情感，而是源于嫉妒的情感。也就是说，人是在很大程度上因为存在嫉妒心理而结婚的。这个理论简直支持了我眼下的行为。楚夏毕竟是我的妻子。我眼下尚未为此内疚。唯一让我有点儿不安的是，我现在弄不清到底我在勾引楚夏，还是被楚夏勾引，因为我的绝大部分精力和情感都投放在她身上了。

不过话说回来，事情总该有结局。我是说，既然已经没有什么退路了。我应该找一个适当的时间，把故事的谜底揭示给楚夏。相信这也是一次考验，它不仅决定故事是否结束，也有可能决定故事之外的事情是否结束。

我向楚夏发出了邀请。我郑重地请她本周五晚上出来吃饭，同时我也郑重地附带说明，吃完饭请她陪我看一场钢琴音乐会。

“恐怕时间不行啊。”楚夏回复。

“这不是理由。”我说，“同时我希望它

是你唯一想到推辞的理由。”

“我不知道该怎样出来。”楚夏说。

“我想你总会有办法。”我说。

## 2月7日 星期三

一整天惶惶不安。

不知道自己做下了什么。也无处鉴定自己做得是否合理与正确。

下午回家的路上，看到了街头广场那幅巨大的钢琴音乐会宣传画，脑子里空空的。楚夏对于我，好像是一件令我感到陌生的乐器，我拨弄了她，而她产生的反响，令我无法料知与把握。

## 2月8日 星期四

不能再这样下去了。

真希望一切停止。

今天是2月9日。整整一天，方唐都处于一种明晰而混乱的等待之中。他开始有了一种懊恼感，但是外表平静之至。他想，人是多奇怪的啊，有时候想要失去一样东西，不为别的，就为想看看失去它会发生什么。

下午下班，方唐有意拖延时间，晚回家一会儿。进了门，他把西服脱下，换了一身便装。他想在屋子里找点儿事干。他把一些堆积在茶儿旁的旧书报整理了一遍。又去厨房，拿来一把螺丝刀，把卧室门把手上的一枚本来很坚固的螺丝钉拧了拧。后来，他想去书桌那里打一个电话，却实在想不出要打给谁。就在他望着窗外逐渐暗下来的天光短暂出神的工夫，在阳台上浇花的楚夏走了过来。

楚夏打扮得楚楚动人。不过倒也并不显得刻意。

“我跟你说——”楚夏说。

“嗯？”他问。喉咙有些黏滞，像被什么堵着。

“你怎么了？”楚夏抚着他的肩膀。他就势坐下来，在椅子上。

“没，没怎么。”

“累了？那你去躺着歇一会儿。”楚夏异样地看着他。

“这样就挺好。”方唐说。

“真的吗？”楚夏问。

“真的。挺好。”

“那我想说一个事儿。”

方唐不敢抬头看她。他把目光盯住窗台一个死角。

“我今晚想出去吃饭。”楚夏说。

“哦，是这样。”方唐几乎是自言自语。

“是这样。”楚夏说。

“大约……大约几点回来？”

“这个要你说。”

“哦，总不——至于很晚吧？”

“不会的。”楚夏接着说，“不至于很晚。你说怎么样？”

“好主意。”

楚夏在客厅里转了一圈。她收拾好挎包，又站了好长时间。

“我不愿你这个样子！”楚夏忽然走近方唐大声说，“慢腾腾的。我可不愿你穿这么一套邋里邋遢的衣服走出门去！”

方唐过了许久才贸然地问：“你说什么？”

“快去换一套像样的衣服吧。今天是周末，我说了，我想出去吃饭——咱俩一起出去吃饭。”

方唐看着楚夏，一时说不出话来。

就在这时，墙上的电子钟正好在六点敲响了。那正是他约会她的时间。

# 在淮海路怎样横穿街道

我说过，你如果想通过搞文学来讨女孩儿喜欢，千万不要选择写小说。写小说发表太慢，你上次跟人家讲过的一个沧桑的故事，等到发表出来，人家早已经把那次见面忘了；再说，写小说人的性格不适合跟女孩儿萍水相处，他们太讲究构思，深思熟虑，谋篇布局，等到下决心热爱一个女孩儿时，她们早已经跑到别人怀抱了。也不要选择写散文，写散文的人容易流露真性情，感情这东西一较真，就没什么乐趣可言了。你最好选择写诗歌，写诗歌的人一般都热情奔放，情绪像诗歌一样具有跳跃性，这对女孩儿们足够吸引，再说，诗歌这东西发表快，实在不行还可以当场朗诵或吟哦来献给女孩儿。这些都是你要好好想一想的。

但是那一次，在淮海路上的一家咖啡店里，我们六七个人正围在一起闲聊，一个我初次见面的女孩儿说她喜欢读小说。

“女孩儿”这个意思——按照惯例，就是指还没结婚或是结了婚还没生小孩儿的人。我需要在这里说明，是因为在她用小匙搅动咖啡的时候，我看见她左手无名指戴着一枚精巧的戒指。而此前同事们都在打趣说，她将来肯定会生一个男孩儿。

她说她喜欢读小说。并且，读过我写过的小说。

因为那次聚会是一个专题聚会，在座的人又没几个懂文学的，所以我俩的话题没有深入进行。有两个同事还有其他事情，当晚的聚会只好九点多就结束了。

临离座时，她跟我要了手机号码，我想这无非是她想表露第一次见面的礼貌吧，就随口说了出来。

不知道她把它存在了手机里。

一行人走出店门，淮海路车水马龙，高楼林矗，灯光无数。我们想横穿街道去对面的站牌那里乘公交车，但是面前的车流确实太密了。

几次跃跃欲试均告失败之后，有几个同事彻底失去了耐性，我们只好顺街绕到很远处的天桥，从那里走了过去。

过了两天，我的手机接到她的一条短信："我们究竟要对世界做多少改变？"

我想了想，不知道该怎样回答她，因为这个命题太大了，就只好用一种类似循环定义的方法回答她："世界究竟要改变我们多少？"

我觉得她挺聪明。

当然我的回答也不赖。

她再没有回话。

到了下午，我把电话给她打过去，我问她："在做什么？"

"在忙。"她说，声音淡淡的。

"什么时候请你喝咖啡。"

"嗯，再说吧。"

电话就撂了。

那一阵了我难得轻松。来上海这家小事机构两年了，日子每天都在缝纫机轧动一样紧张的状态下度过。我所在的小镇，是福建靠近鼓浪屿的一个地方，叫港尾。同样是临海，那里的海风比上海吹得缓慢多了，而且混合着风的气息。每天傍晚，我都愿意独自到海边看日落，我的身边一侧是温馨的湿地，另一侧是山坡上的羊场和牛场。彤红的夕阳融在深蓝的海色里，衬着山的暗影和点点白帆，像是一帧凝重的油画。如果不是为了谋生，我真愿意一辈子待在那个小镇。

我知道她在淮海路一家上海著名的百货公司做化妆品营业员。我回忆了一下淮海路的咖啡店，应该靠近黄陂路的那一家比上次去的更好。这样又过了两天，我约她。她在电话里说："没时间。"

我说："见个面不行吗？"

她说："为什么要见面呢？打个电话不也挺好吗？"

我说不出话来。

“就这样吧。有空再说。”

我决定忘掉她。虽然我还不到三十岁，但类似的情境我见得太多了。一般来讲，在偶然的场合下跟女孩子见过面，哪怕心存良愿，过后也要忘掉。这就像乘火车时，对面坐了一个你自认为彼此心照不宣的淑女，哪怕相互陪伴了漫长的旅程，下了车各自走散就是。如果离开了特定的窗边，离开了特定的行进中的地板，双脚踏在坚实的大地上你还想追逐人家，那就俗气了。

差不多一周后，在我去宁波出差回来的第二天早上，我还躺在被窝里，浴室里的手机响了。那是我昨晚淋浴时忘在洗面台的。我走过去，接了电话。

“你为什么不理睬人家啊？”是她的声音。并不清脆，有点儿慵懒，但是富有弹性。

“没有啊。”我承认我脑袋不灵便，再说刚睡醒。

“那我打电话你这么久才接？”

“我在睡觉，手机不在身边。”

她那边没动静了。

“你在哪里？”我问。

还好这回她不是撂电话。“我在家里啊，在睡觉。”

“吃饭了吗？”

“没有。”

“那我们吃饭去吧。”

“去哪里呢？”她想了一下说，“裕通路有一家蛋糕城，我们去那里吧？”

“早晨去吃蛋糕？好像不大对劲儿。”我说。

“那我们去天潼路吃肠粉吧？”

“天潼路？太远了啊……你家在哪里？”

她说了一个路名，原来离我的住处并不远。

“这样吧，不如我下去买一些食品，给你送过去。”

她接下来说她家具体的××号××单元××室，我却怎么也记不住。这样她又把电话搁了。

半分钟不到，我的手机接到一个短信，是她把详细的住址写在了上面。

我去到她家的时候正要敲门，才发现房门已经提前开好锁了。

她竟然还躺在卧室的床上。她的房间并不大，而且还稍微有点儿凌乱。不过她躺在床上，盖着被子，却显得那么安静，洁雅，让整个房间变得十分亮丽和清爽。

她说这房子是租的。

我问，你怎么还不起床？

她说昨晚跟同事喝酒，喝多了，现在只是感觉到饿。

我把买来的食品放在客厅的茶几上，在长沙发坐了下来。过一会儿，她起床了，穿着睡衣，从卧室径直走到沙发这边，吃我带来的那些食品。她吃东西的时候样子很雅，也很餍足。我可以细心地观察她。她比我初次见到的时候还要美，而且更有亲和力。她的目光很纯净，眉毛修长而自然。她的鼻梁虽不够挺，却线条流畅，恰到好处，显得可爱。她似乎隐藏着一股笑意，从她白皙而端庄的脸上，我能够看出来。

我问她，这房子只她一个人住吗？

她说当然不。她的丈夫在杭州的一家公司上班，跑通勤，每周回来一次。

我们又聊了一些别的，话题算是浅尝辄止。我那时才知道，她和她丈夫都是北方人，她跟随丈夫来到南方工作，却又喜欢上海，所以不愿住杭州。

她问我，我的小说为什么总是有一种忧郁的情绪在里边？

我说我也不清楚。

看来她是真读过我的一些东西。

后来不知怎么聊到了作家的职称上面。我得说，我不是职业作家，我只是一个公司的职员，写小说是业余的，但这并不影响我取得作家这一职称。

她问我作家的职称怎么分类？

我说从一级作家到四级作家。我是中级职称，对应的是三级作家。

“一级作家就是一流作家吗？”她好奇地问。

“那不一定。”我如实说。

“哦，我知道了。”她用吸管吸着原装苹果汁，笑着说，“一级作家不一定是一流作家，但三级作家一定是三流作家！”

我也忍不住笑了。

从这以后，她就开始叫我“三流作家”了。

她要用纸巾擦嘴，我离茶几更近，于是我替她拿了。递给她的时候，她不知在想事还是怎么的，似乎并没有伸手来接。我一激灵，轻轻为她拭去嘴角的果汁。

她的眼睛微微合上。

她的嘴唇那么湿润而生动。

我忍不住吻了她。

她没有给我舌尖。我想这已经足够了。这曾经是我做梦也不敢想得到的。

窗外的阳光很好。虽然有点儿闷热，但我还是看见一阵微风将碎蓝花的窗帘吹动了一下。另有一只泥塑的小猪在窗台上，几枝旁逸斜出的插花遮住了它半只眼睛。

地板是暗旧的颜色。有一刻，我的目光只能落在她的拖鞋上。

她似乎害怕我继续有所动作。事实是，我的双手已经不自觉钳住她的腰了。她挣扎着站起来，甩了一下干净而柔美的长发，说：“我该走了。约好了十点之前到我姨家。”

她这是下逐客令了。我有点儿尴尬地站起来，刚一迈步，脚下的拖鞋发出轻微“啪”的一声。

“真不好意思，拖鞋带儿断了。”我连忙说。

“没关系。”她看也没看，毫不在意地说。

我们向门外走去。在走廊里，她突然喊住我：“喂，三流作家，我说没关系的意思就是，你应该把那双拖鞋给我扔出去。”

我只有拎起拖鞋照办。

我们第二天下午在“伊藤家”会面。她休班。“伊藤家”是老牌日式料理店，我们去的分店在淮海路中环广场三楼。我以为店面很小，进去后感觉竟还宽敞。服务小姐用日语跟我们打招呼，她其实是看得出我们是中国人的，这样做也许只是为了彰显她很好的日式口语。

我们找了一个带榻榻米的包间坐下来，有窗，这样可以看到淮海路上繁华的景象。我点了一条红鲷活鱼，按正宗的日本料理来做。她点了一份神户牛肉，烤吃。之后，我又要了培根芦笋，寿司拼盘，豆腐海带汤和日式凉面。点酒水的时候，我征询她的意见，问要日本清酒还是韩国真露。她想了想说，还是喝梅酒吧，喜欢那种酸酸甜甜的味道。

服务小姐笑吟吟地问我们：“梅酒要杯装还是瓶装？”

“要瓶装。”我和她几乎同时说。

这是没错的。杯装酒往往要加冰或水，味道变了，而瓶装的才原汁原味。再说，在伊藤家，瓶装酒喝不掉可以让饭店帮着保存，他们会记住顾客姓名并编上号，留你下次来喝。

就在菜肴陆续上来的工夫，我坐在这里重温了一下窗外的地形。是的，我不知怎么突然想到了跟历史或时间有关的事物。距我往南，大约三个路口，是中共“一大”会址；大约六个路口，是邹韬奋故居；往西南，约十分钟车程，是孙中山寓所，寓所的主人八十年前在那里完成了《实业计划》和《孙文越飞宣言》；往西北约十分钟车程，是毛泽东旧居，那里有一幢老式两层砖门结构的石库门房屋，同样是八十年前，毛泽东担任中共中央局秘书、国民党上海执行部执委的时候，在那里住过；往北约十五分钟车程，是宋教仁当年被刺的地方；约十八分钟车程，霍元甲曾在那里开办过精武体操学校。哦，对了，其实离我最近的地方，我的楼下，马当路尚贤坊40号，当年郁达夫登门拜访孙百刚时，第一次在那里遇到了令他心醉神迷的王映霞……

外面的夜色更暗了。自然，也更亮了。

她慢慢地吃。她喝豆腐海带汤的时候，样子小心翼翼，不像是害怕烫嘴，倒像是担忧匙中的汤被碰掉平静一样。她喝完的时候，静静地看着你，目光似乎保持着平淡的疏离，却又仿佛没有什么值得怯惧。

我们随意地聊起来。她讲她童年的几桩往事，我讲起了我家乡的芗剧，那是一种很怪的剧种，还有用椰壳做成的乐器。后来，我们又谈到了诗歌，谈到了博尔赫斯。我记得话题延宕在其中好久没有转移的时候，我还背诵了这个人的一首诗歌：

宪法区的第一座高架桥，我脚下
轰响的火车织成了铁的迷宫，
黑烟和汽笛声升上夜空。

她也背诵了一首。她背诵的是美国诗人肯·雷克斯罗思的爱情诗：

如果我能逃脱
来与你相会。
千万里就像是一里。
但同在一座城市
我却不敢见你。
一里远胜于千万里。

停了一下，她又背诵了另一首更短的：

火
在我心里燃烧。

没有烟升起。

没有人知道。

后来我们都感觉话题有点儿太堂奥了，就想重新回到世俗。她说：“哎，这个牛肉烤着吃很好哎，即使不蘸酱也是美味。”

我望着窗外，慢悠悠说了一句：“整条淮海路，能有一万家大大小小的饭店吧？”

她瞪大眼睛：“大概会有。”

“假如我们有足够的钱，就去每天吃一家，吃遍淮海路，你觉得怎样？”

“那不行。”她摇摇头说。

“你不相信我某一天会有足够的钱？”我问。

“假如你有足够的钱，可是没有那么多时间，”她说，“一万多家饭店，可我们的人生也只不过还有一万多天。”

我们俩，好久再也没有说话。

虽然，我知道，她比我小六岁。

当晚，我们在宾馆开了一间房。

她让我先去淋浴。她的语气像她的目光一样坦诚，率真。仿佛不含任何杂质的真丝织品一样。无形可拘，随心所欲。

等到她出来的时候，我几乎已经将房间打量得熟悉成我们的家了。她站在那里，倚在酒柜前，轻轻地看我。她在出浴室时无意中将内衣穿反了，也就是说，线头和纫脚都暴露在外边。这倒给我一个很奇特的感觉，仿佛那里边没什么，性感全在你看得到的地方。

我将她抱到了床上。我不停地亲吻她，抚摸她。在快要进入的时候，我才发现我不行。

我不知道这是怎么回事。这是我第一次，第一次出现这种情况。我来不及检讨自己，也许我还有一点儿庆幸。这说明我还年轻，有激情，同时，也是太喜欢她了的缘故。我曾听一位比我大十几岁的朋友说，他跟他妻子做爱，连续一个小时都不会有什么反应。因为没有激情。也因为不再年轻。

所以，我眼下出现的这种情况，也许是好事。

当然，我不是为自己辩解。

我只有不停地用手。

后来，她喊了起来。

重新去卫生间淋浴的时候，我为她洗净每一寸皮肤。她弯腰用浴巾擦小腿的时候，我伸手抚摸她丰白结实的乳房，仿佛掂量那里有多重。她笑了一下，面庞靠在我宽厚的胸膛上。我用她那件内衣擦干了她身体余下的部分，重新把她抱回到床上。

她被我紧紧地压在下面。似乎有好长时间。

我们俩的目光相触，后来她闭上了眼睛，不断地扭动身体。

有一刻，她说，快让我死吧。

这次是我叫了起来。

第二天早晨，我被她一脚踢醒。

那时候我正在做梦。我睁开了眼睛，雪白的被子像童年的某次温暖一样提醒了我，既而，我的目光被它柔软和晒草一样的气息感染。她在被窝里打了一个挺，说："天！"

她说"天"的意思，就是上班要迟到了。

我们俩匆匆洗漱，尚来不及吃饭，就一路向楼下跑去。淮海路，像一头整宿忍受失眠痛苦的巨大怪兽一样，嚣张地横在我们面前，双向通行的四车道上挤满了各式各样的汽车。我感觉，汽车工业的奔跑主义像无边的沙浪一样瞬间包围和吞噬了我们。隔着辽阔的街道，我看到她上班的那家著名百货公司门前，已经围满了等待购物的顾客，而公司的一些保安则正站在拉起阻止线的门口，做时间一到就开门上班的最后准备。一切都仿佛如临大敌，一切都仿佛要发生一桩极具现场感的案件，一切都仿佛这个世界具有无数的规则而恰恰是它们又构成了无数的混乱一样。我简单估算了一下时间，如果我和她顺着人行道，穿过密实的人群，绕到半公里外的天桥，从那里过去再走到那家百货公司门口的话，大约需要十五分钟。来不及了。

“怎么办哪？”她问我。

我承认我再一次痛恨眼前这些汽车，这些肮脏的东西。但是，没办法，从我出生到现在，也就是说，近三十年来，我所生活的这个国土上的汽车总量比以前增加了十倍，起码是目前，我们的政府还在大力鼓励和扶植汽车工业。就拿我的工作来说吧，也在参与其中，全国每一百只汽车轮胎，就有三只是我们公司制造和卖掉的。

“我们能穿过去吗？”她再次问我。

我蓦然想起她曾给我讲过的一个笑话。一个男孩子领他的恋人上街，遇到红灯时，男孩子老老实实等待绿灯亮起才领恋人过去，事后女孩子和他分手了，理由是：“你太胆小了，连红灯都不敢闯！”过了一年，男孩子又和另一位恋人上街，这回他毫不犹豫拽着对方闯过红灯，事后这位恋人同样和他分手了，理由是：“你太不讲规矩了，连红灯都要闯！”

我现在很想领她横穿淮海路，但我不知道该采取什么样的方法。

就在我犹豫的工夫，我感觉腰部被她的手臂箍紧了，她把面庞埋进我怀里，说了一声：

“抱我。”

我立刻明白她的意思了。我俯下身，轻柔而缓慢地抱起她，我想她那一刻一定对头上的天空产生一种别样的感受。我抱起她，义无反顾地向淮海路中央走去。

一辆白色沃尔沃商务车踩了一脚刹车，在我身边停住了。既而，一辆银灰色的欧宝轿车也适时停住了。他们不知道眼下发生了什么。淮海路所有自西向东行驶的车流，在我面前逐渐断开一片空地。我抱着她继续向马路中间走，越过双黄线，立时，淮海路另一边所有逆向行驶的车流也悄然停住了，在我旁边砌成一堵墙。就这样，我抱着她，果决而平静地穿过了淮海路。

我觉得，这是我有生以来做过的最牛的一件事。

哪怕,我被交通协管员拍了照,然后被交警开了罚单。

在人行道，我把她倾到地上，她步伐轻盈地向大楼走去。她穿着崭新而庄重的职业装的背影那么优雅，仿佛我从来不曾占有她。

我开始想上帝了。那是我路过南浔路一座天主教堂门前的时候。但我不知道上帝愿不愿意想我。

我知道我已经喜欢她了。而她呢，我从她的眼睛可以看出，她似乎比我喜欢她还更早地喜欢了我。我祈祷上帝让我的爱情能够更真实地在大地上自由呼吸和成长，而不是像我的以前。

是的，我以前曾在高中暗恋一个女孩子长达三年，但我们之间什么也没有发生。

那三年造成我病态般的性格并影响我以后的处世方式，也就是说，什么事情我都更加陶醉于过程而不是结果。正像罗兰·巴特说的，爱上了爱情而不是爱上了那个人。虽然据我考证，同样的话更早是一个半世纪以前的克尔恺郭尔说的。

但是现在不了。我爱上的是她。真是爱她。

就在我想着继续邀请她却又担心会不会给她造成不便而犹豫不决的时候，有一天，她给我打来电话，说要请我吃饭，地点仍是淮海路上的一家饭店。名字是什么我如今却忘记了。

我到的时候才发觉原来有六七个人，也就是当初我们第一次聚会时相同的那几个人——差不多吧，少了一两个人，多了一两个人。多出的人当中，有一位是她的丈夫。

我稍微有点儿尴尬。怎么不呢？可是她却神情自若，谈笑裕如，甚至很有些顽皮。真不知她是怎么想的。

不过那顿饭吃得真是开心。完全是那种北方人在上海的请客方式，她叫了许多的菜，摆满了一大桌子，身边还不时被叫上来精致的流动推车。我跟她丈夫碰杯的时候，我想起来了，这天是周末。

她丈夫其实挺英俊，乐观，热情。说话很慢，但是伴随说话打的手势很快。我相信这是一位有趣并懂得生活的人。

他讲他大学的时候，讲他毕业后曾到黔西北做志愿者教书一年的时候，也讲他跟现在的上司如何干架。当然，更多的时候，是他让给我讲。

我觉得如果假以时间，或者是，如果我在认识他妻子之前最先认识他，我们会成为好朋友的。

后来有一位女士喝多了，其实那是她一位很要好的女友。那位女士可以称作是酩酊，看样子要有人先把她送回去才行。这样，她歉意地向大伙说，我们继续吃，她先把她送回去。

她丈夫适时阻止了她。她丈夫的意思，要她留下来，他送那位朋友回去，然后再返回。

她不允。直到此时，我冷丁下意识地感觉到，她似乎是在做某种避嫌。也就是说，虽然有我在酒桌上，但她并不表现贪图为此留下来。

她丈夫的态度很坚决。而她的态度也不容退让。他们俩越是这样，我就越觉得不安，同时也越觉得有一些微妙却深刻的感动在心里，为她，也为他。尤其她丈夫，完全可以说是在呵护她。

仿佛他理解她。

后来到底是她胜利了，扶着那位女友离开，她丈夫留了下来。我在他们俩刚才的推扯和谦让过程中一直没有表示什么，因为再怎么说，也轮不到我送那位女士回家。再说，表示什么呢？我不能鼓励他们任何一方离开或者留下。其实，最好的办法倒是他们俩一起送那位女士离开，但又不成，毕竟筵席未进行完，而且是他们俩请客做东。

接下来的筵席中，我也喝醉了。没人送我，我不知道我是怎么回到住处的。

我一直觉得，我们俩之间的感情和事件，是不是进展得太快了。

我当时没料到，我们俩之间的一切，其实是结束得太快了。

在上次聚会之后，大约一周吧，我又约了她。没有什么，就是想谈天，哪怕枯坐，看她孩子气的笑容，还有她那仿佛梅里美笔下嘉尔曼式的漫不经心和不羁，一种随意的精神和气质。当然，也有少许的沉默或忧郁。

况且，我们在“伊藤家”，还有半瓶梅酒没有喝完。

我想起，自从在她家里那次见面后，她再也没有谈论过我的作品。我恰为此高兴——因为这说明她不是把我看成一个工匠而是一个人。

席间她突然问我——没有任何先兆——问我有没有过初恋？

“怎么说呢？”我打量着手中转动的青瓷小酒盅，说，“如果说我有初恋吧，对方那个女孩子肯定不会承认；如果说我没有初恋呢，当时的感情之深大概可以超过别人所有的恋爱。”

“哦。”她轻轻说，“我明白了，那是暗恋。”

“就是暗恋吧。”我说，“在高中，暗恋了三年。”

过了一会儿，她又问我，这样的感情对我而言，深到何种地步。

“走路会想起她。去陌生的城市会想起她。听音乐的时候会想起她。不听音乐的时候会想起她。痛苦的时候会想起她，糟糕的是，高兴的时候更会想起她。因为痛苦我愿意独自承受，而幸福才愿和她分享。”

“哦。”她将一只吃剩下的鹌鹑蛋皮“啪”地扔到清洁盘子里，说，“真是坏了蛋。”

我不知道她说的是什么。

过了一会儿，她又问我：“你能记起最难忘的一件事吗？”

“什么？”我问。

“你为她做过的一件最难忘的事。”

我说：“呃，我做过，当然她不知道。就是有一回学校组织秋游，去看大海。在一个岛子的沙滩上，我突然心里难受得不行，就一个人偷偷跑到一边，在沙滩上写下了她的名字，写上‘我爱你’。我想，等到傍晚海潮上来，就会把这些字冲到大海里。冲到大海里不是消失了，而是流到太平洋，那就意味着，全世界都知道我的爱。”

她无语。

“可惜，我们后来并没有在一起。”我说。

“别说了。”她突然说。

我立刻知道自己失口了。对一位喜欢我的人讲我的初恋，人家怎么会乐意听呢？

那年秋天我们公司的生意突然不太好做。我补充说一句，我和她认识的季节是在夏天。我们公司的生意不太好做当然不是因为国内汽车市场变得萧条了，而是相反，太过旺盛了。这属于工作的事，我不再重复了。

我回到家乡港尾两次。为工作的事。

我他妈怎么又说起工作的事来了。

我们在淮海路见面。不是“伊藤家”，不是我们第一次相识的地方，不是我们最后相聚的地方。是另一个地方。我记得我曾说过我们要吃遍淮海路。

我问她，这一阵子她在忙什么。

“没忙什么。”她笑了一下说，是那种带有一丝感动光影的笑容，极不易察觉。

“那为什么不见我？”

“你的初恋故事让我想起了一个人，一个曾经暗恋过我的人。”她冷静而坦白地继续说，“我去了他那里。”

我说不出来话。但我并不意外。

“求你，别告诉我的先生。”最后，她望着我的眼睛说。

吃完饭，我就同她匆匆分手了。

再一次吃饭同样在淮海路。当然没有她。当然那是两年之后了。

一位认识我同样也认识她的朋友，直说了吧，我的一位客户，在吃饭时竟无意中跟我讲起了她。这位客户让我很奇怪，和她是同学，和她丈夫也是同学。

“这有什么奇怪的，她丈夫和她也是同学嘛，我们都是同学。”这位客户为了解释我的疑问而说道。

“噢。”我点点头。

“你知道吗？她丈夫从初中到高中，一共暗恋她六年。最后，他们总算是结婚在一起直到今天。这叫有情人终成眷属啊！”

我当时就愣在了那里。

我愣了好长好长时间。

我是说，直到今天，我和她都没有再联系过。

# 沥　青

## 一

张决听到女友静玉在喊他。静玉在厨房里蒸馒头，一阵熟悉的面香飘进来。随着，就是静玉一阵紧似一阵的催促："快起来呀，快起来。"张决躺在炕上，睡意正浓，他实在不愿起来。他想，静玉从来不轻易叫醒他的睡眠的，知道他贪早觉，无论春夏秋冬，都是她一个人早早起来在厨房忙活，等他睡够了起来，饭菜都在炉子上温着呢。这一次，静玉干脆扯着他耳根子说："快起来看呀，咱家院子里的晾衣线上落着两只花喜鹊。""花喜鹊有什么可看啊。"他不满地嘟哝着，甩开了静玉的手。静玉走了，他刚刚又睡，突然听见静玉在院子里玩滚铁圈，就是他们小时候都经常玩过的，铁圈磨在铁钩上，"铃——"声音出奇地刺耳。张决稍微有点儿恼，他想，静玉啊你多大了你多小了，还玩滚铁圈？静玉好像知道他的心思，突然在窗口甩下一句："你不理我了？"张决睁开眼睛，首先看到"老 K"扭着肥大的膀子，正坐在他身边穿衣服。铃声还在继续。

他真正醒过来了。同监舍的七八个囚犯全在忙着穿衣服，准备出去做操。他知道这个早晨必将像他入狱三年以来所有的早晨一样，不可抗拒地开始了。

## 二

吃完早饭，去排队洗餐具的时候，张决还在想着早晨的梦。他缓慢的步子影响了“老 K”的前行，“老 K”不满地骂了一句：“你他妈的无精打采，八成是昨晚梦遗了吧？”

张决看了“老 K”一眼：“你他妈的你父亲每次来探监也是无精打采，回去问问他是怎么回事？”

“你找死？”“老 K”粗壮高大的身子晃了一下，对他亮起拳头，张决本能反应，用餐具挡了一下，立刻，第四监区区长戴明本喊了一句：“张决！”

“是他先要打我的！”张决申辩。

身穿制服的第四监区区长站在门口，面无表情：“去提讯室。”

张决跟着第四监区长来到一楼提讯室，昏暗的光线下，他这才发现里面的桌子前早已坐着一个矮胖的中年男人，戴着无框镜片，那是他的律师。他的律师抬起头，手里是一摞杂乱的卷宗和文件。他说：

“我昨晚就得到消息了，今天特意起早赶来。但是，”律师摇摇头说，“不是好消息。”

张决站在那里，全身硬了一下。

“你的申诉被第三次驳回。”律师说完，无奈地摘下镜片，仰视着他。

张决顾不得记录员并没有给他让座，一步奔到桌子前，在一把椅子上坐了下来：

“不是说，已经取得重要进展，我的证人同意为我做不在现场的证词吗？”

“但那不是最新进展，是啊，当初为了说服你那个唯一的证人——也就是你的邻居——为你做不在现场的证词，我费尽了所有的心力。现在的最新进展是，公安机关不同意翻案，他们联合检察院，向法院提交了相关资料。也就是说，你的证人曾犯有诈骗罪前科，这样证人的证词在原则上是不予采信的。”

张决一句话也说不出来。

“还有，因为现场留有你带指纹的菜刀和鞋印，按照最高人民法院有关司法解释，当物证和人证就事实发生冲突时，物证高于人证。”

“现场那些东西……”

“我知道。”律师打断张决的话，“我是说，我们姑且认为那些……是你的。”

张决觉得眼泪要掉下来。他热爱他的这位律师，像对父亲一样信赖。此前，三年来，他已经换掉了两位律师了，他们吃里爬外，吃了被告吃原告，让他多花许多冤枉钱不说，更使案情变得复杂。他只指望眼前这位了。

“我一直想问的是，”他的律师把镜片擦了擦，重新戴上，“三年前法院一审判决下来的时候，你为什么不立即上诉争取二审？”

“你是不相信我没有杀人吗？”张决紧张地望着律师。类似的话他已经跟无数人说过无数次了。

“如果我不相信，我就不会成为你的第三位律师。”对面的人缓慢而疲惫地说。

“正式判决下来以前，我一直被关押在公安局看守所。我在那里待了将近一个月。他们打我，折磨我，直到快要出庭的时候，我的伤口才慢慢长好。”

记录员在一边记着什么，张决看了那里一眼，继续说：

“这些事情，我在法庭上已经说过了，可是没人相信。这里也不值得重复。我想说的是，如果当初我不服判决，立即上诉，那么在二审判决下来之前，我还是要被关押在公安局看守所里的，那会是几个月的时间。我担心如果我的命不好，肯定会死在里边。但我知道，如果我服从判决，就会被很快转到监狱这边来，而在监狱，犯人是有继续申诉的权利的。就这样。”张决一口气讲完，看着他的律师的眼睛。

“跟我猜测的一样。”他的律师再一次把眼镜摘下来，这次不是擦镜片，而是用手帕揉了揉他红肿的眼睛，“张决，很抱歉，我这次来是告诉你，我不能再担任你的律师了。”

张决吃惊得想站起来，但是强忍着：“为什么？”

“他们已经准备起诉我了。我的正常调查和取证，被认为是帮助犯罪人洗脱嫌疑，诱使和教唆有关人员串供，恶意改变和违背犯罪事实。根据《刑法》第三百零六条，起诉我犯了‘律师伪证罪’。”

“怎么会这样？”张决终于站了起来。

“这不是儿戏。凭我二十年的律师执业生涯我知道，眼下每年都有很多律师因此获罪，锒铛入狱。”他的律师面庞从迎着阳光的角度，可以看到有一层晶莹的细汗。

张决只能沉默地看着他。

“请你理解我。我老婆没有工作，两个孩子都在读大学，他们需要我。”

张决看了一眼窗外辽阔的空地，外面静极了。

“也许真的是我工作方法不当。你可以再找一个更好的律师。”

“不可能了。”张决说。

“我一直坚信你是蒙冤的。按理说，故意杀人罪是要判死刑的，最少也应该是死刑缓期二年执行，可你只是被判十五年有期徒刑，我想这也是因为法院对你的犯罪定性有所保留，才做此无奈之举。”

“这不公平！”张决喊。

“世界上没有什么是绝对公平的，包括法律。”

“我已经在监狱里忍耐和等待三年了，三年了啊！我还要等到什么时候？”张决的声音突然小了下来，目光变得茫然，“十五年？一辈子？”

“我相信你要不了那么久。”

“那你告诉我什么时候？”张决上前抓住这个像父亲的人的胳膊。他有点儿抖。

“很抱歉。我只能说……我也不知道是什么时候。”

他的律师收拾好公文包，站了起来。记录员拿过提讯登记和印泥递给张决。按规定，犯人来到提讯室接受提讯，离开时必须在登记表摁上手印。

张决的右手食指离开纸张的一刹那，望着那枚鲜红的指印，他产生了一个从来不曾有过的想法：只有靠自己洗脱罪名了！

## 三

大腾风监狱不是L省最大的监狱，却是L省历史上最早的监狱，它始建于清朝末年。据说国内更早的时候，犯人都是被羁押在公署或衙门里，因为司法并不独立，政府往往就代表着法律。直到1909年，也就是清朝大臣戴鸿慈到欧洲考察宪政回国的第四年，宣统帝才准奏全国各省设立监狱。这倒不是出于司法与政府分离的考虑，而实在是因为全国各地的公署或衙门没有足够羁押犯人的房间了。大腾风监狱就是在这种背景下建立的。

它毗邻国境，又三地交界，地理位置重要不说，匪盗也层出不穷。是的，它最初就是令这些人望而生畏的樊笼。近百年来，日月递嬗，谁也说不清它累计囚禁过多少名形形色色的犯人，围绕它而产生的传奇或故事，就像无数次吹过它头上的风一样，丝丝入扣却又飘忽不定。

如今的大腾风监狱，除占地面积与以往相等之外，在建筑格局上已大不相同。以往的四排青砖坡顶平房，变成拔地而起的四栋三层平顶楼房，这四栋楼房，各为一个监区，每个监区容纳犯人约二百人，四个监区共约八百人。监狱北面，以往是一大片农田，现在变为两座厂房，分别为塑料加工厂和汽车配件厂，是犯人劳动改造的场所。然而最使这里具有监狱特点的，是把一切都四面围住的高高的狱墙，以及墙上高约一米的高压电网和东西两座岗楼。据熟悉监狱历史的退休管教们讲，只有这些高高的围墙才更接近清朝监狱的原始模样。它们太厚了，墙上可以容纳两个人并行；它们也太高了，巍峨庄严之势，与故宫的围墙并无二致。

这一切在外人看起来，都是感觉沉重的。

然而，也有外人感觉不到的沉重，只有监狱长李庭风心里清楚。

眼下，李监狱长坐在他的办公室里，再次把手里的各种财务表格用目光捋了一遍，王铁副监狱长和狱政科长、各监区区长坐在本来就不宽大的屋子里，闷着头抽烟。李监狱长身材适中，微微谢顶，制服双肩的三级警监徽记衬托出他的面庞有一种既知足又世故的混合神态。他的说话带有不特别明显的鼻音：

“必须得想想办法了。上半年我们监狱总支出远远大于总收入，其中，财政保障占总支出的百分之五十八，监狱企业自创收入占总支出百分之三十二，借、欠款占总支出百分之十，这已经跌到监狱财政状况最低点了，下半年形势还会严峻，这样下去可怎么行？”

所有的人都不说话。

过了一会儿，王副监狱长把香烟蒂从嘴边拿下，在烟缸里摁了摁：“李监狱长，去年市财政说给我们追加拨款，到位了没有？”

“哎哟王铁，亏得你当了十几年副监狱长，市财政现在是个什么状况你不知道吗？那些人年年都说给我们追加拨款，有哪一笔真正给我们了？”李监狱长用手指点了点桌子。

“我们还得不断争取，首先把大腾风监狱变成全额拨款单位，然后追加经费，这样才名正言顺。”王副监狱长说。

“变成全额拨款单位？”李监狱长既揶揄自己又揶揄对方道，“我的能力是不行啦，王铁，将来你到了这个位置上再多多争取吧。”

王副监狱长苦笑了一下。

李监狱长继续说：“近几年市人大和市政协帮我们呼吁多少次了，甚至抬出了《监狱法》，可是市里有关领导们吭过一声吗？噢，如果不吭声倒也好了，上次开会竟然有一个人说，本市那么多的下岗守法公民生活都得不到保障呢，还给犯人讲什么保证待遇？”

“这倒也是。”一直没说话的第四监区区长戴明本说，“我们四监区新收的一个叫马二刚的小伙子，上技术课的第一天就哭了。问他怎么回事，他说，他高中毕业后一直想学开汽车，因为付不起太高的学费才去抢劫，不承想来到监狱里，学开汽车原来是免费的啊。”

大伙都笑了。然后，又都笑不出。

李监狱长叹了一口气，说：“别的不扯了。下一步，王铁，你是负责产业的，要加大力度做好外役工作，调动一切人力和可能。”

监狱分为内役和外役。所谓内役，是指监狱犯人参加监狱内部生产的劳动改造；所谓外役，自然指的是犯人参加监狱外部生产的劳动改造。

“李监狱长，这个……我还是有不同意见。”

屋子里很静。有人掏出香烟，但是没有揿动打火机。

“目前国际通行的趋势是，各国监狱大面积收减甚至禁止外役行为。因为犯人劳动的目的不是赚钱，而是通过劳动让他们认识到劳动的意义和创造的价值，以及自食其力的乐趣。反过来，如果让犯人感觉通过他们赚钱，会助长拜金主义盛行和贪图享乐思想，从而不利于犯人行为改造。另外，犯人频繁外役的副作用还有几点，一是有损监狱乃至政府的形象，二是增加犯人逃跑的机会和概率，三是……”

“王铁，”李监狱长打断王副监狱长的话，“你说的这些我都懂，而且，我要说的你也懂。就是说，你要我到哪里去弄钱来维持监狱每年正常的庞大开销，包括工人工资、离退休人员福利和医疗、所有干警的办公经费、旅差费、监狱设施的维修费，还有犯人的伙食费、被服费，还有犯人生病检查费甚至医疗费……”

王副监狱长欲言又止。

“我们必须面对现实。”李监狱长说。

## 四

张决又开始吹那个口哨。

是林志颖的。旋律轻松而带点儿忧郁。如果把口哨声换成歌词，它就是这样的：

很久以前梦想飞飘到山头那一边
看看什么是爱情

张决边吹口哨边修理铁锹。他的锹把掉下来了，他用楔子塞住它，用力蹾好，这使他的口哨气流高低不定。身边的犯人们正在忙碌着，这是郊区，他们或密集或稀疏的身影，绵延出几百米。大家正在筑路。路的两旁，一望无尽的玉米地在七月里长得正旺。

我相信爱情爱情
最初最后是你
没有人能够把你代替

张决很喜欢这首叫作《爱情》的歌曲。当初他和静玉刚刚认识时，静玉戴着耳机，嘴里哼的就是它。静玉说："你有什么了不起？"这一句话就征服了张决。那是五年前，张决二十八岁，英俊，干练，是一家大型花卉公司的司机，为总经理开车。职业和工作位置的缘故，他见识和交往的女孩子太多了，可是都没在他心里留下什么印迹，正所谓"久居芝兰之室不闻其香"。静玉就不同了，他见到静玉的一刹那，感觉静玉好比异彩纷呈的花圃里的一株庄稼，也有颜色，也有风姿，也亭亭玉立，却让人踏实和信赖得多，有一种人间烟火的自在与高贵，并把深沉的果实和热情深埋地下。他一下子就爱上她了。他后来之所以对《爱情》这首歌烂熟于胸并情有独钟，是因为它成为他与静玉第一次做爱的背景曲。说实在的，它的节奏适合做爱。

如果再给张決两个月的时间，他就可以与静玉爱巢永居了，也就是说，他们两人刚刚买了房子，准备装修好之后就结婚。可就在这时，一切都乱套了。

张決和静玉租住的平房附近发生一起凶杀案，被害人独自在家睡觉时被凶手用菜刀杀害于子夜时分。糟糕的是，现场勘查，菜刀上留有张決的指纹，接着糟糕的是，院子的台阶和墙头留有疑似张決平素穿过的“双星”牌旅游鞋的印迹，更为糟糕的是，经调查了解，被害人生前因琐事曾多次与张決发生口角和肢体摩擦，两人之间存有芥蒂。这一切使后来的张決狱灾横至，百口莫辩。

张決被警车拉走的时候静玉还不知道发生了什么。她连续一周出差在外刚刚回来。本来，两个人每天都在电话里卿卿我我的，静玉所到的城市连一个熟人也没有，每天开会或活动一结束，她就早早回到宾馆同张決建立热线联系。他们的言谈太热辣了，因为担心宾馆的电话保密性不好，叫人笑话，两人每次都是用手机在聊。可是聊着聊着，静玉就会插上一句：“今天天气很热的，起码会有二十九度。”再不就是：“明天看样子会下雨，不然怎会这样问？”张决在静玉第三次谈到天气的时候，终于冒了一句：“静小姐，你这是手机漫游啊，我要想查天气，打专业服务电话可能费用会更便宜一些。”

静玉愣了一下，知道他想听什么，于是当仁不让：“那我让你陪我出差你不来？”她故意用光脚把地板跺得砰砰响，让张决听见，“你看，都几点了，还有男人在敲门，这么大的房间，只我一个人住耶！”

张决一时间气得说不出话。

静玉见张决哑在那里，又心生怜爱，小声说：“我还有两天就回去了，回去我们好好爱。”

谁想到，回来见到张决，还没来得及拥抱，他就被眼睁睁推上警车了。

张决那时候还笑。他知道是抓错人了。他几乎没怎么反抗和申辩，那种时候，反抗和申辩也没有用。他只觉得好玩儿，他甚至想就此戏耍那些平时职业架子端得十足的警察们一下。他想，不做亏心事，不怕鬼敲门，到了公安局，你们就知道怎么回事了。

结果，到了公安局，是他知道怎么回事了。一场噩梦的序幕就此拉开。张决后来想，当初，还真不如陪静玉出差了，那样的话，他也许真的什么干系都不会有了。

远处的沥青车正在作业。加热后的沥青喷涂在路面上，发出噼啪的声响。阳光炙烤着空气，犯人们被剃秃的青脑壳在阳光下闪着汗的微光。张决实在太热了，他一弯身，双手一捋，把囚衣脱了，露出并不十分魁梧但是有力的臂膀和脊梁。

沥青的黑烟和刺鼻的味道浓重地弥漫着，张决突然感到吃惊。这是多么可怕啊，张决想，沥青本是与地面绝缘的，它深埋地下几百米，甚至几千米，经过上亿年的沉寂，不被世俗打扰。而今，它被强迫着来到地面，凡是人类需要迈动双脚或移动身体的代表路的等级的地方，就要有它去覆盖，这是多么不可思议！

张决蹲在地上，找了一个小木棍，把粘在鞋上的沥青狠狠地刮掉。路的尽头，有几个中午放学的孩子逗留着，向这边张望，很快，一个家长或是老师模样的女人走上去，顺着他们的目光指点着，说着什么，然后抚着孩子们的肩头，大概是催促他们离开。不用听清张决也明白，那个女人说的一定是这样的话："不要靠近他们，你们如果不好好学习或是不听话，长大后就会变成他们。"这样想过之后，张决也看了看身边那些犯人，觉得他们真的有点儿可怜，并且值得厌恶。可当他的目光碰到队伍之外管教的目光时，他就立刻感到一种现实的屈辱和沮丧，是啊，只有他知道，他不属于这里，可是三年来，他又不得不满怀沉默或躁动，背负杀人罪名，处在这样一个环境之中。如此日日夜夜，内心的孤独和痛苦又向谁言说呢？

一个绰号"大款"的四十岁出头的囚犯过来给张决

递了一支烟。张决自己点着了火。这个叫“大款”的囚犯，是同张决一个监舍的，入狱前曾是某建筑公司财务室的出纳。据说他利用职务之便，非法占有本单位资金五百多万元，被判处有期徒刑十二年。法院责令他退赔全部赃款时，却遇到了执行难，他一分钱也拿不出，因为他的钱全输在赌场上了。有好事者给他算了一笔账，用他非法占有的钱除以蹲监狱年头，相当于他每蹲一年监狱净赚人民币四十多万元，因此叫他“大款”。

“唉，从小到大，哪吃过这样的苦啊。”“大款”叹了一口气，摊开满是血泡的手掌自己看了一眼。

“这样也算美了你，”张决说，“五百多万啊，从你这双手上输出去了。”

“那是，那是。”“大款”竟有点儿心存炫耀地说，“那时候磨的不是手心这个位置，是手指尖啊。掷骰子，洗扑克，点钞票，手指尖都磨出膙子了，你想想。”

“这辈子你别想再重新摸到那么多钱。”张决的目光向四处扫动。

“完啦！我现在一分钱也没有，出狱后也五十多岁了，我这一辈子算是拉倒了。”

远处传来一阵哨声。时间已到中午，送饭的卡车来了。犯人们放下工具，渐渐向那边靠拢。“大款”说：“我敢跟你打赌，今天不会再有那道该死的白菜，另外会加一道肉，怎么样？”

张决走到路边的水桶那儿，说：“帮帮忙。我是宁愿午睡一刻钟，让出那道肉。”

“大款”拎起水桶，张决伸出双手。水桶边沿的水流汩汩而下，张决在那里搓洗双手和胳膊，但是面前的水很快就歪淌在另一边了。

张决抬头，发现“大款”的脸扭在另一边，他顺着望过去，卡车那边似乎有点儿骚乱。“怎么回事？”他问。

“‘老K’又在打马二刚。”“大款”说。

远处的一个犯人向这边递话：“大家排队领饭，‘老K’半路挤在马二刚前面，马二刚说他一句，‘老K’就开打了。”

“大款”放下水捅：“走，我们看看去。”

“你先去吧。”张决说。他干脆把没洗完的双手伸进水桶里。

直到午饭结束，值班管教重新分派劳动任务的时候，所有人才发现张决不见了。

第四监区区长戴明本马上打电话报告李监狱长：“张决越狱了！”

## 五

张决是当天下午主动回到监狱的。

算是自首。

他其实什么也没干，并且，他也没打算跑远。他趁大伙领饭的混乱场面，瞅准没人注意的几秒钟，一闪身钻进了路边的玉米地里。他一口气跑了五六里路，来到一个小镇上。因为天热，他是赤膊，再加上在玉米地里他已脱去了囚裤，只穿一条肥大的短裤，这种寻常的夏天打扮并不引起人格外注意。他用身上仅有的几块钱，给静玉打了一个手机电话，但是关机。他只好把电话打到静玉母亲那里，后者接了电话。

“喂，你好阿姨，我找静玉。”

“她不在。”对方说。

“她到哪里去了？”

“不知道，”对方说，“并且你以后也不要再找她。”

对方是能听出自己是谁的，可是她竟连问也不问他，如果在监狱里怎么会打出电话。她是漠视和不待见自己的，而张决对这位未来的丈母娘也没什么热情和长话可说。“替我问候静玉好。”他说。

“你别问候她她会更好。”对方挂了电话。

张决摇了摇头。他现在觉得肚子有点儿饿了，他同时逃掉了一次午饭。附近一家饭店的门口摆起了现卖的水煎包，那热腾腾的香气一下子勾得他六神无主，口舌生涎。他走过去付了钱，一口气吃完十六个包子。

吃完包子，他下意识想紧紧裤带，这才发现没有。他意识到他正在过的是另一种生活。他用胳膊擦干了嘴，慢悠悠的，步行向监狱方向走去。

他一共走了大约一个半小时。到达监狱门口的时候，守门的警卫吓了一跳。警卫不知道该不该为这个囚犯开门，换句话说，他不知道怎样做才会更利于监狱的安全。张决只好站在那里举起了手，不是一只，而是两只。

他做出的是投降的姿势。

警卫要了内部电话，立刻有两名干警跑了出来，将张决提押进去。

囚犯脱逃对监狱来说，是所有狱内犯罪的头等大事，在张决离开的时间内，大腾风监狱以最快的速度成立了抓捕小组，并将此事通知给市公安局请求协助。

按当时的案情分析，抓捕小组认为张决外逃的可能性较大，因此在各汽车站、火车站、码头等布置了主要警力，以求围追堵截。却不料张决竟在郊区一条普通道路上闲庭信步，更不料张决会自投监狱而来，真是不可思议。

不管怎么说，张决逃跑绝不是小事一桩，更不是什么虚惊一场，监狱方面在通知撤回所有干警之后，立即启动相关程序，对张决进行了审讯。审讯完毕，将张决关押禁闭室，为期十天。

禁闭室可不是好待的地方，那里被称为监狱中的监狱，亦即小号。禁闭室都是单独关押犯人，空间狭小无比，没有床，晚上睡觉只能坐着倚墙。每天粮食定量只给九两，饿着活该。墙角就是马桶，吃喝拉撒就地解决。外面两道铁门厚不透光，每天按规定只可出去放风半小时。这几乎等于完全限制罪犯的人身自由，属于监狱内最严厉的处罚手段。

每天，张决无事可干，除了想一想心事，就抬头仰望竖满铁栏杆的通风窗外的一小块蓝天。那里有时候飘过一朵白云，有时候划过一只燕子，更多的时候，那里就是一块天，静止得像是一块蓝色的墙砖。

张决从禁闭室出来的那一天，正是监狱向检察院提请起诉获得答复的时间。张决因犯有脱逃罪，经审理被加刑一年。狱政科科长在提讯室将这个结果通报给张决。

“我明白了。”张决马上又问，“是多长时间？”

“加刑一年。”狱政科科长说。

“我知道。累计是多长时间？”

“你当初被判处有期徒刑十五年，已服刑三年零两个月，余刑十一年零十个月，加刑一年，累计是十二年零十个月……不，”狱政科科长看了一眼手边的资料，马上补充说：“因为你脱逃在外，不足一天，按一天计算，按规定，脱逃期间不属于服刑时间，这样，你的余刑应该是十二年零十个月零一天。”

张决笑了笑，他再次说：“我明白了。”

下午，张决同其他犯人正在塑料加工厂劳改，监狱派干警再次将他带到提讯室。张决想，总不该是又把刑期算错了吧？

在提讯室，一身囚服的张决见到了他的律师，那位戴眼镜的矮胖男人。张决不知道他怎么会来。他的律师看了他一眼，说：“真是开玩笑！”

张决礼貌地冲他笑了一下，算是打招呼。

“事情不应该是这个样子。”律师的胡子刮得似乎很潦草，要么就是紧张思索和上火而引发生理节律失衡所致。

“感谢你的指导。”张决想了想，只能这样说。

“不，我是说，检察院的人简直在胡闹！这简直在开法律的玩笑！”

张决不知道他的律师是什么意思。

“我已经仔细研究过此事的经过了，监狱的审讯记录我看过三遍。我想重复提问的是，你那天离开筑路现场后都干了什么？”他的律师拿起笔，在打开的本子上准备记录什么。张决这才发觉今天提讯室里不知怎么只有他们两个人。

“我到一个电话亭给女友打了电话。”

“你们说了什么？”

“没有打通。”

“你很想她是吗？”

“这不用说。”

“你要正面回答：你很想她是吗？”

“是的。当然，我很想她。”

律师轻轻吁出一口气，在本子上看什么。“你为什么想她？”他接着问。

这是什么混账问题，为什么想她？张决想说，我想操她。可是他又觉得，在一个像是父亲的人的面前是不该说这种粗鲁话的。张决只好老老实实答道：“我听说她好像另有男朋友了，我想知道是不是这样。”

“然后呢？”律师说，“然后你做了什么？”

“我去买了十六个包子吃掉了。”

“十六个？”律师好像不相信，所以他的问话隐含着激动和吃惊。

“是，十六个。”

“你太饿了是吧？”

“不光是饿，我是很馋。你知道，我在家的时候最爱吃包子了，可是入狱三年多，我一次包子也没吃过。”

“这样挺好，”他的律师停止发问，“这是咱俩刚才的交谈记录，你过来看一下，没问题的话就摁个手印吧。”

张决认真地看了一遍那个本子，上面的记录几乎跟录音一样准确。他用食指蘸上红印泥摁了上去。

“这纯粹是胡搞。”律师的话题回到刚才，“我已有足够信心澄清这样一个事实，你在筑路劳动时，因强烈思念女友和牵挂她的感情取向，产生打一个电话给她的念头；又因监狱伙食长年低劣，不曾改善，使你产生吃一顿包子以达到解馋的想法。你将以上动机付诸实施。必须说明的是，因为你最终是自动回来，你的行为只属于暂时脱离监管，而完全与脱逃罪无涉，检察院为此加刑一年是不公正的！”

“暂时脱离监管？”

“对，这构不成犯罪，监狱应该对你实施批评教育，至多是记过和关押禁闭而已！”

“不，”张决吃惊地摇了摇头，并企图向后退去，“不不，我是故意逃跑的，我早有预谋。打电话和吃包子，那是捎带做的事，不是目的。”

“一切证据表明，你暂时脱离监管，无非是去打电话和吃包子而已。监狱的调查报告我已看过，那上面有电话亭老板和饭店老板分别的证言。”

“不，”张决再次否认对方，“我的事情不用你管，你说过，我的律师委托已告结束。”张决突然想起了什么，他问：“有人不是在起诉你吗？”

“我正是为此而来。”律师说，“我想明白了，只有证明你的清白，才能证明我的清白。”

“不，”张决说，“我的事情与你无关，无论如何，我是不同意你在这个问题上为我插手的。我有独立行事和拒绝辩护的权利。”

律师吃惊地看着张决：“那你老实说——我不做记

录——你为什么要逃跑？”

“因为我无罪。”张决一字一顿地说。

“可你为什么又要回来？”

“证明我无罪。”张决仍旧一字一顿地说。

律师愤怒地合上了本子。

## 六

“张决，再来一个吧，再来一个。”

“来一个吧。”

“不行，我已经口干舌燥了，我不能再讲了。”

“来，我这里有茶叶，我给你沏茶水，顶好的茶。”

这是午饭后的短暂休息时间，在监舍里，十几个犯人围着张决。他们有同监舍的，有隔壁监舍的，大家兴致勃勃地听他讲笑话。张决已经讲了七八个笑话了，每一个都逗得大家东倒西歪，前仰后合。

“好吧，那我就再讲一个。”张决说，“你们都要听吧？”

“要听要听。”几个犯人说。

张决又扭头问另几个犯人：“你们也要听吧？”

“要听要听。”那几个犯人也连连点头。

“好，那我就讲了啊——说是在一个大森林里，熊和猴子是铁哥们儿，猴子请熊帮它盖一座房子，是两室一厅，很漂亮的。盖好后，猴子住得很舒心。转年，熊的老房子塌了，它请猴子也帮它盖一座房子，就是要跟猴子的房子一模一样。猴子满口答应了，可是盖完了熊一看，只有两室，没有厅。熊问，我说猴老弟，我的怎么没有厅啊？”

张决讲到这儿，有意味地看了大家一眼，一个个指着：“猴子说，你看你个熊样，你还要厅（听），你要什么厅（听）啊！”

犯人们面面相觑，彼此观察两秒钟，继而再也憋不住了，爆发出巨大的会心的笑声，原来张决这小子在绕弯子骂人哪！

同监舍一个一直沉默的绰号“老蔫”的犯人，这回也忍不住露出一丝笑。他倚在墙角，腮帮子动了动，说：“再讲一个吧，最后一个。我入狱一年来就没笑过。”

犯人们都看着他。这个“老蔫”是个外省人，因女儿出国条件不符合，他竟伪造公司和银行的印章做假证明，结果触犯“伪造印章罪”被判入狱两年。正像他说的，从大家见他那一天起，他就沉默不语，从未笑过，好像肌肉僵死了一样。

“不讲了，”张决站了起来，“真的再没有了。”

“只讲最后一个，”“老蔫”仍旧慢声慢语地说，“今天是我的生日，你就让我再笑一次吧。”

张决本来要往门外走，听到那个人这样说，他就立刻站住脚步。“我想一想，”张决说，“也许……这是真的最后一个。”

大家都静默着。

“嗯，我要讲的这个笑话叫《哪条道上的？》。有个男人在开演前的戏院座位上躺着，一人占去四个位子。带座的小姐跟他说，先生，一个人只能坐一个位子。男人只低声哼了一下，动也不动。小姐请来戏院经理，经理客气地说，先生，麻烦您坐好，一个人只能占一个位子的。男人摇摇头，还是哼了一声，没有动。经理只好请来警察，警察说，老兄，你够狠啊！你是哪条道上的？那男人低哼一声，说，我是从二楼的道上……不小心跌下来的！”

“哈哈哈哈……”所有犯人肆无忌惮地笑着，那个“老蔫”则不停地拍着膝盖，身上一抖一抖的。他笑得眼泪都要出来了。

“肃静！肃静！不许喧哗！”第四监区区长戴明本突然出现在门口，手里握着警棍，“你们刚才在说什么，竟敢随便谈论警察？”

“不，一个笑话，在说笑话。”“老蔫”认真而忍不住笑意在解释。

“各回各的监舍，不许乱动！”

犯人们赶紧回到各自的床位上坐好，第四监区区长每个监舍巡视一遍，转身走出去。少顷，楼道口的铁栅门“轰隆”一声拉死了。几乎与此同时，监狱操场一阵警笛，一辆法院的警车驶了进来。犯人们全都趴在窗口向外望，他们看见两名武装警察从禁闭室拖出一个戴镣铐的犯人，向警车走去。

“是他？”张决吃惊地问，“这不是第二监区的那个毒贩子吗？他不是昨天已经拉出去毙掉了吗？”

“今天重新毙掉。”“老 K”面无表情地说。

“为什么？”

“他前一阵子越狱的事你知道吧？”“大款”凑过来说。

“我知道。”张决说。那是快两个月前的事了，在张决脱逃又回来之后一周发生的。这个犯人因大量贩毒被判处死刑缓期两年执行。凡是被判处死缓的犯人，属于重犯，一律不准从事外役。这个犯人为了逃跑，竟在监狱内打起了主意，他利用每天做内役上厕所的工夫，偷偷挖地洞准备穿墙越狱，已经挖了两米多深了，被及时发现，经请示上级批复，法院对其取消缓期执行，变成立即执行死刑。

“他昨天被拉到刑场的时候，突然大喊有重要案情举报，于是又被拉回来连夜提审。”马二刚被安排在监狱食堂做饭，所以他知道得详细一些。

“噢。”张决说。

“可是他什么有价值的东西也举报不出来，原来他就是怕死，想多活一天。现在百分之百是把他拉出去真正毙掉。”马二刚在监舍里年龄最轻，说话直言快语。

所有人的心情好像立刻沉重下来，他们知道，这个犯人衣服的囚号要不了多久就会被新来的犯人顶替的。监狱永远是不断有人消失，不断有人出现。

不知谁轻轻问了一句：“你们说，什么样的犯人最想越狱？”

“这家伙不是太渴望死，就是太渴望活了。”望着绝尘而去的警车，“大款”深有感触地说，“一般来讲，死缓犯人是最忌讳越狱的，如果认真改造，用不了几年就会改为无期，无期再改有期。可是一越狱，就得立即执行死刑了。”

“对，再就是短刑犯人。”马二刚说，“那些判个三年两年的，他们不值得越狱，挨一挨时间很快就过去了。”

“判二十年的也不敢越狱，”一个犯人说，“那样加刑后就会成为无期了。”

“照你们说，”“老K”抱着膀子插嘴道，“是老子最应该越狱喽？老子犯有强奸罪和重伤害，被判无期徒刑，再怎么加刑也还是无期徒刑，对不对？”“老K”说完，哈哈哈地狞笑起来，两颗暴牙在空气中上下颤动。

没有人搭腔。

张决走到一边。那一刻，张决的嘴角掠过一丝嘲讽和冷笑，他想，整座监狱八百多号人，不惜一切代价也值得越狱的，其实只有一个人。

那就是自己。

因为自己是无辜的。

## 七

每月一次卫生大扫除，如今又到了。这一天，张决正在床铺上整理衣物的时候，隔壁监舍的一个叫“小贩”的犯人走进来，悄悄扔到张决枕头上一盒香烟。

“我戒了。”张决说，“我觉得抽烟对脸部的皮肤不好。”

“为什么？”

“每天只要抽半盒烟，晚上洗脸的时候我的脸色就很暗，皮肤粗，显得衰老。”张决想了想，又说，“这不行，因为我还年轻。”

“那是你晚上洗脸的缘故，光线本来就暗。”

“你是说我早晨从来不洗脸？”

“小贩”拾起烟，不说什么，转身走了。过了一会儿，他又走进来，扔到张决枕头上一包菲律宾酸角。

“这是什么？”

“一种食品，也可以帮助戒烟。”

这个“小贩”，入狱前犯的是盗窃罪，入狱后，却又变成监狱的地下贩子了，几乎没有他从监狱外偷偷运不进来的东西，烟、酒、糖、茶、食品、掌式游戏机，甚至现金，他统统可以弄到，而这些东西，绝大部分属于违禁品，因为它们太奢侈了。就说现金吧，监狱一律杜绝犯人携带，怕的是犯人之间进行交易或行贿。平时犯人购买生活必需品等零用，由监狱统一管理，给犯人办理存折，收支账目定时公布。可是这个“小贩”，有一次竟然让他老婆借探监机会，装在暖水袋里给他送来一沓现金。为此，“小贩”还被监狱严厉地处分过一次。

“你可真行啊，”张决一看乐了，“还是外国货。你还能弄到什么？”

“除了女人和《释放证》，其他都没问题。”

张决说：“现在呢？还有给我看的吗？”

“小贩”笑嘻嘻地，从兜里掏出一张上级监狱管理局主办的监狱报，指着上面的一个部位给张决看。那是豆腐块大小的一篇文章，署着“小贩”的真名。张决想起来了，那是一个月前，“小贩”收集到监狱的一些犯人改造花絮，讲给张决听，因为他的文化程度太低，就央求张决替他把这些东西写下来投给报纸。按规定，犯人发表作品也是可以列入奖励积分，为日后减刑做准备的。没想到，这篇文章还真被发表了。

“祝贺你啊。”张决说。

“小贩”明显的不好意思了。他把报纸折好，对张决说：“其实，你也可以写一点儿新闻什么的。”

“写它做什么？”

“写它做什么？”“小贩”夸张而不解地看了张决一眼，“这可以积分啊！”

“可是，”张决继续整理他的衣物，“我不需要。”

“喂喂——”“小贩”更加认真地教育张决，“我跟你说，在这里，虽然所有的犯人都声称他们被判得太重，但没有一个犯人敢说他不该来到这里。你是觉得自己被判得已经很轻了是吧？”

“我告诉你，”张决不知什么时候，慢慢从衣兜里掏出一支香烟在嘴上点着，吐了一个螺旋形的烟圈，“我就是不属于这里的那一个人。”

“小贩”莫名其妙地看看张决，又看看那个袅袅上升的烟圈，呆了好半天。

监舍里只剩下张决的时候，张决才想起他该做的事。今天是探监的日子。他换了一套新的内衣，接着用陈旧的噪音像拖拉机似的电动剃须刀把胡子重新刮了刮，又偷着挤了一点儿马二刚的护肤液，在脸上拍了几把，然后等时间一到，去会话大厅里了。

大厅里虽然嘈杂，但还是让人感觉有一些压抑的情绪在里面。那是比安静还要让人不自然的东西。人头攒动，但基本是一对一的格局，两两相视。似乎有哭声，也有笑声，因为哭声已经在克制，又淹没在说话声音当中，就显得它是那么的不真实。张决看见“老 K”的父亲又来了，他们俩坐在那里，都显得无精打采。马二刚的母亲一直在跟儿子不停地说着什么。“大款”站着与一个张决从没见过的人说话，那很可能是他的什么远房亲戚，他不时地回头，防止有人挤到了他们。在远处的水泥地面上，张决看到一只“米老鼠”图案的书包歪倒在那里，旁边的一双穿鞋子的女孩的小脚，不停地向上翘着，要尽量够着什么人。大厅上方的广播喇叭里，偶尔传来狱警催眠般的声音：“肃静，要肃静。”

张决站在门口，安静而紧张地用目光搜索大厅，最后落到他看了无数遍的他和静玉经常坐的那个位置。静玉没有来。直到半个小时后，会话将近结束，人们都稀稀拉拉离开的时候，静玉的身影依然没有出现。张决失望地准备转身关门，突然他的手臂被抓住，一张戴无框镜片的脸贴到眼前。

“是静玉给我打电话，让我把这个捎给你。”他的律师递给张决一样东西，那是经过狱警检查并被许可的，“她听说你每晚睡不好，是有太多的蚊虫叮咬。”

张决低头，那是一管驱蚊油。

“还有这个。”律师说，递给他一只崭新的电动剃须刀。

“她为什么没来？”

“她和你差不多，也要变成囚徒了。她母亲知道她要来探监，把她软禁在家里，实在出不来。”

张决鼓了鼓腮帮子。他没说什么。他把剃须刀开关打开，里面利落而轻微的旋转声告诉他，连电池也是新的。

“谢谢你。”张决说，转身走了。

“记住，你一定不要再乱来，”律师被他的门挡在外面，可他的声音还是急促又扭曲地挤了进来，“我想这也是静玉的意思。”

## 八

进入九月之后，大腾风监狱的经济状况越加不好。市里的拨款迟迟未到位，应该完善的许多监狱设施和设备无法正常进行。目前岗楼哨兵使用的武器，还是老式的七点六二毫米狙击步枪，连四倍率的光学瞄准镜都没有，更别提先进监狱所应备的微光电视摄像头、夜视仪、监听器了。自从上次发生那个毒贩子挖地洞准备越狱的事件后，虽然大腾风监狱在对外风声上一直低调处理，可还是被省级部门指示了工作，要求他们按标准化监狱的预防水准，在所有狱墙下面一米深处，围筑一道地下水泥墙。话说起来容易，做起来难，大腾风监狱所有的狱墙抻直了量，总长足有两公里。两公里，挖一米的深坑，筑一米厚的水泥墙，不说工费，光是材料费就得多少钱啊，那绝对不是一笔小数字。

这且不说，最让李监狱长感到恼火的是，市里新上任的政法委书记，到任两个月了，竟一次也没到大腾风监狱来视察工作。按惯例，以往的任职领导，不到一周就会亲莅监狱，指导工作，虽说事后证明往往也起不到太大作用，但形式上重视还是有的。这次新上任的政法委书记倒好，只顾视察和慰问那些公安战线、武警战线的部门和人员了，唯独遗落了大腾风监狱。李监狱长心想，我们怎么了？难道我们成了编外警察和假警察了？要知道，公安和武警抓了再多罪犯，最终也是要送到监狱来的呀！忽视了罪犯的改造工作，一切都等于缘木求鱼，前功尽弃。

牢骚归牢骚，在正常经费和专项经费没有划拨下来之前，监狱资金还需自己想尽一切办法努力筹办。可话又说回来，关于监狱的外役，很快要进入十月份了，而国庆节期间，按规定是严禁犯人外役的。接下来一晃就是元旦，元旦过后是春节，这中间也是各地治安高度戒备状态，犯人同样不得进行外役。再说，社会上提供犯人劳动的机会并不是应接不暇，有许多农林、基建工作还是季节性的。那么，另一条创收路子就是紧抓内役了。

内役怎么抓？大腾风监狱企业的生产和销售格局同全国一样，都是沿袭二十世纪五十年代计划经济遗风，早已不适应市场经济了。企业科技含量不高，技术更新不够，加上犯人文化程度低，产品难以占有更大市场就是不足为怪的事了。

即便这样，企业的产品还是以低廉的价格，步履维艰地销售着。试想，大腾风监狱的企业如果关闭了，那八百多号犯人，几乎全都是壮劳力，难道白白吃干饭或是闲待着不成？

几辆解放牌轻型货车停靠在塑料加工厂墙边，第四监区区长戴明本扯着嗓子指挥着："不行，还要倒，倒车，右舵！"

犯人们在车间和外面场地上紧张地忙碌着，成箱成箱的各种塑料产品被抬装上汽车。四处一片杂乱。

"别偷懒，快点儿！"戴明本指着一个犯人道。

另一个犯人忙中出错，不小心将一个箱子掉到地上了，里面的零件散落出来。

"我叫你故意损坏财物，"戴明本用手抬高一下帽檐儿，"月考核计分扣你两分！"

"我不是故意的呀。"那个犯人咧着嘴巴，"监区长你看，我是为了多挣分，一个人抬了两个箱子啊。算了，我不要多挣分了，可你也别扣我的吧！"

戴明本不胜其烦地用脚踢了踢那些零件。

在另一辆汽车旁边，马二刚肩上扛着一把铁锹，正同张决探讨着有关汽车原理的问题。

"将来我出狱了，我就买一辆出租车开开。"马二刚说。

“你先学会开大车，将来小车就可以闭眼睛满世界开了。”张决鼓励他。

“你说这辆汽车的扭矩会是多少，一百一十二？桑塔纳的最大扭矩呢？”

“马二刚！”戴明本不知什么时候走过来，“你到这儿干什么？赶紧回你的食堂去。”

“是。”马二刚有点儿恋恋不舍地看了那辆解放牌汽车一眼，转身走了。

“回来！”戴明本又喊。

马二刚赶紧转过身来。

“《犯人服刑条例》你不懂吗？见到管教人员，要在两米之外站好，劳动工具放在地面。可你竟然离我这么近，在肩上扛着铁锹！”

“监区长，这……”马二刚愁眉苦脸地看看那把锹，“这不是锹。”

“那是什么？”

“这是炒菜用的大勺啊！”马二刚把铁锹从肩上拿下来，锹尖上湿漉漉地滴着什么。旁边的犯人都忍不住哈哈大笑。马二刚说得没错，犯人食堂有十几口铁锅，那些铁锅实在巨大，平常炒菜只能用铁锹在里面来回翻动。

“不管怎么说，下次注意！”

“是。”

二十分钟后，几辆汽车全部装满箱子，陆续驶出监狱大门。戴明本让犯人各自回到监舍。晚上吃完饭，犯人们有的上课，有的在娱乐室下棋，有的在看电视，直到晚上九点，戴明本闭监点名时，连续喊了三声“张决”，竟无人应答。

戴明本细查监舍，脸色苍白。

张决又不见了。

## 九

张决是趁人不注意时钻进汽车底部，身体攀住底盘，被汽车载出监狱的。

他还是要越狱。

汽车缓速直行在一条僻静的街道上时，张决松开双手，让自己掉在路上。他一骨碌起身跑到路边的公厕里，将囚服脱下，内外反穿，然后找到一个电话亭，给他一位几年未联系的当地朋友打了电话，要他火速准备一套衣服和墨镜，外加五百块钱送过来。

十分钟后，一个穿深灰色休闲装、戴墨镜的男人招手拦了一辆出租车，坐了进去。出租车司机按男人的要求，快速行驶在国道上。

张决最开始不知道自己要去哪里。事情太突然了，当然，这不等于说，越狱显得多么容易。这只是说明，机会太难得了，而一个一心想要洗脱罪名的人，是宁愿把一切生活细节都视为有助于逃跑可能的人。张决知道，如果汽车驶离监狱的一瞬自己被人发现，会是什么后果，而如果他要继续逃跑，警卫不仅会一枪打死他，还会为此立功受奖。

不管怎么说，张决又一次逃出来了。坐在出租车里，张决竟然感觉自己的自由有些奢侈。同时，他再一次感到万分痛心，他的三年多的时光，就是像窗外的风景一样飞驰而过的啊。同时，前方还有大量来不及看的风景，也将这样白白浪费掉。他不知道自己要去哪里，但是有一点，他绝不能立刻就返回监狱，那样的话，又落得个什么“暂时脱离监管”的名称了。他最少也应该在外面待上一夜，第二天回去。

张决突然萌发想见见静玉的念头。一个小时后，当出租车驶到一百公里之外静玉家的门口，又掉头离去，只剩张决独自走上院子台阶的一瞬，他又立刻后悔了。自从他出事后，静玉就只好搬回到母亲家里住。这是一个缺少男人的家庭，不仅是缺少丈夫，也缺少父亲。静玉的父亲很早就去世了，只剩下母亲拉扯静玉从小到大。张决突然感觉自己是不是很残忍。在现时代，哪怕一对朝夕相见的爱人都难以保证第二天不分道扬镳，形同陌路，何况身陷囹圄的他和自由活泼的静玉呢？

天已擦黑，四周极静。远处的杨树林随风送过一阵阵草地的杂香。房间内传来电话铃声，借着铃声的掩护，张决推开门轻轻走进客厅。

“一个打错的电话。”静玉的母亲说。张决听见擀面杖滚动的声音。她们两人在厨房擀面条。

“妈，今天多少号了？”是静玉特有的温甜而率性的声音。

“十一号。”

“噢。”

“怎么了？”

“没怎么。觉得时间过得……其实挺快啊。”

张决透过蒙着水汽的门玻璃，隐约看见静玉那熟悉的身影。

“静玉呀，你和小宋的关系怎样了？”

“不怎样。我不想见他。”

“那陆峰呢？我看陆峰挺喜欢你的。”

“他喜欢呗，那是他的事。”

“静玉呀，你还是惦记张决是吧？”

“……”

“你要等着他是吧？”

“是他在等我。”

“你等他一辈子？”

“结婚太早有什么意思啊？”

“他出来什么都没有了！”张决听见擀面杖发出“咚”的一声。

“怎么会？”静玉声音小小的，“有他这个人啊。”

“死丫头！我拉扯你这么大，就是让你气我的吗？”

“妈！”静玉的声音突然哭了，“要是我爸活着，他一定不像你这样！”

张决的眼泪一下子涌了出来。

他听不下去了。临走时，他看到桌子上放着一只手机，想了想，他把它揣进怀里。

张决走出快一里后，给静玉家打了一个电话。是静玉接的。“喂？”静玉问。

张决原本想通过这种方式跟她说说话，可是不知怎么又一下子说不出来。他静静地听着，话筒边只有他粗重的喘息声。

“是张决吗？”静玉在电话里问。

张决停住快速走动的脚步，站住了。

“是张决！张决，你在哪儿？”

张决静静地听着。

“张决，我知道你在哪儿了，你听着，我不允许你这样。你要好好干，知道吗？你这样溜出来不像个男人，你他妈的！”

张决摁掉手机键。

当天晚上，张决来到一家医院的急诊室，在走廊的椅子上睡了一宿。他一个人占了四个人的座位，这让他想起他讲过的笑话，不禁心怀悲伤。每当无人打扰时，他就沉沉地睡着，可一旦医生叫醒他时，他就装出痛苦而无钱的样子，这样果然医生就不再理他。

到了天明的时候，张决被一阵急促的手机铃声惊醒。他放在耳边接听，一个男人的声音在里面低沉地说道：

“不要告诉我你在哪里。我想问的是，你还打算回监狱自首吗？”

“当然。”张决坐了起来，他警惕地看了看四周，“我出来就是为了回去。”

“现在路上全都布满了关卡和警察，你如果被他们抓住，你的性质就变了。如果你想自首，可以先采取打电话的方式，给监狱、110，都行。这样对你有利，明白吗？”

张决刚要说一声谢谢，对方把电话挂了。走出医院大门的一刹那，张决想起了那个人的口音，那是他的律师。

张决再一次被投到监狱禁闭室的时候，他不知道，李监狱长和王铁副监狱长在前者的办公室里，围绕他的问题展开激烈的争论。

“这怎么能算是脱逃罪呢？”王铁副监狱长把一份加刑意见书重重地拍在桌子上。

“作为一个犯人，他逃离了监狱，这怎么不是脱逃罪呢？”李监狱长语调倒是平和。

“他有自首的情节。他是自首的。”

“你的意思是说，比如一个坏人，他预先想好了自首，然后他去杀人，这样他就无罪了？”

“莫名其妙。”王铁副监狱长说，“张决离开监狱时没有采取任何暴力手段，没有！而且，他在监狱外也没有任何又犯罪迹象，我们的干警调查已经证实了。”

“他多出一部手机。”

“那是他亲人的，对方知道的。”

“不要忘了，上次我们也是给张决加了刑的。”

“你说错了，上次其实也不应该加刑的。”

“那你看这次怎么处理？”

“老李，”王副监狱长喝了一口茶水，放缓了语气，“考察张决前一次越狱，这两次他都是可以逃掉的，可是他又回来了。这不说明问题吗？”

“说明什么问题？”

“他是一个有想法的人。”

“什么想法？”

“他只是要故意蔑视监狱。”

“是公然蔑视监狱！”李监狱长忍不住拍了一下桌子。

王铁端住茶杯，半晌无语。

李监狱长似乎觉得自己有点儿缺乏克制，他也沉默了一会儿，然后，无奈地说："好吧，王铁，这次我听你的。张决的加刑意见取消了。不过禁闭一定要关！"

## 十

"天歌居"酒店位于本市郊区，它不算一家上档次的酒店，然而服务态度和烹饪水平极佳。有人把它归结为它的地理位置，它的对面是本市基督教会，旁边是消费者保护协会，这种内与外紧密的规约和拘束，使得它上升到现在的水平。算是玩笑吧。

李监狱长接到市公安局长彭大为的邀请电话，对方说，是看中这里的清静。

两个人在包房里见了面，不约而同都打量了一眼对方：都是便装。

李监狱长自我打趣说："像我这样管监狱的人，走到哪里人家都躲犹不及，你是堂堂公安局长，为何不穿制服？"

"唉，最近上面抓得严，不得穿制服在消费场所饮酒，军令如山哪！"

"人在江湖走，怎能不喝酒？"李监狱长抑扬顿挫地说道。

两人哈哈大笑着相示落座。这个公安局长彭大为，李监狱长是太熟悉了，不仅因为两人工作上的来往，更因为两家还是邻居。然而，两家住得那么近还要单独约出来吃饭，可见是有连家人也要避知的事情。

“老李啊，今晚请你在这里，是要跟你商量一件腐败的事情。”彭大为快六十岁了，可是嗓音洪亮。尤其是他梳着大背头，左下巴有一根长长的痣毛，让人看起来虽则老矣，却不减肃杀之气。

“哦？”李监狱长心里一沉。他倒满了酒。他听出彭大为话里的绕梁之音，那不是假的。如今社会真是开放啊，连谈腐败的事情都用玩笑的口吻，让人觉得不是腐败已等同于玩笑，就是开玩笑其实也是一种腐败。

“你知道那个叫黄麻子的人吧？”

“怎么？”

“就是那个环宇建筑集团的总经理黄麻子，现在待在我的拘留所里。”

“哦？”

“涉嫌买凶杀人。”彭大为说。他把一口菜嚼得很响，很用力，仿佛吃菜跟案情有关似的。

“噢。”

“可笑的是，他在拘留所里做口供，供的不是刑事问题，而是经济问题。”

李监狱长的目光一下子凝定了。

“没想到他还认识你啊，”彭大为颇有意味地说，“可他不太够朋友。”

李监狱长听到这里，心中暗暗叫苦。大腾风监狱让犯人做外役时，曾给黄麻子的工地干了三个月的活儿，临到结算费用，李监狱长和黄麻子做手脚压低报酬，为此他从黄麻子那里得到很大一笔佣金。

“可是，那……”

“不要紧，”彭大为的笑声很大，话声很小，“黄麻子的事儿，我明天就以尚需补充侦查、暂不予立案为由，把他从拘留所放出去。他会明白一切的。”

“啊——”

“你看怎么样？”

“啊，那样最好，那样最好……”李监狱长下意识地重复道。

“来，干一杯。”彭大为说。

李监狱长慢慢把酒杯贴到嘴边，喝了下去。

“天歌居”这里果然僻静。透过窗外，俯视远处，街道上车来车往，似乎人声鼎沸的样子，可这里竟一派宁和，大概这也跟装修的封闭效果良好有一定关系。李监狱长有一刻觉得，这种静，有时候其实也是令人难以忍受的。

“你们那里的那个张决，现在怎么样了？”

“搞不清这个人呀。他越了两次狱，先后申诉了三次！”

“我知道。”彭大为稍微压低了声音，“其实，我也有点儿纳闷。”

“嗯？”

“嗨，就是纳闷而已啊，谜底还没有解开，没什么。”彭大为又跟李监狱长碰了一杯。

李监狱长不尴不尬地笑了两声。

“下次他再申诉，你把材料压下来。”彭大为终于切题了。

“犯人有申诉的权利啊。”李监狱长脱口而出。

“我知道，”彭大为拉长了声音，“然后你们有递交的权利。”

“那倒是的。”李监狱长不再说什么。

“这个张决，搞得我很被动啊。他的申诉不光在本市检察院，省检察院和省法院那里也有。”

李监狱长低头吃菜。

“庭风啊，”彭大为这样喊他，是让李监狱长抬头看自己，“我还有半年就退休啦，张决的案子，说实话我如今心里也没底，你总不忍心让我背着处分回家吧？”

“张决的案子是法院判的呀！”

“可当初是我公安局审讯、立案和侦查的。”

李监狱长的目光一下子变得飘忽了，像是飞到很早以前的事情那里，他想到了刑讯逼供这个字眼：“我明白了。”

“不管怎么说，事已至此，你帮我拖半年吧。半年之后我退休了，张决这小子愿意怎么申诉怎么申诉。再说，”彭大为看了一眼已经关得很紧的房门，“市检察院那儿也并不积极，人家很有意见，他们那里的翻案率，今年眼看就超标了。”

彭大为说的后一个问题倒是颇能引起李监狱长共鸣。这会导致连锁反应。其实，在公、检、法三个系统和环节中，很多时候围绕一件案情的确定，不光是出于正义或事实的驱使，而是夹杂着本集团的利益、尊严，甚至个人社交圈内的喜好、彼此交情的厚薄并由此决定的。比如，检察院责令公安局补充侦查，检察院向法院提出公诉或抗诉，或是上级法院再三要求下级法院重新审理等等，等等。这也难怪，毕竟，法律是死板和单一的，而执行法律的个体的人是复杂和多变的。李监狱长心想，要怪就怪在法律不是一个电钮，上帝一摁，万事万物就各归其位、齐齐整整，那样倒也没意思了——而这——就是所谓的人生吧？

“吃菜吃菜。”彭大为说。

就说这个彭大为吧，李监狱长想，说心里话，多年来也是帮大腾风监狱不少忙。随便举个例子，比如同样是犯人越狱逃跑，这在李监狱长工作近二十年中可是发生过很多起了，单凭监狱出动警力追捕，是力不从心的。这就需要求助公安局，而人家公安局呢，可尽力可不尽力，《监狱法》只规定发生类似事情监狱应会同公安局共同追捕，却没有说明公安局拒绝或拖沓执行会怎样。其实，如果交情不到，人家很容易以经费和警力有限敷衍过去，毕竟犯人跑了又不是公安局的责任，何况现在追捕一个逃犯的成本多高啊。但是彭大为呢，每次指挥警员昼伏夜出，猛打猛上，缉拿逃犯，这就是在帮李监狱长挽回面子和避免处分，否则，他李庭风也不会顺利扛上三级警监的警衔了。

李监狱长喝了一口酒，并不说话。他在品味着今晚吃饭的分量。

“来，喝酒。”彭大为举杯邀了一下，“不要多想，毕竟现在张决也没怎么着，他还是法定的犯人嘛！”

“是的是的。”李监狱长随声附和——他还能说什么呢？

吃完了饭，两人握别。彭大为说要去他的岳父家里商量点儿事，李监狱长只好独自往回走。走了半天，他发现自己走错了街道，想回头走，又没有勇气，就只好绕路回家了。

他走得不快，却走出一身黏汗。

## 十一

转眼两个月过去了，时令已至深秋。城市的颜色变得晦暗和凝重，这不仅是因为行人们穿上了深色的秋装，更因为前几天一阵猛烈的沙尘暴席卷了这座城市，使它的一切建筑和街道铺上了厚厚的灰尘。

张决在监狱里感受不到外面的世界，他所感受到的监狱，如今倒似乎变得亮丽。这两个月来，他的心情与以前已大不相同，他好像变了一个人似的。他的精神变得十分抖擞，这源于他不再一味抱怨，他的身体也显得格外结实，这源于他主动承担了更多的体力劳动。他现在，每个月的计分考核都达到了满分一百，这在全监狱的犯人当中是没有几个的。他有时候再三品味静玉探监时跟他说的那些话，比如：

“这个世界上，每个人都有不幸和痛苦，尽管那些不幸和痛苦，本不应属于他。有的人失去父母，有的人失去儿女，有的人千金散尽，有的人官运阻绝……也有的人冤狱横至。它们彼此都是公平和有联系的，你暂时把它看作命。”

“我打听了，只要你好好干，按法律规定，最低可以减刑至总刑期的一半，也就是七年半。已经过去三年半，还剩四年。我等你。”

这些话无时不在安慰和温暖着张决的心。一个濒于冻僵的人，你突然送给他一盆炽烈的火，只会更加促使他机能和生命的丧失，而如果你给他一盆温暾的水，却会帮他找到生理的感觉和恢复生命的动力。张决知道，上述的话不代表真理，然而它代表着静玉说的，那么它就是真理。

下午，监狱临下班前，几天来张决经过再三请示，现在终于被允许去见李庭风监狱长。他用冷水洗了两次脸，他觉得这是一个历史性的时刻。

在李监狱长的办公室，张决以一个标准的犯人——据说那也是以标准的军人姿势来要求——双手抚膝，笔直地坐在椅子上。

“李监狱长，我想问的无非就是，我的最后一次申诉下落如何？”

“你的最后一次申诉，”李监狱长咳了一声，“被第七次驳回。”

“那——我的《提请减刑报告》目前怎样？”

“张决，你懂法吗？”

“我懂。”

“我问你，犯人减刑的前提是什么？”

“认罪服法，确有悔改。这是《刑事诉讼法》第二百二十一条第二款和《刑法》第七百八十九条规定的。”

“很好。”李监狱长点了一下头，“我问你，你两次越狱，这是证明悔改吗？你七次申诉，能说是认罪服法吗？”

张决顿时哑口无言。

“回去，好好劳动，全心改造。这两个月的劳动津贴，我给你按最高标准发放！”

## 十二

“沥青一般分为三种，一种是天然沥青，储藏在地下，形成矿层或在地壳表面堆积；一种是石油沥青，是原油蒸馏后的残渣……”

这是在上技术课。第四监区第一楼的六十多名犯人坐在教室里，认真听取监外的兼职教员讲解沥青的产生和应用。

“还有一种是煤焦沥青，是炼焦的副产品，即焦油蒸馏后残留在蒸釜中的黑色物质，它与精制焦油只是物理性质区分，没有明显界限。不过，上述三种沥青一般都有共同特点，它们含有苯、蒽、萘等，这些物质有毒，加热时会散发特殊的难闻气味……”

“哇——”张决感觉胃里一搅，眼前发黑，终于不可遏止地呕吐在课桌下面。

## 十三

张决决定实施第三次越狱。

对他来讲，在监狱里哪怕再多待一分钟，都是对他生命的最大侮辱。他从小到大，被人打过，被人骗过，被人骂过，唯独没有被莫须有地限制过生命的自由。现在来看，原来这才是最可贵的。

两个月来，监狱几乎没有出过外役，在王铁副监狱长的几次反对下，将来的外役恐怕也会大大减少。与此同时，王铁副监狱长加大了狱内企业与社会的横向合作，请相关专家和技术人员到狱内培训犯人，树立骨干，又费尽心力向上级监狱管理局争取了一笔资金，更换和改善了一些生产设备，同时提高了犯人的劳务报酬。对于张决，王铁副监狱长其实一直没有掉以轻心。所谓没有掉以轻心，当然并不仅仅指防止再逃，而是他一直对张决怀有感触和同情，准备找适当机会，向有关方面做详细的调研和汇报，争取彻查缘由。

张决不知道这些。张决只是在想，两个月来没有外役，真是害煞了他。不过话说回来，像张决这样的累犯，已经被作为重点监管人员对待，也就是说，即便有外役的机会，也不会点到他的名字。在这种情况下，如果仍要越狱，只有在狱内多想办法。

张决为此苦苦思索了三天。

下午，第四监区六十多名囚犯在汽车配件厂的车间做工。十几排流水线上，分布着众多身穿同机器颜色一样灰暗的囚服的犯人。车床的声音巨大地轰鸣着。厂房上空的换风机管道密密麻麻排列着，像人的肠子一样，却依然减轻不了车间内的闷热。张决一口气忙碌了近两个小时。看看无人注意他，他就来到车间一角的水池边涮毛巾。那里紧邻汽车排气管生产的切水和冷却处理台，在旁边杂乱的工具箱里面，堆放着一纸包崭新的钢锯条。

张决注意它很久了。

张决佯装弯腰擦脸，快速地抽出两根锯条塞到袖管里，等到他若无其事准备离开时，才发现对面的厕所门不知什么时候洞开着，“老蔫”正站在那里看着他。

张决感觉心“咚”地一跳。锯条对于囚犯来说，谁都知道那意味着什么。仅仅凭此，张决很可能真的一辈子就完了。反过来说，能够举报此类事件的人，马上会被考核加分，甚至立功受奖。

张决站在那里一动不动。他还没体验过越狱被当场抓住的滋味，如果有，大约现在就是。

“老蔫”的目光越过张决的头顶，沉默而坚定地看着远处。他和他擦身而过。

“张决！”车间的管事犯人走过来喊他，“快下工了，马上做计件统计，就差你了。”

即便是将锯条放回原处也来不及了。张决慢慢地回到他的机床边。

晚上吃饭的时候，张决不巧正和“老蔫”坐在一起。那是靠近剩菜垃圾桶的一个角落，谁也不愿去。饭是据说去年发洪水被浸得发了霉的大米，两只窝窝头，菜是一个水煮加盐土豆，一碟腌黄瓜。

两个人不说话。张决吃第二只窝窝头时，一个丝状的东西扯在他的嘴里和窝窝头之间。他把窝窝头掰开来看。

“没有人留这么长的头发！”张决把丝状物捏在半空中盯着，“这里是犯人食堂！”

“那不是头发，”“老蔫”的脸阴郁得像被卤过的萝卜皮一样，“那只可能是男人的阴毛。”

每个囚犯的饭是定量的。如果不把它吃完，那就意味着挨饿。张决想了想，把剩下的窝窝头吃掉。

“老蔫”似乎得意地舒了一口气。

“我知道，你不会举报我。”张决压低声音说。

“老蔫”的碗停在下巴处，他瞪着张决：“我心里已经很痛苦了，你竟然还在取笑我。”

“谢谢你。”张决说。

一个犯人走过来，向垃圾桶里吐了一口痰。两个人不说话。等到到犯人离去，“老蔫”说：“我觉得你不应关在这里，而是精神病院。”

“为什么？”

“你绝对有精神病，”“老蔫”一动不动地说，“无数的人羡慕你，也恨你，你让一切想要越狱却无法得手的人发疯。”

张决看了看身后，没有人注意他们。

“这次不了。”张决说。

“老蔫”不说话。

“我只是有些好奇，你为什么这样对我？”张决问，“你可以当时就举报的。”

“实话说，你对我没什么意义。”“老蔫”专心致志地吃他的土豆，“两年徒刑，我已经度过一半了。我就是每月加一万分，也不可能再减刑。”

张决笑了一下。

“你也许应该抓紧时间，这一阵子戴监区长的手气好极了。”

“我明白。”张决说，“我知道他值班的时候总找人陪他打麻将。”

“老蔫”的脸上露出难得的笑容。

“如果这次我能活着出去，逢你过生日，无论我在哪里，我都打电话给你讲一个爱听的笑话。”

“不，”“老蔫”摇摇头，“笑话只能当面讲。你得给我当面讲。当然现在我们说的不是。”

“现在不是。”张决想了想，说。

## 十四

刚刚进到走廊，张决就听见监舍里传来剧烈的扭打声和粗野的叱骂声，中间夹杂着一个人的呻吟。

张决走进去，看见“老K”正一手拽住马二刚一只膀子，另一手打向马二刚的脖子，马二刚的嘴角已经淌出了血丝。

“干什么你？”张决插在两人中间，用力扳开“老K”的胳膊。

“妈的，这小子是监狱的耳目，上次老子开玩笑说我是无期徒刑，最应该越狱，第二天就被管教找去骂了一通。这次我捡到五块钱没有交公，又被上头扣了两分。全是这王八犊子告的密！”

“不是我！”马二刚立刻反驳。

“妈的你还嘴硬，”“老K”抡起胳膊又要打，“只有你有机会整天在外边转，你跟管教最亲近。”

张决架住“老K”的胳膊，将他用力向床边推，“老K”一拧身，指着张决骂：“我看你也不像个好东西！你想找死是吧？”

还没等张决说什么，“老K”一拳打过来，张决的左面颊立刻重重地撞在墙上。

“你们干什么？！”戴监区长和另一名管教听到吵闹声后赶了过来，两个人手里都提着警棍。

“没什么，没什么，”“老K”立刻满脸堆笑，“这俩小子比摔跤看谁力气大，让我给拉开了。嘿嘿，体育锻炼嘛，闲着难受。”

戴监区长看了他们三人一眼，张决站在那里并不说话。旁边的管教说：“以后不许在监舍内做任何活动，明白吗？”

“明白明白，”“老K”甩了甩膀子，“要活动也要到外面去。”

晚上上文化课，张决没有去。按上级有关规定，囚犯除了技术课，文化课凡是达到大专学历以上的，可以不参加学习。张决是大专毕业，自然可以免除坐冷板凳。但他白天已跟监狱教育科请求并得到同意，借到一台录音机和一摞英语磁带，在监舍内自学英语。

“He is fond of music.”（他喜欢音乐）

“He is fond of music!”

“She agreed with me.”(她同意我的看法)

“She agreed with me!”

“There is no new thing under the sun.”（世界上没有什么新奇的事物）

“There is no new thing under the sun！”

周围一个人都没有，窗外的一切都仿佛在夜色中沉沉睡去。张决开大了录音机音量，就在那不绝于耳的朗读和英语歌曲中，张决抽出锯条，飞快地锯那窗户上的铁栏杆。

仅仅听完一盘磁带的工夫，张决已将一根铁栏杆差不多锯断了。他只保留一点儿细微的连接处，使它并不断掉，锯出的空隙用牙膏掺灰土给抹住。现在看来，这是一扇完整的铁窗，然而它形同虚设，它只待了解它的人瞅准机会轻轻启用。

同监舍的犯人们上完课回来，张决正在收拾他的磁带。“老蔫”若有所思地看了那些东西一眼，问：“里面讲笑话吗？”

“不，是英语对话。”

“你学英语？”

张决笑着点了点头。

“老蔫”不再说什么。临要打水洗脚的时候，“老蔫”突然问了一句：“‘中国’怎么说？”

“China.”张决说。

“差哪儿？”“老蔫”拙笨地念了一句，“这是英国人规定的发音吗？”

“我想是吧。”

“差哪儿？”“老蔫”是个铁杆中国国球迷，“不，中国，哪儿也不差！”

## 十五

桔梗是一种主产于东北山区的草本植物，主要用于中药。它具有祛痰、镇咳、消炎、降血压等作用，每年秋末收割。它的别名有包袱花、四叶菜、土人参等，朝鲜人也称它“道拉基”，做酱菜食用。过去有一首朝鲜民歌《道拉基》在中国颇为流行，唱的就是它。

桔梗采收后，需要及时刮皮、晒干、打捆，这些工序，烦琐而辛苦。这一年的深秋，外地一家制药厂以来料加工的形式，与监狱签订合同，将大量的桔梗送往大腾风监狱，犯人们加工完后再如期收货。

每当秋风吹来，晾在操场地面上的那些像薄地毯一样的桔梗，便发出阵阵的清香。它们穿进车间，穿进食堂，也穿进监舍里。而每当闻到这股气味，张决就格外感到一种焦灼不安。

一连两天，张决无论走在哪里，都异常地感觉到背后有一双无形的眼睛在暗中监视他。全监舍有七八个犯人，他弄不清这双眼睛来自谁，然而昭然无误的是，它肯定只属于一个人。弄不清楚这双眼睛，他就无法实施他的计划。

自第一次越狱以后，张决相信监舍内确有狱方的耳目。一些细微的事实已经证明他的判断。耳目又叫内线，官方的说法是特情。在监狱里，耳目的设立只能是来自罪犯本人。一般来讲，狱方与他们保持单线联系，也就是说，一个干警可以领导多个耳目，但一个耳目不能被多个干警领导。这决定了它的保密性和政策性。

张决最大的怀疑对象是同监一个叫景路的犯人。如果是道听途说，张决尚不会相信，但是那一天，确实是张决在去图书室翻阅资料的走廊里，在狱政科的门口，不期然听到了里面拨打外线电话的声音。

“对，大舅，我是景路。监狱的那批汽车配件，你收货后尽快把款子打过来。好，好，要快！”

撂下电话，张决听见景路对狱政科长说：“我大舅的厂子把购货款下周一打过来，这样，我的减刑没问题吧？”

“应该没问题，”狱政科长说，“回头我跟李监狱长碰一下头，你这属于促进监狱企业经济发展，是立功表现，减刑两年绝对没问题。”

张决当时赶紧走掉了。

不过，张决现在想，对“老蔫”也绝对不可掉以轻心。有时候，最危险的地方最安全，反过来，最安全的地方也最危险。毕竟“老蔫”对他掌握的情况太多了。

下午，在操场上劳动完毕。那些铺在地上的桔梗，很快就要被装入麻袋运走了。回到监舍不久，张决碰见戴监区长将“大款”叫出去：“你的姐姐来探监。”

按规定，犯人每月只有两次亲属探监机会。这个“大款”，张决清楚地记得，他本月的探监已经达到两次了。这禁不住让张决心生疑窦。

第二天上午，张决和几个犯人正在监舍内下象棋，戴监区长再次出现在门口并叫走“大款”：“去提讯室！”

二十分钟后，“大款”神情沮丧地回来了。张决佯装弯腰扫地，凑近“大款”身边，快速观察他的两只手掌——那上面没有红印泥！

张决什么都明白了。

戴监区长找他，并没有去提讯室，而是借故在了解其他什么情况。

当天晚上，众人都睡熟的时候，张决起了两次夜。一次是将没有关严的窗扇关紧，免得凉风吹浸，另一次是上厕所小解。他发现，第一次，“大款”偷偷在床上翻了一下身，第二次，则干脆也装作上厕所跟在张决身后。那时候，张决心想，必须得想其他办法了，否则一切都化为泡影。

## 十六

这是轮流放风时间。监狱的广播里，正在播送本市新闻。犯人们三三两两漫步在操场上。操场的另一边，装满桔梗的麻袋已排列整齐，这可能是本年度最后一批来料加工的交易了。远处的工厂里，传来机器巨大的轰鸣，它使脚下的土地，似乎有一点儿微微颤抖。张决脚上穿的是一双崭新的球鞋，洁白，有弹力，更重要的，轻盈，敏捷。

“老 K”正和几个犯人站在那里抽烟，时不时地搔几下刚剃短的脑壳，他的脸颊映着夕阳的反光，偶尔从那光线里，可以溅出说话时的唾沫星。

张决慢慢走过去，像是要加入他们的谈话。快要走近时，他对“老 K”说：“我想和你锻炼锻炼。”

“老 K”并不笨，他明白张决什么意思。他说：“你活腻了？”

张决一下子就从身后抽出一根木棒。“老 K”见状，立刻摆摆手，吐掉烟卷，笑着说：“别，没什么，我们可以谈。”

几个犯人立刻走掉了。张决握紧木棒，猛然下蹲，一棒子打在“老 K”的腿上，“老 K”“嗷”的一声惨叫着，两只手伏在地上。

张决接下来的击打全部落在“老 K”的后背和肩膀上，不到两分钟工夫，“老 K”已是手足筛糠，面如死灰。在管教们跑过来之前，张决对几乎人事不省的“老 K”低声说的是：“我再也不会见到你。”

张决被立即关押了禁闭。这是不用说的，犯人内讧与袭击管教同罪。因为正是晚饭时间，监狱方面担心此事引发暴狱反应，连饭也没让张决去食堂吃，直接就把他带到禁闭室了。两个干警仔细搜索了张决的衣裤之后，确信没什么问题，把他关进了狭小而憋闷的禁闭室。

随着两道铁门的轰然锁闭，张决站在禁闭室里轻轻吐出一口气。他撩开自己的衣衫：在裸露的胸膛那里，粘着一条黄色的胶带。他揭开胶带，里面露出一把崭新的锯条！

直到晚上九点钟，值班的戴监区长才想起该给张决送饭。而那时候，他又琢磨该如何打发面临的漫漫长夜，那无疑是到门卫那里，再约好两个岗楼哨兵一起打打麻将。他把饭送给张决，并不好马上就走，他搬了一把椅子，坐在禁闭室的第一道门外，抽了两支烟。

戴监区长说："这次你要是再把马桶弄堵了，我就把它套在你头上让你出来。"

张决吃了两口干粮，说："这次我要是再弄堵了，你就把我装进马桶里让我出来。"

戴监区长说："我知道你这一辈子就这么的了。"

张决说："咱俩都一样。"

戴监区长说："你什么意思？"

张决说："你看守我一辈子，其实也是我看守你一辈子，谁也没占便宜。"

戴监区长说："你再胡说八道，我就抽你嘴巴子！"

张决说："那要看你有没有力气像我这样先吃一碗饭。"

戴监区长说："得，不跟你贫了。我去岗楼那里视察一下，回头找你算账！"

戴监区长站起来，锁好两道铁门，脚步声渐渐远了。

张决知道他去做什么。他耐心等到子夜时分，激动得尿了不止一泡尿，然后勒紧裤带，身体呈“大”字形蹭上室内两墙之间，掏出锯条，开始锯通风窗上的铁栏杆。他锯了不过一小时，一条铁栏杆就被锯折了，再用力一扳，栏杆弯掉，眼前豁然洞开。

张决轻手轻脚地从禁闭室跳了出去。宽阔的操场上，阒寂无人。远处的监舍灯光零星耀目，他知道凭着光学的原理，他可以看到那里，那里看不到自己。他走到禁闭室外的一个墙角，扒开草丛，拾起白天藏在那里的一根两尺长的铁线，然后快步朝那些装满桔梗的麻袋跑去。张决只用了十分钟不到的时间，就把二十几只麻袋搬到一堵高高的狱墙下。他把它们垒垛起来，然后爬上高高的狱墙。在狱墙上，他脱下衣服拿在手里，用它握住那根两尺长的铁线，向电网上一触，立刻，电网的零线和火线交混，火光一闪，远处传来巨大的“嘭”的一声，既而四周一片漆黑。

电断掉了。

在监狱内的报警枪声尚未中断之前，张决的身影已消失在狱墙外沉沉的夜色之中……

## 十七

……三年过去了。

# 十八

“那一个是吗？”

“做乜啊？”

“我想看看。”

“你系度做紧乜？”

“你说普通话行吗？”

“可以。”

“我就是想问，”张决对那个碟片商店的老板问道，“你这里有《爱情》这首歌吗？”

“有的。”那个五十多岁的高颧骨老板说，他拿了一张碟片递给张决。

“郭富城的？我不要郭富城的。”张决说。

老板又拿了一张。

“许美静的？也不是。怎么都叫《爱情》？”张决摇摇头。

老板又找了一张：“这还有莫文蔚的。”

又黑又瘦的张决望着远处的楼群，那里有他极其陌生的广州长途汽车站。是的，三年来，他打过无数次的短工，却无法得到一份固定的工作，他经历过无数座城市，却没有留下一丝的印象。

“你到底要谁的《爱情》？”老板眯着眼睛问。

“林志颖的。”

“没有，那是多年前的老歌啦，你有十年没听歌了吧？”

张决说不出话，他慢慢转身走了。他感到很饿。路过一个简陋的卖包子的小摊前时，他忍不住买了两只包子吃。他不知道那是什么馅的。为了不让人注意到他的面庞，他捧着包子，转向路边的报纸橱窗佯装边吃边看。蓦地，在一份刚刚出版的《人民法院报》那里，他的眼睛不动了：

××市中级人民法院公告

……鉴于该故意杀人案已告破，犯罪真凶已被逮捕并对犯罪事实供认不讳，本院决定撤销对张决的刑事判决。请张决见到本公告后，尽快回本院办理相关手续……

远处响起闷雷，似乎快要下雨了。张决把嘴里嚼着的包子吐了出去。在街道上，行色匆匆的人们没有一个听清张决的自言自语：

“好啊，跟我玩这一套，我才不会上当！”

张决拔起脚步，朝长途汽车站相反的方向走去。他记起了多年前一个叫不出名的狱友跟他说过一句话：要想逃得更远，必须走没有沥青铺过的道路。

迎着杂乱的车流，张决的耳边响起了一种奇怪的声音，它让他稍感迟疑和陌生，不过还是那么让人心颤和温暖：

很久以前梦想飞飘到山头那一边
看看什么是爱情……

# 让你猜猜我是谁

结婚，你将为之后悔。不结婚，你也将为之后悔。无论你结婚还是不结婚，你都将为之后悔。

——（丹麦）克尔恺郭尔

## 上 篇

钟庆东是在上高一的第二天喜欢上了罗小云的。那是 1984 年。

上午上完第二节课，钟庆东和同班的男生姜里在教室门前的操场上踢足球。他一脚将姜里踢过来的足球狠狠地踢回去。没想到，那只足球的力量太大了，它偏离了钟庆东认定的角度，疾速地奔向远处一个人的肩头。钟庆东在那一瞬间吓出一身冷汗，他以为那只足球会以疯狂的速度撞在一个人的脸上。

好在，这只是虚惊一场。

那个人是个女生，正要往教室里走，足球贴着她的脸飞向远方。她回头看了钟庆东一眼，似乎有点儿嗔怪，想说什么而终究没说，转过头慢慢走回教室。

钟庆东没想到她是这么漂亮。

钟庆东从姜里的口中得知，她叫罗小云，是他们美术班里的新同学。钟庆东想知道罗小云是不是在生他的气。他揣摩罗小云的心理，这么美丽的女生，一定以为他是借踢足球在有意骚扰她，制造与她接触的机会。如果按照钟庆东有限的跟异性接触的经验判断，罗小云在操场上回头看他的一瞬间，心里一定掠过几个字，“没教养”，或者是，“流氓”。钟庆东很想澄清她的看法，端正她的态度，让她知道自己不是有意的。

有一天下课，钟庆东收拾好书本往教室外走，罗小云坐在前边靠过道的座位，文具盒放在桌角，钟庆东走得匆忙些，不知道怎么没小心就把罗小云的文具盒碰掉地上了，里面的文具散了一地，铅笔尖也摔断了。钟庆东赶紧蹲下身去拾，边拾边暗骂自己，一直想着要把上回的事跟人家说清楚，这回又怎么啦？当他满脸通红、抖着手把文具盒放到书桌上，声音大得出奇（他不觉得）对罗小云说“对不起”时，原来一直在跟女同桌说话的罗小云，这时把脸转向他，小声地说了一句：“给我赔。”钟庆东立刻愣在那里，他搞不清眼前发生的事到底有多大。就在他惶顾左右试图寻求同班的人来解围时，他的耳边传来一阵疾风吹颤银铃般动听的笑声，他看到眼前的罗小云正冲他调皮地露出笑脸。钟庆东这才明白罗小云是寻开心的，禁不住认真看了她几眼。罗小云皮肤白皙，面庞如桃花一样生动柔和，透着一些甜意，那笑声就仿佛一阵阵清新而温暖的春风，让人不能自已。原来她的笑声也是如此标致的。钟庆东的内心经过这么急速又剧烈的变化折腾，惭愧之余更加不好意思了，脖根子都红了，赶紧夺门而去。

钟庆东开始细心观察罗小云了。他发现罗小云的目光很美，当然，美的目光大都来自美的双眸。罗小云的眼睛是双眼皮，蕴含着清澈的波光，只要和她的目光迎上，钟庆东就赶紧把目光挪开，仿佛是不舍得纵情目睹一处绝世的仙景。他只有在罗小云回过头去，或是在做别的事情时，才偷偷地欣赏她。她的身影轻盈、玲珑、活泼，符合青春期发育的最佳规则，弥漫着少女特殊的美的气息。钟庆东还深深迷恋于罗小云说话的嗓音，那是一种出奇地甜美，他此前几乎从没听到过这么动人的异性嗓音。在嘈杂的早自习课中，无论别人的声音多么大，只要罗小云窃窃私语几句，那声音马上就会像黑暗中的流星一样，闪亮凸显出来。罗小云有一回在课余时间问了钟庆东几句什么，钟庆东竟然木讷好长时间回答不上来。不是他不会回答，而是他不知道罗小云问了什么，他完全沉浸在她美妙的声音里了。

钟庆东觉得罗小云也许是喜欢自己的，起码是不会讨厌他。钟庆东在这个问题的思考上，很快就得到了一个证明。有一天下课，班里的另一位男生，往门外走时，竟然不小心再一次把罗小云放在桌角的文具盒碰落到地上。那位男生拾起来，调侃着对罗小云说："我赔我赔。"罗小云一把夺过文具盒，放进座位里，乜了对方一眼说："谁稀罕你赔！"

钟庆东当时就感动得了不得。他觉得罗小云在对待被碰掉文具盒这件事情上，明显是对他更多了一层亲昵的情感，虽然她在对那位男生说"谁稀罕你赔"的时候，并不知道钟庆东就坐在不远处看在眼里。罗小云的这种做法极大地满足了钟庆东的自尊心和虚荣心，同时也增添了他的自信心。他相信，他同罗小云之间存在着某种默契的关系。

罗小云不会画画。据钟庆东观察，她也不喜欢画画。虽然她很美，然而她跟画画这种美的基本形式——似乎无缘。钟庆东眼下就读的这所高中，即使在他身处的县城，也不是什么好高中。说白了，它是一所职业高中。钟庆东来到这里，意味着他得学到三年的职业技能，以便日后在社会上安身。事实上，钟庆东早在初中时学习成绩就已经因偏科而开始下降，他喜欢上了画画。钟庆东听说罗小云当初考县里的重点高中，只差了两分，无奈之下才来到职业高中的美术班。她也许就是觉得美术班气氛相对宽松，时间也充裕，适合她一心专研文化课而将来准备投考综合性大学吧？这样的人在班级里倒也有几个。

美术老师经常安排同学们素描、石膏写生。同学们画大卫、巴尔扎克等人的石膏头像，以此训练对线条和比例的把握。有一次，老师还安排了罗小云做肖像模特，这引起了钟庆东内心里稍稍的不满。在那间明亮的画室里，罗小云在前面足足坐了两个课时，这使得全班男生的目光都得以有恃无恐和专注地打量她。钟庆东感觉这好比一件混在鱼目中的珠宝，突然被人无意中挑出来示众一样，令真正喜欢它并心怀叵测的人惶惶不安。不过，这倒也为钟庆东提供了一个机会，让平素里不敢看罗小云的钟庆东有了一个静静欣赏她的漫长时间和空间。一向下笔神速和准确的钟庆东接下来发现自己根本画不好罗小云，无论他修改了多少稿，画得多么认真，都和现实中的罗小云相差太远。那天下午钟庆东的心情沮丧极了，他决定不再画了，他弄明白一个道理，对他而言，如果能够完整传神地画下罗小云，那罗小云的美就值得怀疑了。心中的美是不可能画出来的，正如珍藏的爱情是不能轻易表达的是一回事。

钟庆东每天都是怀着对一种特殊情感的向往和对一个人隐秘依恋的混合发酵的心情来上学的。如果有一天早晨，直到打了预备铃，直到下了第一节课，罗小云的座位还是空的，钟庆东就会觉得内心也被掏空了一样。

在高一下半学年的时候，有那么两次，罗小云不知什么原因直到中午临放学也没有出现。钟庆东坐在那里神不守舍，怅然若失。他一会儿想，她难道是生病了，去了医院？一会儿又想，该不是她本来好好的骑自行车上学，路上被别的车子给撞了吧？如果是撞了，但愿身体不要受什么损伤。一会儿他又想，莫非是罗小云邻居家的什么男青年约了她出去玩？他隐约听说，罗小云家住的地方，外来人口很密集，长得帅一点儿的男青年很多，而且，其中有不少心术不正的坏人。那时候的钟庆东，气虚体弱，四肢无力，就像是得了一场热病。好在，他的神志还是清醒的，下了课，他走到罗小云座位的旁边，装作与同学闲聊的样子，指着罗小云的座位问："哎，这儿没人吧？我坐了啊？"如果有那么几位罗小云要好的女同学告诉他，罗小云的妈妈生病了，她去医院护理了，钟庆东就会内心止不住地高兴，如果连她最要好的朋友也说不清她为什么没来，钟庆东就会坐在那里一直发呆下去。

有一回，钟庆东就是在欲探知罗小云消息而不得的情况下，呆呆地坐在她的座位上。她的桌面上放着她前一天没有收拾好的一个练习本，他随意地翻了翻。她的字写得又大又乖张，很不成体，一点儿都不够温柔流畅，换上一个并不像钟庆东那样已对罗小云深怀好感的人看了，会觉得写字的人是一个粗糙马虎、缺乏恒心、教养低下的人。但是那天上午在钟庆东看来，这简直就是他看到过的最标准的字，是冥冥之中的上天让罗小云留给他的某种爱情的信物，让他索解一个少女心思的情感秘籍或地图，是他兑换某种相思之苦的人质。这种东西就足以让焦躁不安的钟庆东的心绪一点点平静下来。如果不是旁边的人太多，钟庆东几乎就想偷偷从练习本上撕下来一张拿回去保存了，虽然那上面写的只不过是一些历史的名词解释而已。

春天来了，美术老师带领全班同学到野外写生。那个时候，他们已经从素描转到对色彩的训练了。春天的郊外，阳光温暖，天空澄碧，起伏连绵的山冈上到处披着一片片明暗不同的绿色，连一向不擅绘画的罗小云，也跟着同学们一样背着墨绿色的画夹子出来了。罗小云在远处和几个女同学嬉闹着，她穿着水蓝的牛仔裤，绛红色薄绒衣，全身洋溢着暖融融春天般的气息。也许，她就是把这次写生当作逃离课堂而出来放风的机会罢了。钟庆东很想和她走在一起，但是他不敢。那时候，风从远处吹来，经过了罗小云，漫过平原，一点点吹过钟庆东的脸庞，扬起他的衣衫。钟庆东沉浸在一种自然的感恩和季节的喜悦中，他感谢风，他想，是风让我接近了她，风也使得我拥抱了她。

这种无数的日常细节折腾着钟庆东，并锻炼了他的想象，让他痛苦也让他幸福。他觉得只要有罗小云在的地方，那他们相处的每一个细节都跟钻石的棱面一样闪闪发光。他不知道他这样的思想有多么矛盾，因为罗小云时常的还要跟别的男同学打打趣，或是连续好几天都不看他一眼。他记得有那么一次，植树节，也是在城郊。罗小云和班里的另外几位男生分在一组劳动，配合得那么默契，同时她也显得那么快活，欢声笑语不断。在取树苗回来的路上，钟庆东亲眼看见，经过一处小小的沟壑时，罗小云吓得不敢跨越，一位喜欢她的男生大胆地拉住了她的手，帮助她跳了过来，不仅如此，也许是由于惯性，罗小云还扑在了那位男生怀里一下。那个时候，钟庆东就弄不清了，罗小云是故意让他看见了吃醋，还是她跟他产生的一切所谓默契的细节，跟别的男生也有？要么就是，她把谁都没放在心上，一切举动，都只不过是她偶然和率性的心意所为？在钟庆东看来，也许罗小云这个人的一言一行妙就妙在不可捉摸。

高二的一天下午，天下着毛毛雨，钟庆东放学往自行车棚那边走。走到离自行车棚还有十几米远的时候，他猛然发现罗小云那辆崭新的淡蓝色坤车竟然同自己的自行车并排放在一起。在这样一个阴郁的天气里，这幅图景不能不灼亮钟庆东的双目。罗小云的自行车安心地靠在钟庆东的自行车旁，显得那么依赖、那么温情。并且，它们的两个车座子也紧贴在一起，虽说那不过是物体，但是连最愚笨的人看了都会发生某种联想的，让人脸热心跳。钟庆东看看四周没人，就那么愣愣地站在雨地里好久。他不忍抽出他的自行车，他想让这个真实的现实场景在眼前保留得长久一点儿，而不是在脑海里。同时，他也不忍让罗小云的自行车孤零零地剩在那里，它们应该一直在一起，在现在，在将来。是啊，如果命运允许，上天造化他们，那他和罗小云就应该日后结婚在一起。那时候，罗小云的自行车就是他的自行车，他可以为她擦洗得铿亮，当然，他也可以骑上它，上街买菜。如果罗小云撒娇，不允许他骑，那又有什么呢？他会骑上自己那辆破旧的自行车，载上罗小云上街乱逛。罗小云想吃什么那就是他们全家的一天菜谱。罗小云如果想半路上去看望她的一位姑姑或是舅舅，那他即使不愿去也只好尽力陪她，因为他们是夫妻。到了晚上，虽然很疲乏，但是他们还是要在浴缸里放满热水洗上一个澡的，然后钻进一个被窝里很快地进入甜美的梦乡。是啊，那时候他们紧挨着的是两个身体，而不是两辆冰凉的自行车了。

钟庆东就这么站在那里想了好久。

没有想到，仅仅过了两天，钟庆东竟然经历了一次同罗小云的身体紧挨在一起的切实感受。那是学校包场看电影。同学们按照老师发下的电影票坐下的时候，钟庆东发现罗小云坐在自己左边隔了一个座位的位置上，也就是说，他与罗小云之间隔了一个女生吕红茜。这已经让钟庆东十分意外了。钟庆东心里清楚，班级里的许多男同学，坐下后都眼巴巴地四处搜寻，他们借着有东张西望的习惯这个理由（否则还有什么理由呢？）看看罗小云到底坐在哪里。钟庆东没有想到，让他意外和高兴的事情竟然还在后面，电影院的灯光熄灭之后，在正式故事片放映之前，先放映了一个纪录短片，就在这时，罗小云和吕红茜站起身去上厕所。当她们俩从黑暗中回来的时候，不知怎么罗小云走在前面，吕红茜跟在后面，快要走到座位时，才发现她们进来的顺序搞错了。因为地方狭小，两个人都不能重新坐到自己的座位上，吕红茜对罗小云说了一句："算了，你坐我那里，我坐你这里吧。"

钟庆东还没明白是怎么一回事，罗小云已经坐在他的身边了。他在黑暗中嗅到了一种真实而恍惚的香气，像是乳汁掺着新磨的豆浆。他当时感觉身体轻得要命，几乎要飘起来。而坐在他身边的人，似乎比他还要轻盈，无声无息。钟庆东对眼前放映的电影丝毫看不进去，近一个半小时的放映时间里，他平心静气，全神贯注，却又大脑一片空白。他不停地提醒自己，以防自己高兴得昏了头或是不敢相信这是真的：他同罗小云坐在一起看电影。如果他有法术，那他会毫不犹豫地让电影院里的别人统统滚蛋，只剩下他和罗小云两个人。

他想装作无意的样子用身体去碰一下罗小云，又忍住了。他想，如果将来罗小云能够跟他结婚，到那时再碰她不迟；如果将来罗小云不能跟她结婚，那现在碰了她又有什么意义呢？

两个人自始至终一句话也没说。钟庆东并不为此遗憾。不说话孕育了更多要说的话，而如果说了话，那得说多少才算多呢？钟庆东只对自己某一方面感到难堪：他的心跳的声音太大了，他担心罗小云听见了他不正常的心跳。

钟庆东的学习成绩开始下降。高二下半年的期末考试，钟庆东的文化课平均成绩第一次不及格。这对钟庆东来说是一个非常严峻的问题。他的志向是将来报考美术院校，单凭专业课成绩优秀而文化课不及格，是过不了考学关的。

又一个春天来临了。春天总是会复苏一些东西，不仅山冈、河流、土地、树木，春天也会复苏人的记忆。比如罗小云前年和去年春天穿的那件水红色夹克式风衣，如今她又穿上了。经过了季节和时光，这中间滤掉了一些东西，然而也照应了一些东西。它唤起人一种熟悉而陌生的感觉，知道有一种什么事物与生命分不开来。自然，春天在接受了钟庆东的感谢之余，春天也提醒着他：一切春天都是滚滚向前的，虽然它们看起来是那么相似。

有时候钟庆东黄昏放学，他骑着自行车走在回家的路上，远处渐渐落山的夕阳也总能让他产生一些感慨。他每天上学，怀着朝阳，放学后，迎着夕阳，他想，他和罗小云的感情，是否也如同太阳朝升夕落这种自然规律一样发展下去呢？他不知道这是好事还是坏事，他一方面渴望它持久下去，另一方面又伤怀于它日日重复，没有什么新的进展和变化。

但是时间却是转眼过去了将近三年！这是实实在在的事。钟庆东有时候独自冷静地想一想，他觉得以罗小云的性格和素质，也许不足以说明他为什么要对待在这个人身边的时光那么重视与渴望，他不想牺牲自己的学业，继续在她身上浪费巨大时光和精力了。说到底，他将来考不上美术院校，这是一个严峻的现实，而在罗小云身上得到的所谓乐趣，只不过是精神上一种虚妄的东西罢了。不过他这种想法往往持续没多久，罗小云一旦出现在他面前，打破他心灵独处的宁静时，他就立刻被罗小云的一颦一笑给吸引了，他的一切坚实的想法立刻烟消云散，全部让位于对方。那么，钟庆东接下来想，也许我可以慢慢引导罗小云，帮助她提高审美的感受力，艺术的鉴赏力，让她对美术产生兴趣，让她明白含蓄和深沉是比任何事物都更接近爱情本质的一种情感。但钟庆东很快就又把这个想法推翻了，跟罗小云这样的女生讲什么美学理论，美术技法，讲莫奈、凡·高、毕加索，那真是天底下最大的傻瓜！罗小云天生对什么都不会感兴趣的，不仅对美术和艺术，就是对时下流行的、像她一样年龄的女同学风靡崇拜的什么琼瑶小说、费翔的歌曲，她同样是不闻不问的。她的世界里也许只有自己，她只对自己感兴趣。

毕业时间竟然说到就到。离毕业的七月份还差两个半月，也就是四月中旬，钟庆东就已经离开母校了，他和他的有志于报考美术院校的一些同学不得不辗转于省城和省内第二大城市之间，进行紧张的考试前培训和接踵而来的专业课考试。与此同时，留在班级里的罗小云和其他几位同学（是的，并不是所有人都对美术感兴趣），则开始了对文化课的紧张复习，准备冲刺常规型的综合性大学。不久，考试成绩下来了，钟庆东以美术成绩八分之差、文化课成绩二十二分之差惨烈败北，而罗小云，以总成绩仅比录取线高出零点五分的惊险分数幸运地考取了外地一所大专院校的冶金专业。

钟庆东在短短的几天之内就感受到了人生的巨大炎凉和现实的极度荒诞，这是他从来没有过的。他觉得生活在他面前慢慢合上了一扇门，今后不可能再从那里经过了。他没想到自己的考试成绩会这么差。如果说，他的文化课成绩低劣尚可原宥，而专业课没过关简直就是对他一次无情的嘲讽！是啊，他三年来都干了些什么？他什么也没干。他把所有的心思和精力都集中起来做成一架望远镜用在观察上了，观察由阳光、水汽合成的海市蜃楼，当日头偏西，黑夜来临，他才发现眼前一切不过是水月镜花，一场虚空。他知道为他营造这一切幻象的不是别人，正是罗小云。而罗小云的了不起之处在于，她为她的观赏者布置了这么多的美景，自己竟然没有为此耗费多少力气，何止是没有耗费力气，她简直就是从中得到了力气，增加了生命的乐趣和学习的自信，促成了她今天的成功。

世间往往会有这样的事情或图景产生：一个人坐在高大宽适、炉火温暖的屋子里，如果透过窗户看到外面有一个旅人艰难地走在大雨滂沱的泥泞路上，他往往会替那个旅人在心里难受许多倍的。可如果有一天这样的情形发生在他自己身上，他可能就不觉得有什么难受，起码不如他替人难受来得那么强烈。这是因为一切痛苦发生之前，难熬的往往是预先的揣想阶段，一旦事情付诸实施，知道不可超脱，心理上反倒不为其害了。

眼下，这样的感觉也同样适用于钟庆东。以前，和罗小云在一起的时候，钟庆东是深怕与她分离的，哪怕一天不见，他也会如同在日光下猛然发现自己没了影子一样感到不安和可怕。现在，他即将置身于同罗小云一朝分离、不复相见的境地，是的，毕业告别会下午就要在班级里召开了，之后大家就要天各一方，但此时的钟庆东，内心不但没有想象中锥心的割舍之痛，反倒有了一份翘望的超脱与安然。他感觉罗小云真正离他远去了，因为不管怎么说，她考上了一所大学，哪怕那所大学默默无闻，可也同他成了两个天地！以钟庆东从小学到初中、再到高中的经历，他深知每步入一个陌生阶段都会令像他这样的青年学生经历一番新的感情天地的。如果说，钟庆东以前觉得罗小云高高在上、不可亲近而使得他处处退缩规避是正常的话，那么现在，他自惭形秽而不敢同她说话就更是正常的了。

尤其是，下午就要举行毕业告别会了，中午放学的时候，钟庆东眼见着别的班级的一位男生，旁若无人地跳着坐上罗小云骑着的自行车后座上，露出亲昵的表情，罗小云大惊小怪地说:“哎哟，不行啊，我不会载人啊！”

她的自行车在马路上歪歪扭扭地移动着，可那个喜欢罗小云的男生并不下来，他虽然涎脸，可是长得算得上英俊，并且，罗小云的自行车也终究没倒下，他们就那样歪歪扭扭消失在后面涌上的车流中，消失在钟庆东的视线里。

这幅图景给了钟庆东一个深刻的刺激。他的耳边回荡着罗小云刚才大惊小怪的话语，在他看来，那是典型的罗小云式的撒娇。钟庆东猛然回悟到，也许，罗小云早就与那个男生偷偷好上了呢！这个想法促使钟庆东做出了一个连他都感到意外和吃惊的举动：下午的毕业告别会，他干脆就不参加了。

他真的就没去参加。他知道，即便他去了，见面的情景也不过是三年来他和罗小云任何一次见面当中的替代或重复而已，所激起的仍旧是期望再下一次的没有结局的见面的煎熬而已。而如果他不去参加那个什么毕业告别会，他则可以为自己在最后赢得自尊，折抵三年来他所被动地付出的一切，从而不会使他多少年后回首现在而感到羞耻。

为什么不更早一点儿远离她呢？融入马路上川流不息的人群当中，钟庆东骑着他那辆破旧的自行车认真地回头看了他的学校一眼，他感觉那完全是一个陌生的地方。他默默地整理了一下自己的思想，说到底，敢不敢对某个女生说“我爱你”，原来与一切都无关。唯一有关的，是他根本就不应该认识罗小云这个人。

钟庆东是下定决心向他的高中时代做彻底告别的，然而秋天的时候，他还是不得不接受父母苦口婆心的劝告，在高三复读一年，来年重新报考美术院校。

他要做一个坚定者，现实却总是捉弄他，让他做了一个坚定的自我背叛者。这一年，他的母亲患了严重的冠心病，任何一点儿感情上的风吹草动都有可能给她带来失去生命的代价。钟庆东不敢在这个问题上有丝毫的马虎，他最终答应了母亲，复读一年。

只不过，他无论如何也不想回到原来的学校和班级，对他来讲，哪怕一张算草纸的气味和班级里某一缕特殊角度的阳光，都会给他带来无尽的回忆，更何况那熟悉的校园小路、那门廊、那自行车棚、那到了植树节不得不去郊外劳动而再一次拥抱的似曾相识的空风！

钟庆东来到了县城的重点高中，也就是他当初进入职业高中时，偶尔带着一点儿说不清的眼光打量着的那所高中。反正，钟庆东现在需要用力提高的是他的文化课分数（他自认为是这样），美术上可以自修，所以，重点高中不开设美术班对他来讲那真是无足轻重的事。

一年的时间，不过就是从秋天经历了一个寒假，连第二年的暑假都没来得及迎接，就即将过去了。这一年的春末，钟庆东进行了他生命中的第二次应考，果然，命运给了他与去年完全不同的一份礼物。是的，他去年应考的成绩是美术差了八分，文化课差了二十二分，而今年则是完全得到了扭转：美术差了二十二分，文化课差了八分！

命运这种巧得不能再巧的捉弄方式令钟庆东恼怒之极。他记得以前读过瑞士著名心理学家荣格的一句话：“恼怒是意味着你还没有看到在它后面是什么东西。”一个人受到打击可以忍受，难以忍受的是这种打击融入了轻佻的偶然性。既然钟庆东搞不清命运究竟要跟他开什么玩笑，那么，他索性也不想跟它玩了。他随后读到了一则新闻：全国艺术类院校报考人数逐年剧增，预计明年全国美术专业的报考人数是今年的一倍，达到五十万人！钟庆东当时就下定决心不再考了，他实在懒得设想再复课一年后的考试结果会是怎样一番景象。促使他下定决心的因素自然还有一个，那就是他母亲的病情近一年来渐有好转，完全可以经得起钟庆东天马行空和独断专行的一切行为的折腾了。

天气渐渐冷下来的时候，钟庆东所在的县城按上级要求进行冬季义务征兵，他想也没有多想，报名后顺利地来到了军营。

钟庆东接到他母亲的来信。母亲在来信中第一次提到有人要为他介绍对象的事。这个时候，钟庆东已经在远离家乡一千多公里之外的某驻军部队当了快一年兵了。母亲在来信中说，按她的本意，她是不太想让钟庆东这么早就考虑婚事的，先在部队里发展前途，等服完三年兵役回来再说。但是介绍的人说，那个姑娘是很好的一个人，好姑娘是不等人的，你不和她相对象自然会有别的人和她相对象。母亲希望他利用探亲假回来一次。如果双方都看着满意，彼此再分开也就放心。

钟庆东这个时候在部队团政治部的宣传科里做事。他在新兵连待了三个月，然后就来到这里。在部队里，他没想到高中学历几乎是最高的学历（他有时候好笑地想，自己比别的高中学历还要高一点儿，因为他在高三多念了一年），更重要的，他的美术专长让他找到了用武之地，团领导很赏识他，很快调他来政治部搞宣传，写写画画，兼放幻灯和电影。老实讲，钟庆东在部队近一年来，没有吃过什么苦，整天摇摇晃晃，算是逍遥。

母亲的来信给他这种惯性的自由点了一脚刹车。钟庆东仔细想了三天。他最初想的不是回不回去的问题，而是母亲怎么会给他来这么一封信的问题。在他看来，一个男人找对象还要别人介绍，这算是一个无能的体现。起码是，他成了介绍人进行类似“人道主义援助”的目标之一，那不是弱者是什么。

婚姻不管怎么说也是人生中的一个重大事件，在这个事件中当事人扮演了什么角色，主动还是被动，去争取还是被施舍，决定着他的人生有没有成就感。如果今天介绍给他的这位甲姑娘，婚后觉得还不错，那么他会想，如果当初给我介绍了乙姑娘呢，大概也会不错吧？如果介绍了丙姑娘、丁姑娘呢？也许都会不错……人生的沮丧感由此就会产生，因为那种爱情是随机的，不是他所把握和追求到的，所以也就没有什么值得骄傲和欣慰的。母亲给他的来信中，并没有夹带对方的照片，这就不能不让钟庆东接下来产生另一个想法。一个好的姑娘，钟庆东想，好姑娘应该是一个什么样子呢？他不知道。这种无知在某种程度上增加了他的好奇，而好奇往往是对一个人具有驱使力量的。事实上，钟庆东当兵近一年来也常常感到寂寞和单调，他还是身处业余生活相对宽松的机关宣传科里呢，下到连队更不知道会怎样。钟庆东算了一下自己的年龄，二十岁。二十岁的时候，有人要送给他一个姑娘。这意味着他可以拥有她，同时，也被她拥有。钟庆东想，也许我真的应该回去见一见她，哪怕见了之后拒绝她，那也不失为一种礼貌，那也比人家发出了约请而自己充耳不闻、漠不关心显得要好。

钟庆东见到那位姑娘是在一天下午。部队给了他一周的探亲假。两个人见面的地点一点儿都不浪漫，是在女方工厂的医务室里。原来那位介绍人就是工厂医务室里的女大夫，她见到钟庆东在母亲的陪伴下来了，笑着出屋说："你等着啊。"就转身去喊人了。过了一会儿，钟庆东见到那个印着红十字的白色门帘一挑，走进来一个穿工作服的姑娘，手里还端着一个刚刚摘下来的黄色安全帽。如果不是那位女大夫一边拽着母亲往门外退一边说"你俩慢慢聊啊"，钟庆东就以为她是伤了手指还是什么碰巧进来包扎的工人呢。她怎么连衣服都不换一下，钟庆东想，未免也太不拘小节了吧？他刚想客气地向对方说"坐吧"，那位姑娘就已经伸手向他示意道："你坐吧。"也许她觉得钟庆东在这里才是客人呢。两个人同时坐成了对面。坐下来也没什么话说，钟庆东只感觉她身材有点儿文弱，相貌也说不出哪里有一点儿特别。好像是颧骨，线条应该再圆润一点儿，鼻梁也应该再挺一点儿，不过就这样倒也并不难看。钟庆东脸稍微有点儿红，他问："你叫什么名字？"

"柯清。你呢？"

钟庆东没太听懂她的名字，或者是没太听清。他感觉这是她的名字太短了的缘故，来不及记。但他又不好意思再问，那就真正让人家觉得他对这次见面毫不在意。他说："我叫钟庆东。"

"噢，我念高中的时候邻班有一位男同学和你名字相同，"对方歪了一下头轻轻看了钟庆东一眼，"可是不是你啊。"

"是吗？你念的什么学校？"

对方说出了一所学校的名字，那是钟庆东完全陌生的一所学校。对方还在讲着学校里的事，钟庆东稍稍有点儿走神，是的，他不愿回忆高中生活。好在，对方也没有就此话题谈论太多，她在提及哪一年高中毕业的时候，钟庆东得到了一个讯息，那就是她至少比自己大两岁。

钟庆东知道母亲和那个女大夫并没有走远，她们也许就在门外倾听。钟庆东一时间没什么话说。他看了对面的她一眼，然后把头扭向窗外，试验自己能不能马上记住她的面容，他的眼前一片模糊，只有窗外的槐树叶子的真实景象。他又看了她一眼，把目光转向墙壁，那里依然浮现不出她的哪怕半点儿面容。她一点儿都不漂亮，钟庆东想，这样的姑娘你走在大街上迎面随便碰上的一个就是，擦肩而过之后你绝不会再想起她。但是，她也并不令人讨厌，甚至，还有那么一点点吸引钟庆东的地方。也许是她的比较坦直、善良的目光，也许是她身上劳动服散发的电焊工特有的乙炔和焊药的气味，也许是暗中知道她比自己大两岁所带来的心理上认同对方成熟的一种依赖。钟庆东那时候还不能明确知道，也许恰恰是某种蛰伏已久的朦胧的性的需求，使他无法做出第一次见面就立刻背她而去的决断。

“我们能出去走走吗？”钟庆东问。

“行啊，等我去跟班长请一下假。”

钟庆东去工厂的大门口等她。过了五六分钟的样子，他看见她穿了一身白色连衣裙走出来。她有些不好意思，那倒不是因为她看出了钟庆东觉得她比刚才好看而不好意思，她说：“我刚才不知道是你来了。王姨喊我的时候只说到医务室有点儿事，她没说是你来了。”

也就是说，如果知道是他来了，那她一定不会穿着那套灰不溜秋的劳动服去见他的。

钟庆东想，这倒是一个挺细心和善解人意的姑娘。

两个人在工厂后墙外栽满了杨树的小道上漫步。有几只麻雀像落叶从地面刮起来那样飞向天空。钟庆东想，我还不知道她的名字呢。于是他问：“你的名字的那两个字——是哪两个字？”

“柯棣华的柯，清水的清。”

她竟然知道柯棣华。钟庆东在她说完后禁不住看了她一眼。虽然，知道柯棣华是一件很普通的事，但是，在钟庆东的心灵中，这仿佛是一个酷爱温暖的人哪怕见到了一张白纸，也要被它散发的虚假的微光所吸引一样，认为这是一件何其难得的事。它代表着跟知识的某些联系。是的，一个人并不是考上大学才证明他有知识，这正如一个有知识的人未必都称得上知识分子是一个道理。

两个人边走边聊，不觉已渐近黄昏。临分手的时候，钟庆东的心漾满了暖意。通过他们半个下午的聊天，他明白眼前的姑娘原来对他的事先了解，比他对她的要多得多，那大概是通过他母亲的那位同事王姨的介绍获取的。他当初为收到母亲的来信而无所适从时，她就甚至已经看了他的照片不止两遍三遍了，包括他的那些积攒在家里的美术习作。是的，他们刚才就这个话题谈过了，看得出她对美术并不深感陌生。相比之下，钟庆东对她的了解可就少得多了，但是现在不了。钟庆东和她说“再见”并且相约下一次见面的时间之后离开的时候，他想起了关于“好姑娘”的那句话。他想，好姑娘，那也许是的。

钟庆东在一周时间的探亲假里，和柯清一共见了三次面。最后一次他们看电影，在县城的那座电影院。钟庆东自始至终看得一塌糊涂。他从一坐下来就开始嗅到一股子墨水和算草本的气味，接着是课桌椅子的朽木味儿，然后就看到那阴暗中的观众后脑勺有他朦胧熟悉的转过去的面孔，他开始还不知道是怎么回事，后来一下子想到了学校，想到了他们包场看电影的经历，继而一下子想到了罗小云。

是的，罗小云。也是在这里。也是坐在他的左边。只不过时间是三年前，还有，人换了一个。钟庆东感觉他不是在看电影，那种与现实隔离的东西，原来他也参与其中，进行着身不由己梦一样的表演。三年来，他一直觉得无形中有一双眼睛在盯着他，现在他明白那不是别人的，正是自己的。他还是忘不掉罗小云。似乎是为了掩饰自己，也有一点儿是为了正像有的人处在某种情境中掐一下自己看看是梦中还是怎么回事——他不太相信——他就用手去揽了身边的柯清的胳膊一下。柯清的胳膊就安顺地伏在他的怀里，面庞也微微靠向他的肩头。

钟庆东努力规避着自己不去多想，当柯清的身体轻轻依偎他的时候，他所感受的只是一个陌生的异性身体带给他的陌生体验，它们之间存在对话与交流。这是钟庆东不曾有过的，他对它充满了无奈和臣服，他甚至能够听到身体某处局部发出的一点儿叹息。电影散场后，钟庆东和柯清来到她工厂的一个工具间，那里面杂乱无比，狭小逼仄，各种线条坚硬、外形奇特的生产工具堆积得到处都是，它们昭示的仿佛不是一种工业化生产的理性主义，而恰恰隐喻了嚣张和放纵。钟庆东当时想，太锐利了，太锐利了，它们需要柔软的东西来铺垫和调节。

直到他嗅到了地面上某种庄稼或植物的气息。柯清在他身底下小声问他：“好了吗？”他觉得那种声音混合着暧昧的月光像是由野外发出。“好了。”他说，他才想到应该把柯清从地面上扶起来。

钟庆东第二天坐火车回到了部队。差不多过了三天，他就收到了柯清的来信。看样子信是从钟庆东上火车的那一刻就同时从邮筒里发出的。信上没写什么事，无非只是说一些旅途是否顺利的问候的话。钟庆东现在身处千里之外接到柯清的信，感觉就像清晨隔着一条大河看着远处的雾一样，他怀疑如果不是柯清写来了信，那他是否会慢慢忘记了她。倒是她的字迹，写在纸上，很清晰，而且也很娟秀，钟庆东想，这大概就是所谓的情书了吧？这是他人生第一次收到情书。既然如此，他还没有尝试过给人写情书的滋味，那么他不妨给自己的情感一个交代，看看如何使笔下生花、纸上流云，看它们铺排而去，怎样使虚妄的东西变成现实。

钟庆东与柯清的情书互递就是这样建立起来的。一般来讲，他们每周能通一封信。也有的时候是两封，那是在不等对方回信的夹当，紧接着又写了一封。钟庆东每次收到柯清的来信，看到信封右上角那枚固定的淡灰色的“北京民居”普通邮票时，内心就会感到隐隐的愧怍。不管怎么说，钟庆东写信时用的是“义务兵免费信件”的三角形邮戳，而柯清却要为此自己掏钱，他感觉欠了人家。不过，这种想法随后就被另一种微妙的感觉替代了，哪怕是柯清如此微小的经济上的付出，也让钟庆东感到了置身爱情中那种隐秘的自尊和难以言说的快乐，也许，爱情从来就不会是纯精神上的一种人类活动。钟庆东与柯清的通信持续了三个月，这之后，他被团里指令到省城出差了一次。回来后，他收到柯清的来信，信上说，她怀孕了。

没想到一次短暂而虚妄的欢愉会给他带来这么真实而尴尬的后果。好在，钟庆东脑海里掠过一个奇怪的字眼，好在他那天晚上并不是强奸。心里稍感宽定之后，他给柯清写了一封回信，信中以极其委婉的语气表明他极其明了的思想：尽快到医院去做她应该做的事。

一周后他接到了柯清的复信。信的内容依然够简短，字迹也沉静，只不过信笺重了一些。柯清把医院给她做流产手术的证明附带寄了过来，那与其说她是为他们的爱情付出的代价做了诠释，不如说她更是以此向钟庆东交代让他完全放心所做的一个告白。钟庆东当时对着那张证明看了半天，舒了一口气，小心翼翼地把它夹在一本书里了。

转眼钟庆东当兵已经是第三年了。这期间由于工作繁忙和纪律原因，他没有再回去。他和柯清的通信继续保持着，只不过变成了一个月一封，甚至更久。也许这就是该说的话都说得差不多的缘故。柯清有一次来信问起他，将来在部队有什么打算。有什么打算呢？钟庆东想，还有半年时间就退伍了，他不可能被提干，当然，他也不可能考上什么军校，至于转成志愿兵和超期服役，那更是他不感兴趣的。他只剩下了一种选择，那就是退伍时间一到，乖乖回家，另寻打算。他把这个想法用一种轻松的口气——像是和多年的老朋友聊天一样——跟柯清说了，柯清很快给他回了信，说那样也好啊，那样他们就会天天待在一起了，而不必像这样老是劳驾邮递员。看看吧，钟庆东想，她说话也挺懂幽默的，她说怕劳驾邮递员。事实是，让钟庆东记忆深刻的，她过后真的很长时间没有来信。钟庆东挺纳闷，将近两年的通信史，他现在已经无法记清同柯清通信的每个回合了，具体点儿说，他搞不清柯清最后一次给他写的那封信，算是她的来信，还是她的回信。那么，他还是再写一封信问候她吧。信寄走后，仍旧很长时间没有对方的动静。钟庆东暗自好笑，他想了一想，以柯清的处境和他们俩的关系，她是不足以向他要挟什么的，她是被动的，她不仅为他付出了贞操，也付出了去医院做手术的代价。如果以胜利者的姿态宣布游戏结束，打扫战场，那也应该是他才对。但是接下来钟庆东又如梦方醒，她该不是生病了吧？要知道，她在工厂里有自己一个单独的信箱，所有信件都是由邮递员亲自投送，当初怕的就是有人会私拆她的信件。这样说来，万一她生病了，工厂才不会把她的信转到她手里呢。钟庆东这么一想，恨不得马上飞到她身边，看看她到底怎么回事。他打算下午先打一个电话问问她的工厂，虽说挺麻烦——部队是总机，工厂也是总机，需要转来转去，但是也只能先这样了。

下午，钟庆东好歹抽出时间要去打电话的时候，接到了柯清的来信。他打开一看，柯清只写了五个字：我们分手吧。

钟庆东向领导请了三次假未获通过。他想立刻回去。但是部队这个时候被形势所逼，已经是身不由己了。部队所在的地区及周边市县，突发了五十年一见的特大洪水，全体官兵需要立即投入抗洪抢险当中，任何人任何事由，一律不得准假。事实上，即使准假了，钟庆东也走不了了，沿线的公路和铁路很快被冲垮了。这样，钟庆东只有把对柯清来信的一腔愤懑，全部倾泻到“一片汪洋都不见”的抗洪当中了。

钟庆东拖着疲惫的身子回到家乡，是半个月之后的事。他回到家里换了一身便装，还没来得及休息，就骑上一辆自行车去找柯清了。他约莫现在是下午五点十几分，柯清应该下班在家了。他顺着县城的一条街道往东骑，正巧，在一个十字路口竟遇见了同样也骑着自行车的柯清。钟庆东喊了一声，柯清往这边看了一下，钟庆东怕她没听见，急忙喊了第二声，柯清却又把脸庞转向别处，骑车自顾走。钟庆东只好紧蹬几步车子，横在了她的面前。柯清看了他一眼，站下了。

“你怎么不理我了？”钟庆东问。直到这时，他还侥幸地认为柯清也许在和他开什么玩笑。

柯清没有说话。

“说说，是怎么回事？”

“我觉着我们俩不适合。”柯清说完，把目光低下了。她的眼睑那儿收敛成一片暗影，看上去，既惹人怜爱，又产生一种让人近不得的威仪。

钟庆东听了柯清这句话，一时间不知说什么好。他觉得又愤怒又可笑。如果早在一年多前，他不认识柯清，那她是连说这话的权利都没有的。他曾经想过，柯清普通得就跟大街上迎面碰到的任何一个异性没什么两样。可不是，他现在就跟她在大街上遇到了，但是，这个时候感觉完全不是那么回事。他和她认识一年多了，他们之间通了几十封信了，并且，她允许他占有过她。是的，一年多，钟庆东想，便是一条日夕相伴的狗吧，失去了都会令人难过，何况一个他早已认为就是的“好姑娘”呢？

“为什么不早说？”钟庆东问。

“早怎么说？”柯清为难了好一会儿，“唉，你别问了，早我还不了解你呢。”

“噢。”

“我也不欠你什么呀？是吧？”

当然不欠，钟庆东想。但是，又觉得欠了什么。是什么呢？钟庆东站在那儿理不清。他觉得思维就跟暮色渐临下往来嚣张拥挤着跑动无数车辆的街道一样混乱。柯清趁他愣神的工夫，骑上自行车走了。钟庆东想，反正跟部队请的是五天假，眼下再跟柯清讲下去就会变成吵架，引人围观，不如先让她走吧，明天得空再找她慢慢说。

钟庆东掉转自行车，随后，又掉了回来。他在原地转了一个圈。他想，不对。他望着柯清远去的背影：他去过她家一趟，可是她现在奔向的地方并不是家里的方向。钟庆东顿时觉得很好奇，他想，我倒要看看她下了班不回家究竟去干什么。于是，借着路灯，他像一个跟踪目标的贼一样，小心翼翼地跟在柯清后面。他们拐了两条街道，然后踅进了一条僻静的小路。这里没有路灯，黑黢黢的暮色笼罩着四周拥挤的平房民居。钟庆东既要注意不要丢失目标，又要小心不让自己发出声响，这使得他至少有两次路过人家门口时差一点儿被院子里泼出的洗菜脏水袭中。终于，视线前面的柯清停住了，她跳下自行车，推开一户沿街带窗户的平房大门，走了进去。钟庆东等到她回身把大门关好，就悄悄推着自行车迎了过去。他在距离柯清进去的房子的十多米外停下了，他打量着那座房子，心想，没听说柯清在这县城有什么亲戚啊，唯一有一个不常来往的远房舅舅，据说是住在与此方向相反的城西。那么——就在这时，钟庆东眼前忽然一亮，原来是柯清进屋后把灯给打开了，灯光映亮了窗户，照见了窗棂间贴着的一对又大又红的“喜”字。钟庆东在那一瞬间简直不敢相信自己的眼睛，“怎么？她结婚了！”这个念头一闪，他浑身一软，险些倒了下去。

屋子里传来一阵说话声，是一个声音苍老的女人在吩咐柯清洗菜，那无疑就是柯清的婆婆了。两个女人的对话中间隐约插有一个年轻男子的声音，很陌生，但是语调中透着他们三人彼此熟悉的亲切和自如。钟庆东不想再听下去了，联想起柯清好长时间不给他回信和刚才见面说的那些话，钟庆东什么都明白了。他不由自主地向后退，那徐徐吹来的夜风在他耳边仿佛喁喁嘲笑他。他踏上自行车，跨了一下没有跨上去，定了定心，第二次跨上去了，迎着满眼的夜色，歪歪扭扭骑走了。

钟庆东半年后服役期满，正式退伍了。事情似乎有点儿超出他的预料，他原以为他会像前几茬战友退伍那样，在工作上得不到什么有效安置，但是这时已经是1990年了，八十年代末九十年代初关于军人在地方上安置工作的事情不知怎么又被重新重视起来，加上钟庆东在部队三年表现不错，临了因为在团政治部宣传科里做事，近水楼台先得月，好歹弄了一个三等功嘉奖证明，所以回到家乡竟然一切顺利，被民政部门安置到县电影公司做事。

到县电影公司做什么？自然是继续做他在部队三年熟悉的技术，放电影。不过，九十年代初全国各地的县级电影公司已经显出它的颓势，一年里下农村也放不了几部片子。这样，钟庆东其实是被单位闲养起来了，每月白拿好几百块钱的工资，没什么正经事可做。

不久，钟庆东在县城利用业余时间开了一家美术社，名叫“钟庆东美术社”，就是专门给企事业单位做牌匾、商业广告、条幅锦旗之类的，因为他觉得自己上班时间太宽松了，又是单身汉一个，下班之后闲得难受，浪费时间真正抵得上犯罪。再说，从长远来看，他终究是要结婚的，虽说单位还不错，若要指望分一套房子，那可真是这辈子都别想。这样，钟庆东自然需要尽快积攒一点儿钱，何况，他又那么钟爱美术，开的这家美术社，好歹也和美术沾边。

仅仅不到半年的时间，钟庆东的美术社便在县城里发展壮大起来。他的生意好得很，手下已经招了四个人，可是忙的时候还是需要他把上班的时间搭进去。这是无所谓的事，单位的每个人都很闲，谁会自己找忙去管钟庆东什么事，再说，他和单位领导的关系也不错，那无非是每月有那么几次坐在一起喝喝酒而已。

钟庆东渐渐过着衣食无忧的生活，仿佛他一直没有离开过县城。不过有时候，他的心里会一点点泛酸。他忘不掉柯清，虽然那不再缘于爱而是缘于恨。关于柯清当初背弃他与别人结婚的一些传闻和信息，随着钟庆东积蓄的增多而一点点垒垛成真实。那不外乎是柯清认为他当初在工作上没有什么大的发展，“时间一到，乖乖回家，另寻打算”，这也正是钟庆东在部队时给她写信讲到的。并且，柯清知道他家庭底子很薄，没有多少钱。一个“好姑娘”（钟庆东再次想到了这个字眼），哪里会嫁给他这样既无工作又无钱的男人呢？钟庆东这么想着，他再坚持一阵子很可能就会真的原谅柯清了，可是一个更真实也更无情的信息接踵而至，柯清所嫁给的丈夫，既不英俊，又没有钱，不过就是一家工厂的一个普通锅炉工而已。

一个锅炉工，钟庆东想，一个锅炉工！当初他隐约听说，柯清找的是一个技工。一个锅炉工算什么技工，他要做的无非就是来回将煤运到锅炉里烧掉——一个搬运工而已！知道了这件事情，钟庆东的自尊心受到了严重的伤害。

有一天，钟庆东给客户安装广告牌匾时在大街上遇见了柯清。她没看见他。钟庆东见她骑着自行车，拐向他曾经跟踪她经过的那条回家的路口。因为这一回是白天，那个路口在钟庆东眼里显得格外真实，或者说，那天傍晚是真实的，而现在又那么虚缈。钟庆东想，这都是因为他当兵三年在外，临了又回到县城的缘故啊，县城的地形和细节总是重现给他一些伤心的人与事。他记得柯清是鼓励过他画画的，他们甚至在一起谈论过莫奈，谈论过把印象派画作《日出》倒过来欣赏同样不错，她相信过他的将来会很成功的（为什么后来不信了呢？）。那么，在钟庆东无论自认为是成功还是不成功的今天，何妨给她来一点儿提醒呢？告诉她，他不仅活着，而且其实活得很好。

第二天，钟庆东就派了一辆吊车，在柯清每天上下班回家必经的路口，安装了一幅巨大的彩色广告牌，上面是他为自己做的广告，只有六个大字：钟庆东美术社。

是啊，县里现在有谁不知道钟庆东美术社呢？过了不久，钟庆东听说柯清把旧房卖了，搬了新家，他就又打探到她新家的位置，在她家门口正对面的操场上，竖起了一幅更巨大的广告牌，上面再次出现了他的名字：钟庆东美术社。

你上班会看见，你买菜会看见，你哪怕倒洗脚水也会看见。事情就是这样的，钟庆东想，在这个世界上，你给我看过一些东西，我也要给你看一些东西，这样这个世界看起来才更合理。

钟庆东美术社每天的客户络绎不绝，这在相当程度上得益于他对美术的专心和敬业。说白了，县城里做美术社的倒是有十几家，抛却设备因素不计，它们几乎都徒具一种匠气而缺乏艺术之气，他们只懂得为赚钱而赚钱。钟庆东怎么说也是学习了四年美术，又在部队里搞了三年宣传，在广告的设计理念上自然是更胜一筹。此外，他对工作过程的某些细节也是毫不敷衍的，非常在意。比方说，就设计安装牌匾这一块儿来说，一般的美术社，在客人叙说了构想之后，他们会极力满足和迎合客户的意见和要求，钟庆东不。客人如果要求紫色的背景配上黄色的字体，钟庆东会说："黄配紫，一泡屎。"如果要求赭色的图案配上蓝色的投影，钟庆东更会不屑地说："赭配蓝，完完完。"他会极力说服对方怎样的色彩搭配才是悦目的。再比如，一般的美术社老板，在收到客户订金后，往往打发手下的伙计去实地测量一下牌匾安装尺寸，钟庆东非得多蹩脚的路，都要亲自去一趟不可。他倒不是担心手下伙计把尺寸量错了，他是要实地考察一下客户安装牌匾的实际位置，以及周边环境色彩的搭配问题。如果有哪家门面房商店老板要求做一面湖蓝色的牌匾，而它左右的商店已经有了很多深蓝色牌匾时，钟庆东就不会答应给对方做了："我宁可不赚这个钱，也不会按你的意图行事。在一排深蓝色的街道牌匾中间，插进一面湖蓝色的牌匾，那是自来旧，虽然是新牌匾，人家也会说那是被阳光晒褪颜色了。这不光是你商店的问题，也是表明我美术社没有水平。”这个时候，钟庆东会给对方设计一面明红色的，或是鹅黄色的牌匾，让它从中跳出来，显得醒目。钟庆东这样做，根本没有想到会导致什么良好的口碑接踵而来，事实上，不仅是他的建议和行为确实为客户在以后取得了良好的收益，更重要的，他的上述行为表明即便是做生意，他也是站在客户立场上的，显出了他的诚信态度，让人感觉他这个人非常实在。其实如果让钟庆东自己来说，那毋宁是表明了他对作为一门艺术的美术所包含的艺术规律的某种敬重和偏执罢了。

因为生意较好，钟庆东美术社的原材料需求就比较大，那些角钢、灯箱布、染料什么的，每半月就要从省城进一批。钟庆东与省城那些原材料供应商已经建立了稳固的联系，人家通过物流可以将他所需要的货物发过来，但钟庆东每次还是要亲自去省城一趟，他是要随时关注原材料市场有什么更新换代的产品变化的。不断引进新产品，使用新媒介，这也是他的生意一直保持领先地位的重要因素之一。

五月份的时候，在省城，是每年一届的全国广告装潢新产品大展的固定时段，钟庆东自然不能错过这个机会。这一天下午，他在大展租借的体育馆里面转了大半天，眼睛都累得迷怔了，刚刚走到黄昏的大街上，一个人从迎面走来，错身过去的工夫，又悄悄跟上来，猛地拍了他的肩膀一下。

钟庆东回头，看到了一张笑脸，因为距离贴得太近，他几乎没有认出来。那是他高中时的同学姜里，跟他在开学第二天一起踢过足球的那个。

从毕了业，他们就再没有见过面。姜里一把将钟庆东的脖子搂过来，他已经高出钟庆东快半个头了。姜里说："没见有你这么牛的啊？迎面见到老同学连个招呼也不打。"

钟庆东感觉姜里的口气一点儿都没变，人也是那副大咧咧的样。他的心里一下子觉得亲近了不少，竟完全没有那种两个人相隔太久偶一见面还需适应一下的生疏情状，于是接下来，他很愉快地跟从姜里的脚步来到一家饭店里坐下便是极正当不过的事。

两个人边吃边聊，不觉已经喝掉了一斤白酒和四瓶啤酒。他们的话题无所不谈，但更多的还是关乎各自的谋生。钟庆东现在知道了，姜里毕业后同他一样哪个大学也没考上，后来经人介绍在外地找了一个女朋友，结婚后做了倒插门女婿，仰仗岳父的关系混了一个工作，在一个房产登记部门里做事。如今，苦于没有正规学历而影响以后评职称和涨工资，只好临时抱佛脚，来到省城一所职工大学里苦攻脱产的大专学历，为期两年，眼下已是一年有半了。

钟庆东现在不太关心什么学历，尤其是，当他听说姜里学的竟是什么民法通则和法学概论之类的玩意儿，就更觉得有点儿可笑。可见，一个人由正经变得堕落这个过程是否容易他不清楚，可是一个人由庸常无奇想要变得道貌岸然那可真是不费什么工夫。眼看天色已晚，灯火大上，姜里便问钟庆东明天还有什么打算。

“三天的展会，我总得在省城待上两宿。”钟庆东说。

那是再好不过了。姜里说。他在职工大学里住集体宿舍，四个人一间，现在只有两个人住。“你到我那里去歇两宿，我们还有许多话没得唠哩！”

两人都醉醺醺的，在大街上互相搀扶，好歹拦住了迎面而来的第六辆出租车，把司机说服了，让他相信他俩并不是坏人，请求拉他们到某某街某段某号。姜里还郑重其事地从衣兜里掏出了一张自己那个大学的什么学生证，以示清白，被钟庆东担心让司机看出所谓大学生与他们年龄和举动不符反倒碍事而一把夺掉了。司机倒是没太介意什么，让他俩上车，把他俩一直拉到了那所职工大学的集体宿舍门口。

钟庆东本来就不能多喝，此时不胜酒力，一进宿舍就先自倒在靠窗的一张床上。姜里倒是还坐在椅子上，喋喋不休说一些钟庆东听不懂的废话。钟庆东躺在床上能有一刻钟，要起来喝水，他吃力地扶着床边的桌子，想站起来。这样，他的目光即便不是故意要寻找，那也是躲避不掉，他看到了桌子上立着的一帧相框里，有一个人静静地冲他笑。

——是罗小云！

钟庆东的酒一下子就醒了。他有那么一瞬间以为自己认错了人，但是相片上的笑容不只今天出现在他面前，多年来它一直存在于他的心底，如今则得到了完整的叠印，那是不会有一丝一毫差错的。罗小云的照片怎么会出现在姜里的宿舍？姜里如果没有女朋友那还说得过去，可是姜里早已结婚了呀？这样矛盾和费解的事情，加上又这么巧合，让钟庆东再一次感觉他是不是看错了。在他愣神的夹当，姜里问他："你怎么了？"

钟庆东指了指照片，说："这不是罗——"他立刻止住了，装作并不介意又有点儿失忆的样子，"这不是叫罗什么的吗？"

"罗小云。"姜里说，"咱班的美女啊，高中的校花。"

"她的照片怎么放在这里？"

"是他，"姜里指了一下钟庆东刚才躺过的床，"我同屋住的这个小夏，是他的女朋友。"

"哦。"钟庆东说。原来是这样。他现在才重新打量一下身处的宿舍，姜里说的一间宿舍只住了两个人，看来就是他和小夏了。他再一次散漫而用心地看了照片上的罗小云一眼，觉得那里隐着看不见的源头，推起亮汪汪无边的春水向他涌来，溅得他的眼角都几乎湿润了。

高中三年的一幕幕往事和情感，像是《一千零一夜》当中神秘洞窟里的无数宝藏，一下子堆积在阿里巴巴身边一样，让钟庆东无从细数和清点。同样，既然他毫无预见地突然置身于这世外桃源般的宝藏中间，那么，最要紧的当然不是徒自惊讶和感慨，而是要尽快弄明白，眼下发生了什么，打开并进入这洞窟的暗语和密码是什么，使得他能够对眼下的事物管中窥豹，了如指掌。

“我今晚就睡这张床吗？”钟庆东指着自己刚刚躺过的那张空床问。他这样问，是想知道那个叫小夏的人到哪里去了。

“不，你睡那张床。”姜里指着靠门的另一张床说。“小夏被别人找去看电影了，他过一会儿会回来。”

“哦。”钟庆东走过去看了那张床一眼，顺口问，“罗小云这几年我一直没见到，怎么样，她变化大吗？一般女人结婚后都会变得让人认不出来。”

“她还没结婚呢，”姜里说，“她等小夏毕业后结婚，这不，还剩半年嘛！”

她还没结婚。钟庆东吃了一惊。她还没结婚！直到此时，钟庆东再也顾不上绕弯子了，就像一个饿急了的人闯进面包房，是不屑于看那上面的价格和别人的表情而一心想把面包抓在手里的。“那她人在哪里？现在做什么？”

“她前年从大专院校毕业后分在邻县，离咱们县城不远嘛，在一家卫生防疫站做打字员。”

“那这个小夏呢？他是做什么的？”

“他呀，和她在一个县城，在一家企业里做质量检测员。这不，和我一样到这儿脱产学习呢，怕是将来没学历干什么都不成。”

“他们认识多久了？”钟庆东问。

“两年多吧！两年多。呃。”姜里打了一个嗝。

“真怪，”钟庆东问，那更像是发烧的病人自言自语，“他们怎么会认识？”

“好像是在一个拐弯处骑自行车吧，不小心两人撞在一起了。这样就认识了。”

“真是太俗套啦！”钟庆东声音一下子高了起来，“我听过这样的事情太多啦！一定是你这个室友喜欢罗小云故意撞上的！”

“那倒不是，”姜里把鞋脱了，给钟庆东和自己打来热水洗脚，“罗小云以前来这里看过小夏几次，我听她不止一次说过，当初倒是她不小心撞上小夏自行车的，给人家自行车撞坏了，然后去修理。”钟庆东不言语了。他在想，世界真是荒唐和不公平，他暗恋了罗小云三年（甚至不止），到头来毫无结果，而人家一次偶然失误就会有此艳福，这算什么事呀。他真是太憋屈得慌了。

钟庆东接下来还向姜里问了一些别的，现在他脑海里慢慢清楚了，叫小夏的这个男人毫无出奇之处，家虽是县城的，可是出身并不显赫，人也比罗小云小了两岁。钟庆东把头再一次扭向小夏那空着的床上，这才冷不丁发现那床上的褥单其实很脏，枕头底下还露出一只明显没有洗过的袜子。既然钟庆东百思不解罗小云怎么会跟他认识，又无法反驳姜里叙说自行车相撞一事定属虚假，那他就只好把这归咎为阴差阳错吧。快到晚间十点的时候，罗小云的男友小夏回来了。这真是一个其貌不扬的人。钟庆东经姜里介绍和他握手寒暄的工夫，再一次明确地印证了自己的想法，小夏个子虽高但是举止欠缺阳刚之气，为人和善但是隐存谀承之风，不过就是一个平庸的人罢了。

快熄灯睡觉的时候，钟庆东注意到小夏没有洗脚就上床钻进了被窝。他怎么能没有洗脚就上床睡觉呢？钟庆东想，虽然自己偶尔也会有此不雅之举，但是一个同罗小云处对象的人怎么能这样呢？继而，钟庆东想，按他的观察和印象，罗小云这个人活泼天真，脱凡弃俗，有时候看起来很难与常人接触，更不要说做个贤惠淑良的妻子，然而她又确确实实与躺在床上不洗脚的男人在谈恋爱，并且将来要做他的妻子。她怎么会变成了这样？她变成了这样又怎么能生活下去？这到底是怎么了？

钟庆东一宿没有合眼。第二天天刚亮，他再三谢绝了姜里的挽留，推说有其他事情，连体育馆没看完的会展也不去了，一个人悄悄坐火车径奔罗小云工作的所在地。

见了罗小云，钟庆东一句话也说不出来。是的，她的模样一点儿也没变。罗小云问他：“你来干什么呀？”

钟庆东看看办公室里无人，一下子把罗小云揽在怀里，使劲儿亲了她一下。罗小云一把推开他，擦了一下嘴角：“你怎么这么不害臊？”

钟庆东像个委屈的孩子，眼眶一下子就红了。他说：“你现在可以听我说说了。从高中以来，七年以来。七年以来所有的事情。”

这之后，他们建立了频繁的联系。不到半年，罗小云嫁给了钟庆东。

## 下　篇

如果有谁在半年前诋毁钟庆东，说他生活不幸福，钟庆东十有八九会跟对方动拳头的。现在，半年前说他不幸福的那个人如果继续说他，钟庆东是会一直袖着手伴上笑脸的。因为他感觉自己真正是幸福了，幸福得连思维都懒得转，手都懒得举。

就是这样。钟庆东现在每天想要吃什么，那就是罗小云和他共同的食谱。罗小云的那辆自行车（当然早已不是高中时那辆了）如果钟庆东想骑，罗小云撒娇不肯，那又有什么呢？钟庆东接下来会骑上自己那辆破旧的自行车，载上罗小云上街乱逛。晚上回来，虽然很疲乏，但是他们还是要在浴缸里放满热水（他们早已买了新楼入住），洗上一个痛快的热水澡。接下来他们会钻进一个被窝，在进入甜美的梦乡之前，不停地做爱。

上天对我是如此宽容和厚爱！钟庆东时常会对着生活的某一个角落说。对天气说，对窗外大街上的人群说，对香皂盒说，对马桶说，也对自己说。他感觉高中三年一千多个日日夜夜，与罗小云的无数的“有意味的形式”和细节，包括一切相思和情感，现在看来原来就是上天把它们缀成了夜空的星辰，提供给他做美妙的欣赏的。是的，它们变成了邈远，就意味着钟庆东已经拥有了实在，而绝不像是当初这些东西占有了钟庆东的日常生活，成为他躲不去的痛苦的实在。人世间的某些痛苦，尤其是爱情的所谓痛苦，一旦成为过去，十有八九是会成为当事人日后可资回忆的美丽的图景或工艺品的，如果当事人已经拥有了这份爱情，那就更是如此。钟庆东时不时还要拉着罗小云来到情感的窗前，一同欣赏和品味那斑斓夜景中的无数星辰。但是罗小云已不记得，要么就是她没有这份欣赏能力。比如，钟庆东说：“那次上课回答问题，是你替我解了围……”罗小云会说：“哦，我不记得了。”钟庆东说：“还有一次我不小心碰掉了你的文具盒，你对我与对别人的态度是不一样的，因为隔了不久别人也碰掉了你的文具盒。”罗小云说：“是吗？别人碰了我记得，可是你那次我没印象。”诸如此类，等等等等。如果钟庆东纠缠不休，罗小云是会有那么一点点不耐烦的，但是钟庆东也不会因此而懊恼。他觉得，一个女人，无论什么时候，哪怕是成为你的妻子，也还是会保留或多或少的一些自尊和虚荣的，不大会毫无城府地完全承认她当初对你有多么好感或干脆就是爱你。更何况，女人深谙哪怕是进入了婚姻阶段，为了给爱情保鲜，也还是要有一些闪烁其词和捉摸不定的，怕的是你对她不再重视。不管怎么说，钟庆东现在拥有了罗小云，这是实实在在的事。他不论是光天化日，曜曜白昼，还是夜阑人静，梦醒时分，只要愿意，是随时随地可以触摸到罗小云的。

不过话说回来，钟庆东在独处的时候，也会偶尔冒出一点儿念头相信罗小云是说了实话的，就是说，她不记得，或者说，她没感觉。否则，又怎么解释罗小云直到高中毕业也没能同自己在一起，而鬼使神差认识了一个什么跟她撞了自行车的男人？可是，钟庆东接下来想，她对自己说了实话，不也正说明她是爱他的嘛！

现在，罗小云的工作已经从邻县调回了本地，在县计生局做了一名秘书兼打字员。虽然不是卫生系统，却比邻县的卫生防疫站环境好多了，工资也多了一些。钟庆东越来越有理由相信，他们的生活是会越过越好的。

每天下了班，钟庆东和罗小云两个人一起下厨做饭。

两个人都不是炒菜的好手，做起什么来也并不是快手利脚，但好在是两个人一起做，就有了一种亲昵嬉戏的味道，并不惮烦，况且钟庆东还认为能如此同罗小云待在一起，是一件比让他吃饭还更心安的事呢。他其实是把人们常说的“蜜月”期，过成了“蜜年”期。

有一天傍晚，已经到了下班做饭的时候，罗小云还没有回来。钟庆东等了一会儿，有点儿着急，就给罗小云的单位打了电话，没人接。钟庆东只好自己走进厨房，心神不宁地做好了一顿晚饭。快要吃饭的时候，罗小云回来了。钟庆东问:“你到哪儿去了？”罗小云走进客厅:“单位有一份材料明天急着用，我在加班打字。”钟庆东想了一想，说：“你也不给家里打一个电话，让我好等。”罗小云说：“打字室里没有电话，我想给你打的时候，其他办公室的人早已下班走了。”钟庆东把饭菜盛到桌子上，说：“下次再有回家晚的事情，最好给我打一个电话。”罗小云走上来亲了他一下，说:“好啊。”

钟庆东不知道，他这样要求罗小云，其实是给自己找了一个更大的麻烦。下一次的时候，罗小云倒是把电话打回来了，告诉他，单位有一个饭局，需要应酬，晚上就不回家吃了。撂下电话，钟庆东只得默默地自己吃了一点儿将就性质的剩饭。吃完饭，他躺在沙发上，一直看电视到晚上八点钟。过了八点，他走到盥洗间，刷牙，洗脸，慢慢收拾了一下，又出来翻了一会儿报纸，这样就是快到九点半了。将近晚上十点的时候，钟庆东坐不住了，他感到了一点儿焦灼。他闭掉了电视，偌大的房间，寂静中透出冷漠，单调，呆板。什么地方的下水管道在排水，咕噜咕噜的，听起来是那么遥远。卧室的灯光显得有点儿惨白，床罩垂落在地板上，褶皱和线条是那么僵硬。没有一点儿东西让人感到暖和。刚才倒是喝了一杯热乎乎的茶水（他要提醒精神），可这时仿佛那种热流变成一股无名的嫉妒，在体内发作起来，它们带着不信任的神情，打量着周围并与周围的一切遥相呼应。

钟庆东走进阳台，隔着玻璃看外面大街上的车来车往。“她到底和什么人吃饭？吃的是什么饭？怎么这么晚还不回来？”钟庆东知道罗小云夜间是不敢独自骑自行车回家的，她一定会打车。于是他把目光转向楼下花园小区的大门口，那里偶尔会有不同形状的轿车从远处驶来，慢慢停站。钟庆东盼望着有那么一辆出租车，从里面卸下来罗小云。就这样盼望着，他渐渐发现一个现象，倒是有那么几次，有年轻的女性独自从车上走下来，所乘的既不是出租车，载她的轿车又不肯直接开进花园，只是将车上的人送下来（有时候做简短晤别）就匆匆离去，显得非常暧昧。这给了钟庆东一个不良的暗示。他现在倒是要看一看，是不是也有那么一位护花使者把罗小云送回来，送到花园门口，再做简短晤别。时间不知过了多久，大概总有晚上十一点了吧，钟庆东不敢回客厅看一下钟表，他怕在某一瞬间遗漏了重要信息。终于，又过了很长时间，他看见一辆有出租车标志的轿车，停在花园门口，里面急匆匆走下来罗小云。

钟庆东不想跟回到家中的罗小云说什么。尤其是，不能说出他的焦灼、等待和观察，他怕说出来，罗小云以后提防他还是其次，他怕她因鄙视而不再爱他。一个大男人，似乎也太无聊了些。不过，临要睡觉前，钟庆东忍不住还是问了一句："怎么饭吃得这么晚啊？"

"离不开嘛。离开了大家会扫兴。"

"那也不至于吃这么久吧？都五六个钟头了。哦，我的意思是说，应该注意点儿身体，别暴饮暴食。"钟庆东又可怜又委婉地说。他觉得自己可怜。

"唉，谁会想得到呀，我们是晚上九点才开始吃的饭。"罗小云说。

"那这之前怎么不吃呢？"

"这之前，大伙提议去歌厅先唱歌儿。你想，十几个人，一人轮唱一首，也得快两个小时嘛！"

都是先吃饭，后唱歌儿；哪有先唱歌儿，后吃饭的？钟庆东想，算了，按自己的经历，先吃饭，再唱歌儿，折腾累了往往还得再吃一点儿夜宵，那她可就早晨上班的时候再回家了。

钟庆东的楼房是三室一厅，三室中有两个是小一点儿的，做卧室；另一个稍大一些，当初被钟庆东当作画室，一直用到现在。是的，还是在跟罗小云结婚之前，他无论是上班之余，还是做生意之余，一直没有间断过绘画创作。他现在从事的是漆画研究，以前在部队里，他也搞过一点儿，现在时间从容了，则想把它当作人生的另一件重要的事来做一做。他的骨子和精神深处还是那么喜欢美术，虽然已经工作和安家了，他对生活还是有一种潜在的热望，希望将来有机会到中央美院或是哪里去进修一下，哪怕是自费，只要有利于发展他这种兴趣和爱好，他也认为值得，人生看起来也才会具有丰厚感和立体感。

钟庆东投入漆画创作的时候，一个人埋头在屋子里，是不愿接受外面太多打扰的，哪怕是生意上的事情。但是罗小云，时不时地还是要缠一缠他的，比如，星期天，央求钟庆东陪她到街上逛一逛，看看有没有什么新款的衣服。虽说她知道男人没多少喜欢逛商店的，但是像她这么漂亮，又这么年轻（罗小云自己语）的女性一个人落落寡合走在大街上，总不是那么回事吧。钟庆东几乎认为下面的事情没有止境，那就是：罗小云虽然也有不用他陪着的时候，那十有八九是下班后一个人钻进“奥黛雅诗”里面了，做长达几个小时的护肤和美容。彼时，钟庆东就不会奢望他们俩一起下厨房做饭了（是啊，他越来越发现不用说让罗小云单独做饭，就是她和他一起做饭也差不多成为一种奢望了），只好自己做好了等罗小云回来吃。

钟庆东家里经常会来一些到访的朋友，那多半是与钟庆东谈事的。罗小云如果在家里，对待客人的热情与否那全看这些人当中有谁给他们带来实惠。也就是说，谁更有利于钟庆东生意上的事情。如果来人是跟钟庆东谈什么罗丹、塞尚、库尔贝甚至康斯特布尔这些听起来做作而蹩脚的名字，那她是很容易流露出时间被他们白白占用的不满神情的（是的，谈生意往往很快，偏是这种谈什么艺术的磨牙齿的事情无止无休）。钟庆东不好跟罗小云说什么，她的这种表现正在或已经对自己的美术创作产生消极影响。有几次，钟庆东就是暗自和她赌气，故意连续好长时间不动画笔的，他相信罗小云会很快意识到并为之内疚的，因为，她应该知道他们能有今天的小康生活是来自他对美术的热爱的，同时，她也应该知道画画对他的生活，对他的心灵是涂抹了多么浓重而斑斓的幸福色彩！可是，以钟庆东的观察，罗小云竟比他还沉得住气，对他不去画画竟一声不吭，那样子就像看见一个咿呀学语的婴孩第一次站起来走路，她怕大声喝彩反会吓了他而干脆采取闭口不言的方式来期许他一样。临了，钟庆东只好自己又偷偷拿起了画笔。这似乎更表示一种悲哀，罗小云既不鼓励他，又不反对他，那岂不是压根不在意他？

但是钟庆东还是那么热爱罗小云，他是不甘心让生活中有什么事情来减轻他对罗小云的爱的，他知道能够得到今天是多么不易。现在，他已习惯于在对罗小云越来越高雅的爱当中学习欣赏一种越来越粗俗的审美趣味了。两个人在客厅看电视，罗小云喜欢看那种笑不出来却硬引人发笑，好比不是捏着头发丝胳肢人痒处而是握着筷子去捅人一样的粗俗电视剧，为了让罗小云快乐，钟庆东情愿和她一起欣赏，并时不时从中附和几句好来。在钟庆东看来，也许女人有别于男人，尤其是罗小云这种女人的本质和魅力，正是通过这样一些世俗性的细节和特征才能表现出来吧？表现成一种可触可感的事物。钟庆东有时候甚至这样设想，假如他与之结婚的是一位通晓艺术的女人，那无论他带她到电影院看《本命年》还是到剧院欣赏轻音乐，她是不甘于光听凭他的艺术见解而是要表达自己的感受甚至与他高声辩论的——一个要在他面前表现自己的人和一个因不懂而默默听从他的人，到底哪一个更适合他？也许还是什么也不懂的那个会让钟庆东感觉更舒服一些吧。

罗小云不就是这样的人吗？

既然如此，夫复何求？

钟庆东就是怀着对罗小云性格的既爱恋又纵容的说不清的心态，与她不知不觉度过了三年的婚后生活的。

自打他们高中相识到现在，已经差不多有十年了。十年来，罗小云穿越了从十六岁到二十六岁的生命阶段，尤其是结婚三年来，她从一个青春的少女变成一个标准的少妇，岁月在她那柔和的面庞和身段上打下清丽的光影，使她看起来格外有一种变化之美，仿佛春日含蓄的深潭转入了夏日的旖旎。她和钟庆东眼下还没有生小孩的打算，并且未来三年也不会有。尽情享受一点儿没有负担的时光，是他们在身处的社会和时代中学到的一种免于收费的连锁课程。

当然，他们也学会了生活中其他一些事情，比如，争吵。他们记不得第一次争吵是发生在什么时候了，既然如此，他们也必将说不好最后一次争吵该在何时出现。钟庆东越来越发现，罗小云其实是非常喜欢钱的，恐怕是每隔几分钟潜意识里就会划过一个钱意识。关于钱的问题的最初争吵，是钟庆东单位一个同事的弟弟结婚，他是否该去赶礼。钟庆东说，当初这个同事结婚，他就没有赶礼，如今他弟弟结婚，无论如何是要去的。罗小云反驳的意见正好相同：同事本人结婚你都没去，现在他弟弟结婚与你何干？钟庆东说，当初同事本人结婚，自己还才去电影公司报到上班，与他并不相熟。罗小云说，那后来你结婚了，已经是上班后很久的事了，他为什么不来赶礼？钟庆东说，你不要小肚鸡肠，睚眦必报，对人宽容一点儿好不好？罗小云说，你才睚眦必报，小肚鸡肠呢，否则你为什么不少跟我顶一句嘴？

类似的争吵，似乎越来越多，后来终于发展到对待钟庆东父母的赡养问题上了。

谁都知道钟庆东是一个孝子，他当初那么渴望早一点儿从高中走上社会，可是为了母亲他还是回到学校复读一年了。如今，父母年纪大了，又都是工人，近年因为工厂相继倒闭，连一分钱退休金都发不下来，生活很是清苦。钟庆东觉得自己好歹有工作，有生意，就跟罗小云说，每个月付给父母五百块钱帮助生活，以尽孝道，没承想遭到罗小云的激烈反对。

钟庆东说：“钱我可以再挣啊，我工作之外还有生意。”

罗小云说：“那不对啊，怎么知道给你父母的钱都属于你生意上挣的？我每天在单位里一个字一个字地敲键盘，手指尖都敲白了，一个月正好挣五百元。交给你父母，那不等于我的工作白干了？”

钟庆东噎得一句话也说不出来。他现在真是搞不懂，生活中越是不通艺术的人，说起话来为什么却越是具有高度的艺术性，让你点评它的余地都没有。事情最后弄成了这样：钟庆东每月交给他父母三百元生活费，前提是，他每月也要交给罗小云父母三百元。

可是罗小云的父母是在机关退休的啊？吃喝不愁不说，每个月自己还掂出几百元钱打麻将呢。

但是钟庆东没有说。所谓婚姻生活，原来并不是两个人的生活，它要牵扯同事，牵扯父母，牵扯社会。

经过一次次地争吵，钟庆东不知道罗小云是怎样看待他的，反正，他对罗小云的理解是渐渐明白她是一个与自己不同的人，带有与生俱来和不可救药的世俗与功利的一面。他现在有点儿相信了，罗小云当初能够甩开那个同她撞自行车谈了两年恋爱的人而来到自己身边，不单是自己狂热和煞费苦心追求的结果，对她来说，未尝没有考虑图得生活安逸和物质享受这一因素。如此转了一圈，说到底，她高中三年明知道他俩之间已有故事却最终没有把它演示出来，就是极正常不过了。因为那时候钟庆东落魄凋敝如丧家之犬。

有一天中午，罗小云下班回来，郁郁不乐，把肩上的挎包一放，一下子扑在钟庆东怀里。钟庆东大感意外，连问怎么了。罗小云说："钱丢了。"

钟庆东问："多少钱？怎么会丢了？"

罗小云说："准备买化妆品的钱啊，一千三百元，放在包里，倒霉死了。罗小云边说边骂，你说这是算偷啊还是抢啊？"

钟庆东问："到底怎么回事呀。"

罗小云说："下班，还是走在热热闹闹的大街上呢，一个人从后面一下子捂住我的眼睛，差点儿给我扳倒，让我猜猜他是谁。是个男的，我的眼睛被他两只手压得生疼，就说，别逗！他不肯，说，你不好好猜猜我是谁，我就不松手。我没办法，就胡乱猜他是高中的男同学张三李四吧，他猛一松手，转身跑了，原来他们是两个人。我的眼睛还没完全看清，他们就没影了。走了几步我才发现，肩上挎包的拉链开了，他们把钱拿走了。”

钟庆东觉得又可气又可笑。世界上的坏人如果都这么干坏事，那倒是挺充满诗意的了。钟庆东认真地问了一句：“他们没有碰你别的什么吧？”

“别的什么？”罗小云不解。

“没有借机碰你的身体什么吧？”

罗小云气得脸都白了：“你以为你老婆的身体比钱还值钱啊？！”

那当然。钟庆东心里想。钱丢了，罗小云是真心疼；她的身体没有遭到非礼，钟庆东是真高兴。

是的，许久以来，钟庆东一直替罗小云的身体感到担忧，他对除他以外所有跟罗小云接触的男人怀有醋意。罗小云经常的还会回家很晚，在外面应酬，陪人家吃饭，有时候甚至微醺带醉。直到有一天，钟庆东突然听别人说起一个消息，那个跟罗小云撞过自行车的小夏，两个月前竟已经从邻县调至本地了，被所属企业派到这里做驻在机构负责人，负责原料和资源采购以及拓宽产品市场。钟庆东不禁大吃了一惊。

为了及时了解罗小云的行踪，钟庆东在通信市场还没有完全进入竞争状态而产品价格偏高的情况下，为罗小云买了一个贵重的手机。他以为这样便可以遥控她了，然而她的手机却经常在他拨打的时候无法接通，按罗小云的说法，那都是因为信号不好或缺乏电量所致。有一次，钟庆东因为什么事又把电话打到罗小云手机上了，她的手机占线，一直忙音。钟庆东想起，以前有过几次类似的情况，他过后问罗小云为什么占线，罗小云十有八九是回答在和她妈妈通电话。这一次，钟庆东先把电话打到岳母家里，话筒里传来的铃声正常，属非忙音，他让电话响了两声之后就挂了，随后又打到罗小云手机上。罗小云的手机仍在占线。

过了一会儿，他终于打通了罗小云的手机。他说：“我一直打不进你的电话。”

“我刚才在和我妈通电话。”

“她在家吗？”钟庆东不动声色地问。

“在啊，我们好久没回去了，我和她在电话里聊聊天。”

罗小云在欺骗他。钟庆东想。她在同另一个人打电话。她之所以欺骗他，是因为她不想让他知道那个人是谁。

钟庆东越来越对罗小云的身体有一种依赖性的迷恋。这种迷恋带有一定的霸权性和覆盖性，像黑夜降临大地一样并且间歇发作。那都是每每钟庆东脑海里划过“她竟然背着我在外面有了别人”而导致的心理反应，或者说是生理反应。但是他又断定不准，无法确证，这样的情境下他渐渐习惯采取一种折磨自己也折磨别人的做法，那就是每天都要倾情缠绵地同罗小云做一次爱，或是多次。他要不停地在罗小云身体上打上自己的印迹，仿佛这样才能证明谁具有真正的属权。人真是高级的动物，钟庆东想，高级动物的概念就是人比其他动物具有更高级的动物性，也就是更像动物，或者说比动物更动物。钟庆东每次同罗小云做爱即将达到高潮的临界点时，伴随着一种既快乐又忧伤的说不清的感受，他总能适时地在脑海里浮现起某种动物或昆虫，比如狗和螳螂，据说它们每来到一处认为属于自己的家园和领地时，毫无例外地要在那里做一些液体排泄的事情。罗小云，你就是我的心灵栖憩地，钟庆东一遍遍呼唤，罗小云，你就是我的家园。

有时候意兴阑珊，午夜梦回，钟庆东躺在罗小云身边，也往往会猛然一念：怎么，这个人已经属于我了吗？听着罗小云鼻息里轻微而甜蜜的鼾声，钟庆东有时候会觉得罗小云离他很近，但有时候又会觉得离他很远。是的，他拥有罗小云和罗小云属于他，并不是一回事。现在，他确实是拥有罗小云了，然而，罗小云属于他了吗？他觉得罗小云仍旧是很陌生的，就像是高中三年他不惜耽误一切学业去暗恋罗小云而最终仍拿不准她是否爱他一样，他今天仍占据不了她的内心和思想，包括她的隐秘的欲望。这样一想，钟庆东原来从来就没有得到过她。他因渴望得到她而不停地占有她身体所导致的每一次事后的感觉，恰恰显得离最初的目标更加遥远，甚至背道而驰。

钟庆东有时候也强迫罗小云在床上做一些难以启齿的事情，那都是在罗小云看来违逆常规的、不近人情的举动。但是再怎么违逆常规和不近人情，只要进行在夫妻之间，那也是合乎法度的，最终被胁迫就范的总是罗小云。有时候钟庆东自己想想也很奇怪，时间如果放回十年前，在高中，他是无论如何也不能把眼下的事情和那些乖戾的举动与罗小云联系在一起的。甚至哪怕在三年前，如果想到某个男人不洗脚而将同罗小云躺在一起，他都觉得是对她莫大的玷污。如今，钟庆东看着罗小云为自己做着那些她认为“不干净、不卫生”的动作，竟不但不觉得她被玷污，反而是有助于她的圣洁呢！

渐渐地，罗小云默默顺从并适应了钟庆东那些无理的要求，这个时候，事情又产生了别的变化，钟庆东想，罗小云原来很会做啊，她当初显出的那份局促和生疏，难道不就是为了掩饰她恰好存在的相同癖好和经验吗？钟庆东在那一瞬间油然想到了小夏，是的，说老实话，当初他在省城离开姜里的住处独自去找罗小云，继而狂热地重新追求罗小云达半年之久的时间里，他曾无数次地想到了小夏。他想到了小夏与罗小云作为一对年轻男女，热恋了两年之间可能发生的种种亲密举动。但是在当时，种种可能发生的亲密举动不仅没有阻挡住钟庆东追求罗小云的步伐，反而促使他产生这样一种信念，他是在英雄救美，他是在利用公平竞争的手段来拯救罗小云，继而也是由此实现自己人生最大的幸福理想。一个以怀有巨大人生理想和幸福追求为终极信念的人，又怎能在意取得胜利之前那些过程的曲折和不完美呢？钟庆东想，如果是在古代，便是罗小云沦落风尘做了一个青楼女子，他也会毫不犹豫地将她赎身并结为百年之好的。

但是现在，钟庆东不得不像对待自身患上某种疾病那样来与自己的思想周旋了。罗小云现在同他所做的一切，是不是也暗地里同小夏正做呢？虽说人是同一个人，所做的事也类乎相同的事，但是发生在婚前和婚后，那是完全不同的两个性质——一种是他知道，一种是他不知道。是的，一想到罗小云可能背着他与别人干一些他不知道的事情，钟庆东内心就充满了强烈的妒意和怨恨。她不是没有欺骗过我，钟庆东想，这让他有点儿万念俱灰。然而，有时候他也自我安慰，也许，小夏比他受骗得还要厉害呢，毕竟，罗小云同小夏谈了两年恋爱，最终嫁给的却是钟庆东……不过，话说回来，那又能说明什么呢？结婚三年以来，钟庆东越来越被一个他认为是的巨大的事实包围着，就像环顾自家的那些墙壁、家具、装饰画、镜子、罗小云的化妆品，它们提供给他的永远是一些事物的表象，那么生活，从高中到现在，他对生活到底占有了什么呢？

尤其是，他不仅想到了现在，他也开始想到了以前。罗小云今天同他做过的，当然也同小夏做过。他觉得这不再是一个可以忽略的问题。

夏季的一个周末，钟庆东应邀来到省城参加一个广告产品交易会。说是交易会，其实是交谊会，也就是省城一家最大的广告原料供应基地，邀请省内一些长年固定客户的头头们相聚一下，叙叙感情，以利发展。钟庆东本来是不太想去的，夏季是生产的旺季，他的美术社承揽的活太多，经常晚上加班加点地干。但是后来听说，参加这个会议的客户，是可以享受一年内原材料大幅度优惠供应的最佳待遇的，看来也不只是务虚，于是匆匆赶去，却只逢上了会议的最后收尾。

那是一天傍晚，会议次日就结束了，大伙在一起进行了最后一次晚宴。晚宴结束，不到八点钟，东道主提议请大伙同去休闲娱乐一下。钟庆东有点儿犹豫，他是来自最远的地域，最后一个到达，马不停蹄的，舟车劳顿，实在想早点儿回去睡。但是又一转念，开会开到底吧，大老远来了中途吃一顿饭就离开，显得既无始又无终，最后再没挂上享受优惠待遇的号可就贻笑大方了，于是只得乘车同去。

其实也就剩下七八个人了。毕竟有几位早来报到并且一直参加会议的人，自感大功在握，可以不凑这个趣了。于是这剩下的一行人驱车来到省城一座豪华的洗浴娱乐中心，径奔里面一间舒雅的歌厅。

不多时，音乐就在四周蔓延起来了。随着音乐的出现，钟庆东发现，包房里不知什么时候悄悄增加了七八位衣着简练、柔媚性感的服务小姐。

我悄悄地蒙上你的眼睛，
让你猜猜我是谁……

歌声在轻轻地回荡。这首歌的旋律钟庆东是熟悉的，歌词也容易记诵，但是在暗淡低迷的灯光下，钟庆东还是听出了一种别样的心动。他感觉两颊发热，太阳穴隐隐鼓胀，那是多喝了点儿酒的缘故。他慢慢合上眼睛，倚在沙发背上，做短暂的休憩。不知过了多久，在一片喧闹声中，钟庆东恍惚觉得有人在轻轻推他的胳膊，他猛一睁开眼睛，发现一个小姐的面庞在他眼前闪动："先生，我扶您去休息好了。"

钟庆东本能地推了那个小姐一把，但是她像影子一样又轻轻贴了上来。与此同时，钟庆东听到东道主在旁边叫他的名字，说："累了就去休息一下，放松嘛，待会儿我们也要休息的！”

钟庆东左右扫了一眼包房内，这才发现同来开会的人已经少了几个，连同相应人数的小姐。钟庆东在那一瞬间明白了什么。他虽然没有经历过这样的事情，可道听途说却是免不了的，不用说，那同来的几个人已被别的小姐扶去“休息”了。钟庆东还想继续推阻着，蓦然发觉包房内剩下那几个同伙的眼神很特别，又尴尬又不屑，那无疑是说，你如此这般，莫不是让我们也一一效仿，成不了好事？钟庆东知道，这几个人当中，数他的生意规模算是小的，其他人都是广告精英，赫赫有名，自己这样在人家面前一番举动，无非是格外显出一种乡气罢了。于是硬着头皮，被小姐牵到了楼上一个精致的房间。

钟庆东一进房间就仆身倒在床上，装作喝醉的样子不省人事。那个小姐给他的头部按摩了一会儿，问他是否要喝水，钟庆东也不吭声。小姐只好又拿来热毛巾，敷在他的后颈上，慢慢地给他揉背。折腾了好一会儿，小姐费了九牛二虎之力，气喘吁吁地把他的身体扳了过来，使他仰躺，帮他脱去两只袖子，卸去了外套。解他的衬衣时，钟庆东就死死地把肩膀靠在床上，再也不给她一丝嵌动的缝隙。小姐没办法，只好又把他重新扳过去，想将衬衣由他的后背脱下，但是钟庆东两手一拢，竟就势把胳膊压在心窝上，钢筋一般，整个身体再也无法翻动了。

小姐愣了半晌，叹了一口气，将面庞伏在他身边，轻声道："先生，得饶人处且饶人啊。"

钟庆东心怦然动了一下，没想到小姐会说出这样的话。他半睁着眼睛看了小姐一下，感觉她倒也皮肤白皙，清秀可人。他的眼睛适应不了灯光的照射，于是又闭上了眼睛，那一刻，他突然想到了罗小云。

——凭什么她可以与别人做过，而我就不能?

钟庆东顺从地翻过身子，仰躺在那里，对小姐说："来吧。"

所谓秘密，对某一类人来说，是这样一种东西：怀有秘密的主人又想保有它，又想用它与人分享。尤其是，它使主人怀有道德上的自疚时，它就会像盛满容器的水一样不经意流淌。

钟庆东就是处于这样一种情境。省城的经历给他带来前所未有的心灵纷乱，虽然按传统的眼光看，他是得到了，但是，一种更大的无形的东西，却是不可挽回地失去了。他失去了对罗小云的一种自我纯粹的感受和对生活保有的完整意念，尤其是，在罗小云不知情的情况下，那伤害的根本就不是对方，而只能是钟庆东自己。

毕竟，钟庆东还是深爱罗小云，并且，他也并没有真正抓到罗小云婚后跟别人的什么把柄。

钟庆东想慢慢地纾泄出去他那份灵魂的不安，他自认为这么多年浸淫了对美术爱好的洗礼，对真善美有着相对的认同规范，道德上也不是一个自甘堕落的人。于是跟罗小云在床上亲热的时候，他会冷不丁插入一句："我找过小姐。"

"什么？"罗小云立刻问。

看着罗小云那警惕的眼神和紧张的表情，钟庆东意识到不妥，马上改口说："呵呵，我是开玩笑，逗你呢。"

过了一段日子，钟庆东感觉那份压抑的自责仍旧堵在心上，于是他仍旧选在跟罗小云亲热的时候，只不过换了开玩笑的口吻说："我和小姐玩过的。"

"到底真的假的？"罗小云问。

"真的呀！"钟庆东的表情看不出他是坦白还是搞笑，有点儿赖皮的样子。

"我不信。"罗小云说。

"不信拉倒。反正我是向你坦白了，我不想欺骗你。"钟庆东说。

"这是你说的？"

"嘿嘿，开玩笑呢，你看你。"

如此反复多次，仿佛钟庆东是用这种话题来调剂他和罗小云之间的闺房之乐似的，最后，罗小云终于懒得搭理他了。钟庆东故伎重演的时候，罗小云会说："你爱怎么着怎么着吧。"这正是钟庆东所需要的态度，反正，我是和你坦白了（没有欺骗你，不受良心自责之苦），信不信是你的事（你总是半信半疑，直到觉得无所谓。那岂不等于变相地原谅我了？），由此，我的内心也会得到舒缓和平静。钟庆东就是这么暗自庆幸的时候，一种更大的悲哀几乎同时袭上他心头，他想，终究还是罗小云聪明啊，而自己显得呆笨了些。因为，事情如果换成罗小云，那是打死她也不会用这种哪怕是开玩笑的方式来泄露自己一丝一毫隐情和秘密的。事实也可能正是如此，罗小云婚后给他的感觉，不啻是高中三年他对她感情苦苦寻觅不得要领的一个翻版，甚至有过之而无不及。就在前几天，钟庆东还无意中听美术社里的一个伙计说，看见罗小云有一天上午坐在一个男人驾驶的轿车里向郊外驶去。按惯例那应该是她在单位上班的时间。钟庆东知道这样的事情除非他亲眼碰见，否则是无法打探的。罗小云会说："怎么，你的那个伙计是看错人了吧？"或者说："不错，是和单位宣教科科长到乡里搞人口普查的。" 钟庆东当然不会为此到罗小云单位查个水落石出，按流行观点，丈夫在外边有外遇，妻子要承担百分之百责任的，而妻子在外边被引诱，有起码一半原因要归附丈夫头上的，他在日常生活中要么具有性无能，要么具有无能性。再说了，所谓谎话，终归是类乎美术中荒诞派之于现实主义那样的东西，是必须根植于现实之上的，也就是说，谎话为了让人听起来信服，往往会在其中加入了一些真实的成分。比如罗小云，去乡里普查的事情或许真有，只不过被她移花接木说成另一个时间；或者是，她真的跟那个什么科长下过乡，但未必是去搞普查，等等。总之，这样的事是无法访查的，除非你想让所有的人都知道作为家庭中的两个异性成员之间发生了多么大的裂隙。

钟庆东有时候会翻出罗小云读高中时的留影，甚至她童年的老照片，静静地看着，用以回忆她曾经的模样。是啊，那时候她当然是年轻了，尤其是读高中时的留影，每一张每一张不同角度的面庞，都洋溢着雨后草地般清新的笑意和纯真的梦想，美丽得了无挂碍，不慌不忙。但是，这就是当初的她吗？当初的她就是这样的吗？这仍是钟庆东想不明白的问题。因此，他想据罗小云当年的照片来推测她在什么地方发生了变化的企图，就成了一个泡影。有时候，钟庆东看着罗小云在镜子前梳妆打扮的身影，会忍不住内心问自己：她是谁？她从哪里来？最终要到哪里去？

“爱”是为爱情制造和产生醋意的前提，也就是说，对罗小云给他带来醋意的行为，钟庆东应该因爱她而加以原谅。但是，果真原谅甚至纵容她的行为，是不是又意味着他不再爱她了呢？这真是一个二律背反的问题。就像眼下，钟庆东为了给罗小云的一帧镶着玻璃的相片擦去尘垢，只好一边唾上去口水，一边用棉花擦拭，这种行为到底是在珍视她，还是在轻贱她？

钟庆东曾经尝试慢慢忘记罗小云可能发生的行为，事实恰恰适得其反。想要努力不去想一件事，实际上是不断提醒自己再一次想起它。生活从一开始就带有某种宿命。仿佛一个缺口，无论怎么弥补，都只是格外增加它残缺的醒目而已。钟庆东想，也许，他到了五十岁的时候会好一些，那时候，由于生理和心理上完熟得近于衰退，他会懂得满足于为爱的乐趣和过程而爱，而不太会严苛要求被对方爱。但是那时候，钟庆东想，我也快老了。而现在，我还年轻啊。

是的，年轻给了钟庆东与生活不断对质的口实，使得他对自己的内心生活不能自理。只是，他的脑海里不断回荡着罗小云的话："你爱怎么着怎么着吧"，倒是颇能给他一些隔靴搔痒和莫名其妙的安慰。

入冬的一天，钟庆东走在县城大街上。他去一家公司清账。因为是暖冬，刚刚下过的一场雪落地不久就化了，到处一片斑驳暗迹，水意淋漓，像是刚刚卸完无数海鱼的码头。钟庆东在躲避一辆疾驰而过的将要溅起雪水的卡车时，撞到了一个人撑起的雨伞上。两个人停了下来。

"是你，小钟。"

"是你……王姨。"钟庆东终归记得。是多年以前把柯清介绍给他做对象的那位工厂医务室里的女大夫。

她有点儿老了，但是目光还是当年的模样，带有职业的探究人体内疾痛的特殊观望。她问钟庆东："你还好吧？"

"还好。"钟庆东说。两个人是多年来第一次见面，因此记忆和印象不可避免的同时保留在多年以前。这样，话题扯到跟他们彼此相关联的一个人身上就是极正常不过的事。

"柯清离婚了，你知道吗？"女大夫问。

"什么？这是多久的事？我一点儿也不知道！"钟庆东非常惊讶。

"她结婚两年后吧，就离婚了。"女大夫说，"现在柯清一个人领着孩子过。"

"怎么会这样？"钟庆东问，他不知道为什么此时他还会用这样关心的口气询问，"那她现在住哪里？"

"住在她结婚之初第二次搬迁的房子里。"女大夫欲言又止，"其实，柯清当初一直想等你的，等你退伍回来。可是她的父母不同意，硬给她撮合一个。唉，年轻的不懂，年老的还不懂吗？不知道强扭的瓜不甜？"

钟庆东心里乱糟糟的，他不想让女大夫看出他当年作为失败者以及现在有点儿幸灾乐祸却又高兴不起来的复杂的表情，推说有急事要办，就匆匆与对方告别了。

一连两天，钟庆东都怅然若失。人真是奇怪的动物，比如钟庆东，当初得知柯清弃他而去另投人怀时，是恨不得她遭遇人世间最悲惨的事情的。可是现在，一听说柯清离婚了，正在遭遇不幸事件的一种时，钟庆东突然会心软下来，觉得很内疚，仿佛一切事情跟自己的恶毒脱离不了干系似的。钟庆东心里萌发了有机会去看一看柯清的念头，尤其是，每当他想起那天路遇的女大夫说的话——她其实一直在等他的——去看望她的念头就更加不可遏止。

过了两周的样子，这样的机会不约而至。钟庆东的一位朋友结婚，他前去参加婚礼，地点就在柯清家附近。钟庆东想，等会儿婚礼结束，他正好可以顺路去她家里看看。没想到在人群中碰见了她，大概是出于邻居的情分吧，她正在院子里帮人家做饭。见到钟庆东，她愣了一下，又低头去忙活。她倒还是那么年轻，钟庆东没记错的话，她是比他大两岁。她的目光仍旧善良，带着犹疑，像是怀着对生活的默想，同时更加浸淫了因生育而悄现的母性光芒。钟庆东没有打扰她。

过了中午，婚礼将要散去。钟庆东裹了一下棉袄，站在门外。柯清从远处跟近，说："不到家里坐坐吗？"

正是初冬，北风慢吹，钟庆东和柯清伫立在小操场上，不远处传来钟庆东那面巨幅广告牌在空中被风摇动的嘎嘎声，像是一种奇怪的小兽在咬啮什么。钟庆东想了一下，两个人脚前脚后进了柯清家那低矮的平房。在院子里，钟庆东看见一架三轮车，里面装着用大号油桶改制的烤地瓜那样的铁皮炉子，心里就明白柯清面临什么样的窘境了。

屋子里很冷。虽然物具家当布置得很温馨，但钟庆东还是感到寒索。也许那是没有暖气的缘故。“孩子呢？”钟庆东问。

“上幼儿园了，全托。”柯清补充了一句，“平常日子我忙不开。”

钟庆东看见炕上撂着一把用木条钉成的简易手枪玩具，心里硌了一下。

两个人慢慢说着话，钟庆东坐在炕沿上，柯清坐在地面的椅子上，那基本是钟庆东问，柯清答的。临了，柯清问他一句：“你现在还画吗？”

钟庆东一时无言。他看着柯清，想着他俩第一次见面的情景，他为了试试能否记住她，把目光看向窗外，他记不住她。如今，他却觉得她那么真实，丝毫不模糊，他心说：这也是自己的女人啊。

“我听说，你当初是一直想等着我的。”虽然犹豫了很久，钟庆东还是这样说了。

柯清抬头看了他一下，又望着别处：“说这个没用。”

“我不信。”钟庆东说。他有一点儿不平静，那是因为他试图挽回什么，而只是他记起了失落和屈辱。

“是我父母当年不同意，硬要我和你分手的。”柯清缓缓地说，“如果我父母在这儿，你可以不相信，但是他们一年前都已经离世了，我不会违心把谎言栽到不在的亲人身上去。”

钟庆东怔了半天，他听懂了。他看到冬日的阳光打在外屋间的地上，晃晃幻幻，像是梦中的河流。他叹了一口气，慢慢站起来，一步步涉过那里，走了出去……

钟庆东下次去柯清家的时候，给她买了一台电暖器，另给孩子捎带一些时尚玩具。过不多日，他再去的时候，看到玩具散在炕上，明显有孩子嬉闹过的痕迹，但是电暖器，仍旧放在墙角没被打开包装。

钟庆东环视柯清家里，几乎没有什么耗电的大功率电器，头上昏暗的白炽灯泡看样子还不到三十瓦。他在心里叹一口气，从身上掏出一千元钱放到桌子上。

柯清不要。钟庆东与她再三推阻，他感觉柯清的拒绝果断而有力，超出了以往他与柯清做任何事情的经验。钟庆东只好说：“收下吧，算是我们当初认识一回，我欠你而早应该还给你的补偿费。不管怎么说，你还为我去过医院的。”

钟庆东说的是真情的话，他这样做也是为了毫不留情地逼迫柯清，使她收下那些钱。他说柯清去过医院，无非指的是她为他流过产。其实他也是情急中说出这样的话，平常来说，这是很唐突和冒昧的，会让对方格外反感和尴尬。但是柯清那么善解人意，她懂得怎样尊重和不违拂人家的好意。柯清真诚地说了一句：

“那也要不了这么多。”

一种莫名的感动、温暖和怜悯涌上钟庆东心头，他忽然有了一种强烈的拥抱她的渴望。他觉得这么多年他死死地追逐生活，可是生活并没有真正让他得到什么。在生活面前，在柯清面前，也许都一样，他还是个孩子。他情不自禁就站在那里抱住了柯清，把头埋在她的怀里。

柯清没有躲避和挣扎，钟庆东由她的脖颈那里嗅到了多年以前那个有月光的晚上，那种庄稼或植物的气息。他更紧地箍住了她，因为他感觉一种更紧的东西箍住了他的命运和思想。现在，他要体验一种彻底的放纵，他要让激情的水淹没所有的庄稼、植物或大地，让它们拥有一种同他一样的多变的窒息。

他把柯清抱到了床上。柯清自始至终不吭一声。

……走出柯清家的大门后，钟庆东听见屋子里传出一阵低低的啜泣声。那时候，钟庆东停了一下，抬起头对着漆黑的无尽的夜，大声地在心里骂了一句：

“活该！”

他不知道他在骂谁。

钟庆东在半年后的一天同罗小云狠狠地吵了一架。最初是罗小云发现钟庆东的衣兜里无由地少了一千元钱，她没太在意，后来有一次她又发现突然少了两千元钱，她就问钟庆东是怎么回事。钟庆东说，昨天刚刚来了一批原材料，付对方货款了。罗小云当时就抄起了电话，打给昨天在美术社值班的工人，问他美术社昨天是否进了一批原材料。那个工人不明就里，老老实实在电话里说：“哪里进了呀，现在库里堆的原材料三个月也用不完呢。”

罗小云不依不饶地质问钟庆东这些钱到底哪里去了。其实钟庆东感觉罗小云虽然爱钱，但还不至于每天都紧盯他的衣口袋，这两次都是钟庆东先是无意中告诉罗小云家里的近期进项，有多少钱，几天之后罗小云买化妆品或是什么跟他要，他让罗小云自己去他衣兜里拿而发现不对的。少了的那两千元钱，是钟庆东不久前得知柯清下岗后生活缺乏保障，暗地里替她缴纳了社会保险的。

这次见罗小云紧追不舍，钟庆东只好说，那两千元钱，被他前几天打麻将输掉了。这倒不失为一个合理的借口，因为半年来，钟庆东确实学会了打麻将，并且习惯于用打麻将来摩擦掉他待在画室里手握画笔的时间。他这样搪塞的好处还有一个，那就是罗小云根本调查不出钟庆东是否真的输了两千元钱，同钟庆东打麻将的那几个人，又不是小学没毕业而不识数，可是每次打完麻将算算谁赢了多少钱，十次有十次是拢不准的。

这件事不了了之。钟庆东工作之余，就去美术社照看照看生意；照看生意之余，就打打麻将；打麻将之余，他也偶尔去看看柯清。甚至有一次，他趁罗小云去外地出差的时候，还在柯清家住过一宿。钟庆东有时候也静下来想想自己，觉得自己很不成样子，有点儿不像他自己。那么他像谁呢？他又是谁呢？他搞不清楚。他现在还没有孩子，但是跟罗小云，除了做爱，他仍没有强烈的同她生一个孩子的热望。他想这种事情还是水到渠成的好。他有时候也做一些非分之想，比如，回头跟柯清一起过会怎么样，但他很快又掐灭了这种念头，不只是因为不现实，而更是因为，他即便同柯清在一起，他也会耿耿于怀柯清的过往而更加感到不幸福。

钟庆东就是每天认真而又乏味地进行他的生活的时候，他不知道，罗小云其实已在暗中盯视他了。终于有一天，钟庆东去柯清家里时被罗小云悄悄发现了，不久，罗小云无意中又在自家书橱的一本书中，发现了一张夹在书里的、钟庆东显然早已忘记的、柯清当年寄给他的医院流产证明。

两个人不可避免地再一次大吵大闹了一番，这次争吵的强度是结婚以来所没有的。虽然两个人相互强忍着没有在对方身上动手，但是家具和物品充当了遭受物理打击的牺牲品。罗小云最后以她特有的决绝方式，回到娘家住了十几天。钟庆东尽管心存愤怒，可是毕竟理亏，何况长时间见不到罗小云，他心里对她更加充满疑忌，末了，他只好耷拉着头，来到岳母家，对罗小云软磨硬泡，好话说尽，这才把罗小云哄回家。

钟庆东不知道，他自己从此陷入了多么被动的局面，因为罗小云还是经常会回家很晚的，甚至较他们吵架前有过之而无不及，带点儿有恃无恐的样子。钟庆东有时候自己想想也很冤屈，他觉得自己仿佛并没有做什么错事，更谈不上做什么坏事，他相信自己还是很善良的一个人。但是，问题的关键是，他在情感的某一方面被罗小云抓住了把柄，而他对罗小云，有的永远只是怀疑而已。

也许，这才是最痛苦的。

临近春节的一天夜里，罗小云很晚才回家。此前她的手机一直关着，钟庆东不知道发生了什么，他一直焦灼而满怀忧虑和不信任地等待着她，这中间当然也免不了嫉妒和吃醋。他去她单位找过一次，又给她所有自己所能知道的女朋友家里一一挂了电话，没有人知道她去了哪里。后来，钟庆东不知怎么，他凭直觉认为罗小云一定在某个歌厅里陪什么人玩耍，他自信于自己的聪明。于是他骑上自行车，在县城内的娱乐场所里一家一家的探询查找，其间还有两次因进错了房间而被人家不客气地予以训斥，最终垂头丧气，无功而返。直到将近子夜一点钟，罗小云终于回来了。而那时候，钟庆东已经呆坐在客厅里把他的愤怒预演无数次了，怨怼窜满钟庆东的全身。

“你到哪里去了？”

“处理工作啊。”罗小云放下她的手包。

“处理什么工作？”钟庆东问。

“快下班时我们计生局接到举报，有一个准备超生的妇女，离家好长时间了，在她亲戚的一户单元楼里躲藏，我们去对面的房间里埋伏监视。”

“怎么连个手机也不打？”

“手机不敢开，怕打草惊蛇。”

“那事先怎么不告诉我？”

“我说过了，是下班前接到通知的，我以为很快就会处理完回家的。”罗小云走进卫生间卸她的发夹。

“都有谁啊？”

“我和我们单位的领导。”

“那也用不着你吧，有你们领导不就行了吗？”

“可我是女的啊，监视人家妇女超生，总不能让男同志往前上吧，领导说，必须带一个女的。”罗小云看了钟庆东一眼，“当然，光我一个女的也不行，总得有个男的，否则同对方撕扯起来我们力气不行。”

“嗤。”钟庆东冷笑了一下。

罗小云看了钟庆东一眼，反感地问：“你什么意思？”

“没什么意思。你自己清楚就行。”

“我不清楚！”罗小云的忍耐达到了一定的限度，她立刻喊了起来。

“你回来得太晚了，知道吗？！”

“啊，”罗小云说，“如果你用这个口气和我说话，那我就只好告诉你，关于我的事，你管不着。”

“可是你最近回得越回来越晚！”

“那又怎么了？我跟你说了，你——管——不——着——！”罗小云眄了他一眼，傲然地甩了一下她的长发。

钟庆东气不打一处来，他一下子想起了罗小云的种种不好，他不知怎么就来了这么一句：“你他妈的就这样，还不如明火执仗去卖了呢，也能给老子赚点儿外快！”

罗小云愣了半天，声音突然低了下来，轻轻地嘲讽：“谁像你啊，我没去卖，也没赔什么。你呢，把自己那货搭进去不说，还倒贴人家现金。”

钟庆东一下子感觉自己的头涨成了两倍大。他不知道自己的拳头一瞬间怎么上去的，事情发生得那么突然。他先是一拳打在罗小云的脸颊上，然后又狠狠地扇了一记耳光，接着又冲她小腹踹了一脚。罗小云痛苦地呻吟着，她佝偻着身子靠在暖气片旁边的无助身影并没有阻止钟庆东的疯狂，他冲上去，继续恶狠狠地用拳头捶击她的身体，用脚踹她，然后双手揪住她的肩胛处，死命地一下下向她背靠的墙上撞击。“你以为你是谁，啊？你以为你是谁？”他扭曲着脸一下下撞击，“贱货，贱货……”

罗小云只能惊恐地看着钟庆东的眼睛，她一点儿还击的力量都没有。她试图让他停下来，但是他停不下来，他的每一次击打都仿佛只能激起下一次击打的欲望。罗小云的身体渐渐瘫软，她的双手努力攀扶住什么，那颤抖而有力的纤手似乎是鸽子张开受伤的翅膀。蓦地，她的左手在窗台上碰到了一瓶敞开盖子的溶液，她一下子抓住它，想都没想，顺手泼向钟庆东——

罗小云忘记了，瓶子里装的，是日常用来清洗便池的洗厕液，内含高浓度的硫酸。一瞬间，她觉得世界突然静了下来，一切都变得莫名其妙，眼前，只有钟庆东用一种非常奇怪而陌生的口气在不断重复，“啊，我的眼睛，我的眼睛……”

春天终于来临了。春天总是会复苏一些什么，是的，不仅山冈、河流，不仅土地、树木，不仅白天、黑夜，春天总还会复苏人的一些记忆。就像眼下，钟庆东戴着墨镜，他和罗小云站在月色下的街头，行人的脚步声像时间一样匆匆走过，仿佛它们从不曾停留。钟庆东感觉这有点儿类似生活中经历的无数个场景一样，让他熟悉之至，却又有一点儿陌生。钟庆东想起他还从没有同罗小云在黑夜里拉过手，于是他就拉了一下她的手，说：“我们分手吧。”

罗小云没有松手，她说：“是啊，就这样。”

钟庆东沉默了一会儿，说：“我想起你给我讲过的一件事。”

罗小云认真地说：“我听听。”

钟庆东说：“我感觉有谁从后面蒙上了我的眼睛，让我猜猜他是谁。”

两个人好久好久再也没有说话。

# 不屈不挠的生长

刘大先

于晓威依然在成长。尽管于晓威的写作年头已经有二十年了，但是也许再过二十年他仍然还在成长。

我这样说，并非贬义，也绝非意指某种创作技法或者文学观念的不成熟。这是一个作家的可能性问题——于晓威属于那种有着无限生长可能的作家。他的作品虽然数量不是足够多，影响面可能也没有达到世俗意义的大众层面，但是他不是那种可以一言以蔽之的作家。评论于晓威的难度正在于此，你永远无法用某些既成的美学标签轻而易举地将他标识，也不可能将他网罗进某个现成的批评框架之中。

到目前为止，于晓威还没有形成一以贯之的主题，他的题材、结构、叙事、语言几乎一直在变，只有变化似乎才是他唯一恒定的风格。《九月玉米地》《孩子，快跑》《丧事》等代表作是乡村故事；《在深圳大街上行走》《关于狗的抒情方式》《让你猜猜我是谁》《厚墙》则是城市、机关或情感寓言；《一个好汉》《陶琼小姐的 1944 年夏》《抗联壮士考》则带有重写历史与发现隐秘的冲动；《圆形精灵》《北宫山纪旧》《隐秘的角度》《L 形转弯》《夜色荒诞》则在表面一丝不苟的写实中，着力于抽象的观念与人性深处的幽微层面。所有这些题材他似乎都能够得心应手：乡土写作里，笔触自然地与本土的风情、历史、现实发生关系，而角度和力度则出人意料；在城市叙事中，又将都市的现代性转化为个体生命体验，在诱惑、抗争、屈从、无措和无奈的淆乱中，闪现着体恤和冷酷；而在打破了虚构和体验界限的向内叙述中，他又专注于文本自身，在历史与虚构、现实与书写边界模糊地带，倾听到来自日常褶皱中的躁动和平常感知所无力察觉的惊雷之声。就手法而言，在叙述过程中，有时候他似乎按照严格的写实主义的手法，然而又与纯粹的写实保持美学距离和张力。于晓威早年的《九月玉米地》具有十足动人的力量，尽管在架空小说主人公社会关系背景上，它已然成了某种理念的产物。小说的结尾避开了情感的进一步激化，反将原本可能出现的愤激情绪排遣为对于终极命运的关怀。于晓威在处理这种情形时，所表现出来的倾向显示了他的文学理念——

不愿意轻易向公众期待妥协而进行简单的道德评判或者社会批判。《九月玉米地》像无数乡土叙事一样，将苦难作为情节推动力，这样做的情形是危险的，因为一方面很容易落入世俗悲剧的俗套，沉溺在感伤中无力自拔；另一方面又容易自命不凡地滑向故作冷漠的窠臼。于晓威选择的是避开，游离于任何实际与锋芒毕露的评判，而径直走向了一种更具人文化的抽象悲悯。这使得他处理现实题材的小说，如果单纯标之以“现实主义”都难免使这个定义乏味，比如《孩子，快跑》和《厚墙》，隽永悠长，犹有余味。在《孩子，快跑》里，一个远离乡中学的偏远山村，十四岁的端午涯为了不迟到，习惯跑着去上学。由于家务繁重，他的学习成绩并不理想，中考下来，端午涯却出人意料地以百米第一的体育成绩按特长生被破格录取。这是独特的中国乡村叙事。于晓威的笔调平静异常，将大地上的沉实与韧性不动声色地传递出来，使得这个原本应该充满日常苦恼和辛酸的故事具有一种飞翔的暖意。《厚墙》是个进城的少年农民工与雇主激烈对抗的故事，强烈的戏剧性和冲突性没有被滥用，于晓威通过细节的穿插、心理的对照，将城市与乡村之间的隔膜有效地呈示出来，而并没有做任何伦理上的指责——那样做太容易，也太容易走向偏狭。当年的知青下乡与当下的农民工进城，两个时代的两种命运叠印在一起，相互映照，相互诠释，令人深思。于晓威将人性中恶的成分在重重隔膜中使善的本能掩盖，酿生出惊心动魄的悲剧故事并做了深入的挖掘，是既出人意料又在情理之中的现实，同时折射出农民问题与都市化进程中不可避免的矛盾，在不动声色中具有了浓烈的现场感和伦理力度。他通过文化差异的展示，揭示了某些时代的政治意图和社会发展之间的错位。

在叙述许多故事的时候，于晓威的语气是疏离的，即使在某些充满内在情感张力的作品中，他也是冷静甚至残酷的。不过，与经常被批评家们提到的所谓的“零度写作”又有所区别。于晓威如同一个训练有素的计量学家，笔墨恰到好处，从不浪费，也不匮乏。这种取向在他后来的小说中得到了延续，尽管他一再变化故事的内核，但是他的姿态始终如此，是的——探索。无论从体裁、形式感，还是从精神维度上，于晓威的风格起伏、变化不定，都构成了不容易被评论者所把握的困难。对于一个作家来说，这种游弋无定、天马行空、创作风格的自我持续裂变恰是他值得骄傲的生命力所在。也许是自幼的追求和轻闲的工作，给于晓威足够打磨和钻研的耐心、精力与时间，可以使他有余裕在写作中进行不懈急的试验，而不至于被阅读市场需求或者种种过眼云烟的时髦所左右。事实上，他从来就没有走红过，无论是商业上，还是在那些学院派或者前卫批评家那里。因为他的小说没有足够的娱乐性，也缺乏耸动感官乃至阅读快感的地方，同时又是不徐不疾的，不具有讨批评家喜欢的“突破性”、“颠覆性”因素。在这样的寂寞处境中，于晓威将小说创作恢复到一个人在家中的手艺活。这是一种手工作坊式的操作，一切都是从双手和头脑出发，缺乏外在理性的明晰规划，也没有工业化的僵硬和功利化的流水作业。我们看到他像个辛勤而又有耐心的工匠，就像帕乌斯托夫斯基讲到的那个巴黎清洁工约翰·沙梅：于晓威把自己从事写作以来所经历的文学潮流都纳入到自己效仿和超越的视野之中，“这些无数的细沙，不知不觉地给自己收集着，熔成合金，然后再用这种合金来锻成自己的金蔷薇”[①]。

《丧事》的场面描写如同一幅乡土人物与现实的群像快照，是截断众流的横云断峰，是一个可供仔细分析的生活切片。《游戏的季节》采取第一人称视角和叙述方式，叙述七十年代小城胡同里的男孩女孩在一起吹火车票、拍香烟盒、弹玻璃球的种种情景，又由此写出每户人家的遭遇和处境，是夹杂着历史悲情的个人回忆。

《勾引家日记》是个庸常男人心血来潮用陌生号码的手机短信勾引自己妻子的故事，这种故事容易走上伦理崩溃和日常危机的老路上去，然而一直到最后，作者终于使读者的一般期待落空了。《夜色荒诞》中广告公司小业主和陌生女子的邂逅，在扑朔迷离的情节与欲彰又隐的叙述中将青春、背叛、荒谬等主题羼杂于一起。所有这些小说都在平实的刻画中透露出高超的艺术技巧——故事都是差不多的，却各有各的讲法。这也正是小说作为一门艺术最基本的要求。当然，最能显示出于晓威对艺术形式感的创造，是《圆形精灵》这篇跨文体的小说，它融合了传奇、笔记、史料、报道、议论等多种文体。于晓威虚构了一枚铜板的时间旅行，小说轻灵洒脱、饶有趣味地叙述了它在人间的历险：货币的使用价值随时间的流逝而起伏不定，货币交换的偶然性昭示了历史与命运的荒诞。通过将不同文体类型拼贴组合，小说具有了“后现代”的特色，通过历史与思想的交融，围绕着一以贯之的“时代——文化——人——哲学”的主线，正如北京大学当代文学论坛所评价的那样，这篇小说“完全超出了一个短篇的思想容量，为中国当代小说的写作提供了新的借鉴和参考。”卡尔维诺认为现代小说应该是“一种百科全书，一种求知方法，尤其是世界上各种事件、人物和事物之间的一种关系网”②，是一种“繁复”的文本。《圆形精灵》正体现了这种样本。

《一个好汉》同样对于正典化的历史具有强烈的解构意识。二十世纪三十年代的宏大历史背景下，典当行老板胡成轩的故事只是一个无关紧要的插曲和掌故。他因为同情革命，与共产党地下组织过从甚密，当然也并非出于什么崇高的道德与理想追求，而是在获得心理安慰的同时也可以得到经济补偿。因为叛徒出卖，他被投入监狱。入狱后他表现勇敢，经受了种种考验，但这种勇敢是出于误会，是出于一厢情愿地以为组织上会拯救他的想象中越狱，结果被敌人射杀，从而由一个胆小怕事、几乎就要投降的“一个好汉奸”变成了“一个好汉”。叙事的吊诡之处在于对渺小个体在历史潮流中的偶然性命运所做的思索，同时诘问所谓历史真实究竟是如何产生的。《陶琼小姐的 1944 年夏》同样是对一段历史旧事的现代想象，独异的是这种“历史旧事”也是来自想象，然后在想象之外又加入“现实想象”，在虚构和历史的互文之中，显示出于晓威睿智的解构能力以及解构能力的丰富性、多样性。

如果同《抗联壮士考》那样类似传统笔记小说的写法对比，就可以发现于晓威摇曳多姿的小说形态，对于存在、命运和偶然性的迷恋随处可见，这就不仅体现在上述的历史新编中，而且也存在于当下生活的摹写之中。《L形转弯》作为代表作就体现了如此的现代人的迷惑。公安厅防暴队队长杜坚和富裕建筑商的妻子、保险推销员乔闪之间因为一个偶然的机会认识，成为情人。在不妨碍彼此生活的前提下，两人相处甚欢。像一切偷情故事一样，它不可能获得平静的结局。杜坚了无生趣的家庭生活实际上已经让他厌倦不已，这并不表明他道德上有亏——他无疑是个正直善良的人——而是乔闪的出现让他意识到了生活发生变化的另一种可能性。不过，情节总是出乎意料，在一个意外绑架人质事故的现场，身为防暴队长的杜坚，在歹徒持刀劫持乔闪丈夫的时候，打偏了子弹，从而造成了情妇丈夫的死亡。关于杜坚是有意还是无意地造成事故，真相似乎也不重要，重要的是这样的客观结果：他可以合法地占有乔闪，心安理得地不归还借于乔闪、属于乔闪丈夫的三十万元钱。任何人都会怀疑杜坚有意造成了乔闪丈夫的死亡，乔闪也不例外，也许与明知是误会的痛苦相比较，自我纠结和矛盾痛苦更让人逼近死亡，悲剧于是不可避免地发生了。乔闪以异乎寻常的平静做出选择，让杜坚喝了强力麻醉药，然后打开煤气，紧闭门窗，和杜坚紧紧地抱在一起，他们俩“在意识丧失之前，乔闪看了门口一眼。卷帘门底下微暗的光线告诉她，真正的黑夜即将来临了”。于晓威的美学气质确实奇妙而少见。《隐秘的角度》对于命运与角度关系的思考，《让你猜猜我是谁》中存在主义式的情爱悖论，均显示出于晓威对于困惑、焦虑感的挖掘，充满了哲学性和物理性的坚韧。

精神世界和思想深度能够达到什么样的境界，决定了一个作家的写作能够抵达的高度和极限。纵观于晓威这么多年来的创作，可以看出一篇有一篇的形式，他不愿重复别人也从不愿重复自己——无论技法还是主题，甚至题材，因为他有着从不懈怠的探索的欲望和勤奋，他的空间是巨大的。从风貌式的定位来说，于晓威的小说显示出一种苏珊·桑塔格所谓的“坎普”气质：强调风格，忽略内容，将严肃之物转化为琐碎之物，注重风格化和感受力的精细与铺张。③他既侧重人生层面的体验世界，更侧重审美层面的超验世界，部分地体现了美学对道德的胜利，反讽对悲剧的胜利。他游走在各种内容与形式之间，扮演着各种叙事者角色，却从来都与之保持着若即若离。是的，通过任何一个他所塑造的文字世界的大门，就会隐现同一个于晓威的面孔：冷静、温情、敏感、机智，不断地尝试与游走——这使他看上去没有定性，同时成了一个文学名利场外的游手好闲者。不过，这确实是一种难得的品质。文学在我们这个时代似乎越来越不被当作一件值得献身的事业，这种失去尊严的原因除了印刷与传播的便利造成的贬值、新媒体的冲击以及意识形态模式的转变之外，至少部分地应该归结于作家本人的心浮气躁。于晓威让人看到一种对于题材、形式、内心探索、精神空间永不满足的探求，这种不屈不挠的生长性，较之于那些迅速成熟并且世故了的作家们，或许正是文学尊严的最后阵地。

---

①帕乌斯托夫斯基：《金蔷薇》，漓江出版社，1997年3月，第11页。

②卡尔维诺：《未来千年文学备忘录》，辽宁教育出版社，1997年3月，第73-74页。

③苏珊·桑塔格：《反对阐释》，上海译文出版社，2003年12月。见《关于“坎普”的札记》、《一种文化与新感受力》等篇。

图书在版编目（CIP）数据

午夜落/于晓威著. —大连：大连出版社，2015.11
（“字码头”读库. 辽宁舰）
ISBN 978-7-5505-0958 0

Ⅰ.①午… Ⅱ.①于… Ⅲ.①中篇小说—小说集—中国—当代
②短篇小说—小说集—中国—当代 Ⅳ.①I247.7

中国版本图书馆CIP数据核字(2015)第178160号

午夜落
WUYE LUO

出 版 人：刘明辉
策划编辑：刘明辉　李　岩　张　波
责任编辑：张　波　魁宏达
封面设计：林　洋
版式设计：张　波
封面绘图：孔昭平
责任校对：李　萤
责任印制：阎　骋

出版发行者：大连出版社
地址：大连市西岗区长白街10号
邮编：116011
电话：0411-83620442　0411-83620941
传真：0411-83610391
网址：http://www.dlmpm.com
E-mail：dlszhangbo@163.com
印 刷 者：大连图腾彩色印刷有限公司
经 销 者：各地新华书店

幅面尺寸：130 mm×195 mm
印　　张：10.25
字　　数：197千字
出版时间：2015年11月第1版
印刷时间：2015年11月第1次印刷
书　　号：ISBN 978-7-5505-0958-0
定　　价：29.00元